BASTEI
LÜBBE

Cheryl Mildenhall

Hillary

Roman

Aus dem Englischen
von Sibi Inzlingen

BASTEI
LÜBBE

BASTEI LÜBBE TASCHENBUCH
Band 14 624

1. Auflage: Oktober 2001
2. Auflage: August 2005

Vollständige Taschenbuchausgabe

Bastei Lübbe Taschenbücher in
der Verlagsgruppe Lübbe

Deutsche Erstveröffentlichung
Titel der englischen Originalausgabe:
The Devil and the Deep Blue Sea

Dieses Werk wurde vermittelt durch die
Literarische Agentur Thomas Schlück GmbH, 30827 Garbsen
Lektorat: Rolf Schmitz
Titelbild: Quadro-Bildarchiv
Umschlaggestaltung: QuadroGrafik, Bensberg
Satz: QuadroPrintService, Bensberg
Druck und Verarbeitung:
Brodard & Taupin, La Flèche, Frankreich
Printed in France
ISBN 3-404-14624-7

Sie finden uns im Internet unter
www.luebbe.de

Der Preis dieses Bandes versteht sich einschließlich
der gesetzlichen Mehrwertsteuer.

Erstes Kapitel

Es war nicht zu leugnen – Hillary fühlte sich unbehaglich.

Sie war es nicht gewohnt, unter so vielen spärlich bekleideten Menschen zu sein. Verzweifelt bemüht, keine Aufmerksamkeit auf sich zu ziehen, rutschte sie möglichst unauffällig von einer Backe auf die andere. Sie wollte das klebrige Gefühl des warmen, abgeschabten Vinyls an den Unterseiten ihrer Schenkel los werden.

Ihr Trachten war vergebens. Als sie die Bewegungen einige Male wiederholt hatte, landeten plötzlich zwei kopulierende Schmeißfliegen direkt auf ihrem Tisch. Ihr leidenschaftliches Summen sorgte dafür, dass Hillary in dem überhitzten Raum in den Mittelpunkt aller geriet.

Michael ignorierte die Vereinigung der Insekten und betrachtete Hillarys Körper, bis sich ihre Blicke trafen. Er zwinkerte ihr zu. Hillary errötete, aber sie schaffte es, ihn anzulächeln.

Der leicht gebräunte Australier, ein früherer Athlet, war mit Abstand der attraktivste Kollege, und sie hatte kein Geheimnis daraus gemacht, dass sie ihm zur Verfügung stand und ihn gern besser kennen lernen wollte. Aber in den letzten drei Monaten hatte er sie kaum wahrgenommen, obwohl sie in derselben Abteilung arbeiteten.

Die Fliegen hatten ihr Werk vollbracht und flogen davon, und die kleine Versammlung wandte ihre Aufmerksamkeit wieder Mr. Gleeson zu, dem Fachbereichsleiter. Es hörte sich so an, als käme er zum Schluss seines Vortrags.

»Ich glaube, ihr stimmt mir alle zu, dass wir ein

wertvolles Semester hinter uns haben. Ich bin überzeugt, dass die Examensarbeiten das bestätigen.«

Er lächelte die Menschen um sich herum an, nahm die Brille ab und benutzte die Ecke seiner Strickweste, um die Gläser zu polieren.

Es war eine Marotte von ihm, die das Ende des Treffens signalisierte. Ein oder zwei Zuhörer tasteten auf dem Boden nach Büchern oder Handtaschen, und einige mit mehr Mut erhoben sich von ihren Stühlen.

Hillarys Stuhlsitz war heiß und klebrig, und als sie sich erhob, gab es ein peinliches Geräusch. Sie war dankbar, dass niemand von ihr Notiz nahm, denn sie waren zu sehr darauf fixiert, einen Plastikbecher mit Wein von einem Tablett zu erhaschen.

Hillary ignorierte die großzügige Gabe, denn sie ahnte, dass der Wein lauwarm sein würde. Sie öffnete ein Fenster und war froh über die leichte Brise, die herein wehte und ein wenig Erleichterung von der drückenden Nachmittagshitze brachte. Sie fragte sich, was für ein Mensch Mr. Gleeson sein mochte – wie konnte man in dieser Hitze was Gestricktes tragen?

Es war der letzte Tag ihres ersten Semesters als Turnlehrerin. Spielfrau, nannten sie einige ihrer Freunde. Mit ihren sechsundzwanzig Jahren war sie eine Späteinsteigerin in den Lehrerberuf, und als sie Ostern zum Kollegium der großen Mittelschule gestoßen war, hatte sie geglaubt, die Monate bis zu den Sommerferien würden sich endlos in die Länge ziehen.

Jetzt saß sie hier, das Semester war vorbei, und vor ihr lagen sechs lange Wochen Sommerferien, in denen sie nichts zu tun hatte.

Es war seltsam, aber jetzt, da es Zeit war zu gehen, fühlte sie nichts als Wehmut. In den letzten Monaten waren ihr die Kinder ans Herz gewachsen. Die langen Sommerferien mochten von vielen Menschen herbeigesehnt werden, aber sie fürchtete sich vor der Langeweile.

Sie grinste über ihre überdramatische Art. Es lag an ihr, etwas gegen die Langeweile zu unternehmen. Vielleicht würde sie sich um einen Aushilfsjob bemühen, denn es lag ihr nicht, gar nichts zu tun.

Sie fasste ihre seidigen kastanienbraunen Haare mit einer Hand über dem Kopf zusammen und lehnte sich so weit wie möglich aus dem Fenster. Sie genoss die frische Brise, die sie im Nacken spürte, wo sie die Schweißperlen tropfen spürte, die sich in die feinen Härchen genistet hatten. Die langen Haare waren ihr oft lästig, aber sie brachte es nicht über sich, sie abschneiden zu lassen.

In diesem Moment spürte sie, wie der Saum des kurzen Tennisröckchens angehoben wurde. Sie wirbelte herum und starrte in Michaels braune Augen.

Er grinste schelmisch und hielt einen Plastikbecher hoch. »Du hast dir noch keinen Wein genommen.«

Eigentlich wollte sie nicht trinken, aber sie nahm den Becher und nippte am Wein. Es war, wie sie befürchtet hatte: Lauwarm und miserabel.

Michael ließ sie nicht aus den Augen, und Hillary spürte, wie sich die Nippel unter der dünnen Baumwolle des T-Shirts aufrichteten. Ohne nachzudenken senkte sie den Blick und schaute auf ihre Brüste, dann errötete sie, als sie bemerkte, dass Michaels Augen ihrem Blick gefolgt waren und nun mit unverhohlenem Interesse auf die beiden Hügel starrte.

»Ich dachte, solche Reaktion wird nur von kaltem Wetter ausgelöst«, sagte er lachend und genoss ihre Verlegenheit.

Ein paar Augenblicke war sie sprachlos, aber dann schlug sie zurück. »Bilde dir nur nichts an, Michael, ich habe gerade an meinen Freund gedacht.«

Sie erwartete, dass er jetzt ging und sich neuen Weiden näherte. Zu ihrer Überraschung und Freude tat er das nicht; er blieb an ihrer Seite, und ab und zu streifte er sie mit seinem nackten Schenkel. Eine Weile redeten sie beide nicht; beide hingen offenbar ihren Gedanken nach, obwohl sich Hillary gestehen musste, dass ihr Körper höchst eigenartig auf seine Anwesenheit reagierte.

Es war nicht nur seine körperliche Nähe, die sie erregte. Ihre Nasenflügel füllten sich mit dem Moschusgeruch, den sein Körper verströmte, und ihr Blick war auf die glatte Muskulatur seines Oberarms gefallen, der sich neben ihrem auf die Fensterbank stützte. Selbst sein Atem verwirrte ihre Sinne, er kam schnell und unkontrolliert und verriet seine nur mühsam beherrschte Gier, die er hinter einem betont lässigen Äußeren zu verbergen suchte.

Während sie diesen Gedanken nachhing, spürte sie ein leichtes Zittern ihres Körpers. Sie blickte verstohlen in sein Gesicht und stellte überrascht fest, dass er aus der Nähe jünger aussah.

»Sollen wir gehen?«, fragte er, ohne sie anzusehen.

Seine Frage freute sie, aber dann fiel ihr etwas ein, und seufzend antwortete sie: »Ich kann noch nicht gehen. Ich muss meine Hälfte der Geräteinventur noch beenden.«

»Kein Problem. Ich helfe dir, dann sollte es nicht zu lange dauern.«

Hillary nickte dankbar und voller Vorfreude. Sie sah sich nach ihrer Tragetasche um, erinnerte sich dann aber, sie in der Umkleidekabine der Turnhalle zurückgelassen zu haben. Michael schlenderte hinüber zu den Kollegen, die sich um das Tablett der Getränke geschart hatten. Jemand hatte eine Flasche Whisky besorgt und füllte die Plastikbecher mit der goldgelben Flüssigkeit.

Hillarys Magen verkrampfte sich vor kaum noch zu unterdrückendem Verlangen. Sie sah, wie Michael mit Mr. Gleeson sprach, der seinen Becher hob und ihr zuprostete, dann kam Michael zu ihr zurück.

Als sie beide nebeneinander durch den breiten Korridor liefen, hüpfte ihr Herz, und die lodernden Flammen des Verlangens breiteten sich in ihrem Bauch aus.

Ein paar Kinder hingen noch herum, als sie und Michael den weitläufigen kommunalen Spielplatz überquerten. Die Turnhalle lag aber völlig verlassen da.

Der Geräteraum war groß und trennte die Jungen- von der Mädchenturnhalle. Auf der Jungenseite war das Rolltor heruntergelassen und verriegelt. Hillary holte die Inventarliste aus ihrem Büro und begann sofort mit der Überprüfung. Sie wollte so schnell wie möglich fertig sein, deshalb ging sie hastig von Gerät zu Gerät, suchte es auf der Liste und hakte ab. Michael, der sich eine Seite der Liste genommen hatte, rief ihr immer wieder Fragen zu, und sie konnte seiner Stimme anhören, dass sein Enthusiasmus rapide abnahm.

Es war heiß und stickig im Geräteraum, und Hillary fühlte sich erschöpft. Aber bald würde sie fertig sein. Sie blickte an sich hinunter und sah, dass ihr ehemals weißes T-Shirt zerknautscht und verdreckt war.

»Zieh es aus, wenn du möchtest, mich stört es nicht«, hörte sie Michaels Stimme.

Verdutzt fuhr sie herum, und überrascht entdeckte sie, dass er hinter ihr stand. Seine Nähe wirkte erregend auf sie, und sie musste ihre ganze Willenskraft aufbringen, um ihm nicht in die Arme zu fallen. Stattdessen rieb sie mit einem Unterarm über ihre verschwitzte Stirn.

»Es ist heiß und stickig«, sagte sie, wobei sie es

nicht klagend gemeint hatte, sondern als Erklärung für ihr Aussehen.

Michael hob einen Finger. »Warte hier, ich habe in meinem Büro genau das Richtige für dich.«

In einer Minute war er wieder da und stellte einen Ventilator auf, den er auf die Kisten neben den Schaumgummimatten stellte. Die Flügel bewegten sich surrend, als er das Gerät angeschlossen hatte. Dann ließ Michael die Jalousien der Tür hinunter, durch die die letzten Sonnenstrahlen fielen.

Verwundert bemerkte Hillary den Unterschied. Im Geräteraum war es plötzlich angenehm kühl.

Michael warf sich auf den Stapel der Matten, streckte die Arme aus und zog eine verblüffte Hillary zu sich hoch. Sie ließ es ein paar Augenblicke geschehen, dass sie auf den Matten hüpften. Sie wollte die Erregung bezwingen, die sich in ihr entwickelte, die kleinen Flammen des Verlangens löschen, die sich in ihr ausbreiteten.

Aber sie musste hilflos hinnehmen, dass aus dem kleinen Freudenfeuer ein Waldbrand geworden war – ihr ganzer Körper brannte.

Sie blickte an sich hinunter. In dieser Position bedeckte das kurze Tennisröckchen kaum noch ihre Hüften, was Michael natürlich sofort bemerkt hatte. Bevor sie ihn aufhalten konnte, hatte Michael seine Hand ausgestreckt und den einzigen Knopf des Rocks geöffnet, dann streifte er ihn ab.

Sie spürte die kühle Brise des Ventilators auf ihrer brodelnden Haut. Gott sei Dank, dass sie ein anständiges Höschen trug, dachte sie und krümmte sich vor Verlegenheit, während er die Schönheit ihres Körpers pries.

Das weiße, fast durchsichtige Höschen schmiegte sich um die Wölbung ihres Venusbergs und konnte die dunklen Härchen darunter kaum verdecken. Das zarte Gewebe verfärbte sich dunkel von ihrer Erregung.

Michael stöhnte auf, als er den Grad ihrer Lust bemerkte, und küsste sie auf den Mund. Er zwang ihre Zähne auseinander und schlängelte die Zunge in ihren Mund. Hillary schlang die Arme um seinen Nacken. Sie spürte, wie ihre Lider schwer wurden, und gab sich der Harmonie ihrer Bewegungen hin.

Irgendwie war es ihm gelungen, ohne den sinnlichen Rhythmus zu unterbrechen, seine Kleider abzustreifen. Sie stöhnte, als er ihr T-Shirt hob und über ihren Kopf zog. Er presste seinen nackten Brustkorb gegen ihre Brüste.

Sie ließ ihre Finger über seinen Rücken wandern und massierte die Muskeln von Schultern und Nacken. Schließlich traute sie sich, die Hände an den Seiten hinunter gleiten zu lassen, bis zu den kräftigen Hüften. Sie musste erst Mut schöpfen, ehe sie mit den Händen über seinen Hintern fuhr. Sie knetete die Backen und bemerkte, wie sich die Muskeln anspannten.

Sie drückte und quetschte seine Backen, zog sie auseinander und neckte ihn mit einem Finger, der zögernd über seinen Anus fuhr. Einen Moment lang versteifte sich sein Körper, und für einen kurzen Augenblick fragte sie sich, ob sie zu weit gegangen war, aber bald schon entspannte sich sein Körper unter ihrer geschickten Massage.

Er begann damit, ihre Berührungen zu kopieren, griff zwischen ihre sanften Backen, streichelte, drückte und knetete, bis sie vor süßer Qual aufstöhnte.

Mit fiebrigen Händen langte sie zwischen ihre beiden Körper. Sie hatte mit seinem Gewicht zu kämpfen, als sie sich das Höschen abstreifte und dann mit einem Fuß ganz nach unten schob.

Als hätte er nur darauf gewartet, stieß Michael tief

in sie hinein. Hillary hielt vor Überraschung und Lust die Luft an. Sein rhythmisches Stoßen führte bald zu einem gemeinsamen Orgasmus von atemberaubender Intensität.

Statt sich im verschwommenen Zustand des nachorgiastischen Glühens zu entspannen, spürte Hillary, wie sich Bedauern in ihr aufbaute. Es war alles zu schnell passiert, und es war zu schnell vorbei gewesen. Sie wollte sich von ihm lösen, aber er hielt ihre Handgelenke mit einer Hand gepackt, während er mit der anderen über ihre Brüste streichelte, die sofort reagierten, auch wenn es ihr mental widerstrebte.

Sie biss sich auf die Lippe und versuchte, das Feuer zu dämpfen, das schon wieder in ihr loderte. Hillary registrierte überrascht, dass die Lust in ihr anwuchs. Sie stöhnte, als ihre Nippel sich versteiften und als die Klitoris unter seinen Berührungen anschwoll.

Sie lechzte nach einer Erlösung. Offenbar konnte Michael wieder ihre Gedanken lesen, denn er beugte den Kopf und nahm einen Nippel nach dem anderen in den Mund, und dann schaute er ihr tief in die Augen.

»Du bist wirklich heiß, Baby«, murmelte er, seine Stimme so dick wie Sirup.

Während der letzten zwölf Wochen hatte sie sich diese Szene oft erträumt. Ein Nachmittag auf dem Spielfeld war oft eine süße Qual gewesen. Es war keine leichte Aufgabe, eine Gruppe aufgeheizter Lolitas davon abzuhalten, ständig hinüber zu den Jungen zu starren. Hillarys Mahnungen, sich aufs Spiel zu konzentrieren, nahmen die Mädchen gar nicht wahr. Wie konnte sie auch nur hoffen, gegen eine Klasse muskelbepackter, keuchender Jungs anzukommen, die vor Lust und aufgestauter Sexualität nur so lechzten? Die Mädchen warfen sich in Position und kicherten. Sie wussten genau, welche Wirkung sie auf die Jungen ausübten, und manchmal hatte Hillary bemerkt, dass auch Michael aufschaute, winkte und die provozierenden Kurven der jungen Mädchen beäugte.

Nach den ersten beiden Wochen hatte Hillary aufgegeben und der Natur ihren Lauf gelassen. Trotz ihrer verzweifelten Bemühungen, es zu verhindern, fand zusammen, was zusammen kommen wollte. Jahr um Jahr änderten sich die Gesichter, aber die Urinstinkte veränderten sich nicht.

Was sie nicht ertragen konnte war der Gedanke, dass Michael eines Tages seine Verantwortung vergessen und der Versuchung erliegen würde. Aber diese hehre Besorgnis war nicht die ganze Wahrheit. Was sie in Wirklichkeit nicht ertragen konnte, war die Vorstellung seines muskulösen Körpers zwischen den bereitwillig gespreizten Schenkel einer Schutzbefohlenen. Schließlich begehrte sie ihn selbst.

Jetzt lagen sie auf den Matten, und ihre Befürchtungen waren fürs Erste erledigt. Sie hatten es miteinander getrieben, und weil der Sommer vor ihnen lag, hoffte sie, dass dies das erste Mal von vielen war. Unter schwerfälligen Lidern schaute sie ihn an. Sie traf auf seinen gierigen Blick und spürte, wie ihr unersättlicher Körper frohlockte.

Er betrachtete sie träge, schaute auf ihre Brüste, die sich immer noch hoben und senkten, dann huschte der Blick über ihren flachen Bauch und hinunter zu der heißen, feuchten Stelle, an der ihre Körper noch miteinander vereint waren. Es war eine herrliche Erfahrung, von ihm bewundernd angeschaut zu werden.

Sie war zwar entsetzt über ihre eigene Hemmungslosigkeit, konnte es aber nicht vermeiden, unter ihm die Hüften kreisen zu lassen, die Schenkel noch weiter zu spreizen und ihre inneren Muskeln anzuspannen, um seinen noch harten Schaft tiefer einzusaugen.

Sie krümmte den Rücken und rüttelte von unten gegen ihn, rieb die geschwollene Hitze ihres Geschlechts gegen seinen Schamberg, massierte ihn mit der Klitoris, bis sie den Punkt erreicht hatte, von dem es kein Zurück mehr gab – und dann konnte er sich auch nicht mehr gegen ihre melkenden Zuckungen zurückhalten.

Er übernahm die Führung und stieß langsam tiefer in sie hinein, ehe er sich fast ganz zurückzog, um dann erneut tief und gründlich einzufahren, tiefer noch als zuvor. Hillary spreizte ihre Schenkel bis zum Äußersten, um ihn anzutreiben, aber er änderte seinen Rhythmus nicht. Sie begann seine Selbstbeherrschung zu hassen. Sie glitt mit beiden Händen zwischen ihre Schenkel, rieb mit einer Hand über die Klitoris und schob die andere in die Vagina, um Michaels Schaft zu unterstützen.

Ihre Mithilfe trieb Michael über die Grenze. Die Wucht ihres ersten gemeinsamen Orgasmus überrollte sie mit Wellen, die über ihnen zusammenschlugen. Jetzt endlich fühlte sie sich gründlich befriedigt. Sie seufzte glücklich und streckte sich wohlig. Ein flüchtiger Blick auf ihre Uhr sagte ihr, dass der Hausmeister bald seine Runden drehen würde. Sie machte Michael darauf aufmerksam.

Sie lag auf der Seite und sah zu, wie Michael seine Kleider einsammelte und ihre auch. Er warf sie ihr zu und grinste dabei breit. Sie hatte keine Eile, sich anzuziehen, und bewunderte seine geschmeidigen Bewegungen. Sie erfreute sich des seltenen Luxus, einem Mann beim Anziehen zuzusehen. Es törnte sie mehr an, als einem Mann beim Ausziehen zu betrachten. Vielleicht lag es daran, dass beim Anziehen kein Druck mehr da war.

»Kann ich dich irgendwo absetzen?« Michael spielte mit seinem Schlüsselbund und holte sie mit dem scheppernden Metall in die Wirklichkeit zurück. Sie fühlte sich ein wenig enttäuscht, denn sie hatte insgeheim gehofft, dass sie noch etwas Gemeinsames unternehmen würden. Eine Kneipe, danach ein Essen, und dann …?

»Schon gut, danke. Ich habe mein eigenes Auto dabei.« Sie zögerte einen Moment, dann packte sie den Stier bei den Hörnern. »Hast du irgendwas vor? Ich dachte, wir könnten noch irgendwo was trinken … das Semesterende feiern und so …«

Zu ihrem Entsetzen schüttelte er den Kopf. »Ich muss nach Hause zum Packen, und dann werde ich den ersten Flieger nehmen, der mich außer Landes bringt. Meine … eh … Verlobte und ich wollen uns Europa vornehmen.«

Es war, als hätte er ihr einen Schlag in den solar plexus versetzt. Das Schwein hatte also eine Verlobte. Sie war nicht wirklich überrascht, dass ein so attraktiver Mann nicht ungebunden war, aber das hätte er ihr ein bisschen früher sagen können. Nicht, dass dies irgendwas geändert hätte, räumte Hillary trübselig ein. Sie hatte nach ihm gelechzt und ihn heute endlich gehabt – jedenfalls für eine kurze Zeit. Mit vorgetäuschtem Gleichmut setzte sie sich auf, griff nach ihrem T-Shirt und lächelte.

»Dann wünsche ich euch viel Spaß«, sagte sie und sah sich um. »Hast du irgendwo mein Höschen gesehen?«

Er sah sich im Raum um und hob die Schultern. Hillary sprang von den Matten, und nachdem sie ein paar Sekunden gesucht hatte, fand sie das vermisste Höschen an einem Netzballhaken. Michael folgte ihrem Blick, langte nach dem Wäschestück, presste es gegen sein Gesicht und atmete tief ein, bevor er es ihr reichte.

»Ein kleines Andenken, das mir hilft, dich bis zum

nächsten Semester nicht zu vergessen«, sagte er grinsend, aber in seinem Blick schien echtes Bedauern zu liegen, meinte Hillary zu erkennen.

Sie zog das Höschen an und griff nach dem Tennisrock. Sie wies auf den Ventilator, der sich immer noch drehte und meinte: »Den brauchen wir nun nicht mehr. Bringst du ihn zurück?«

Sie zog den Stecker und reichte ihn Michael. Er schien sie nur widerwillig zurücklassen zu wollen und blieb zögerlich an der Tür stehen, bis sie ihm zu erkennen gab, dass sie nicht die Absicht hatte, länger zu bleiben.

Hillary überzeugte sich noch einmal davon, dass alles verschlossen war, dann gingen sie gemeinsam aus der Halle. Auf dem Parkplatz trafen sie sich wieder, nachdem Michael den Ventilator zurückgebracht hatte. Jeder schien darauf zu warten, dass der andere etwas sagte.

»Nun, dann tschüs«, murmelte Michael und winkte ihr über dem Dach seines grell lackierten Käfers zu.

Hillary winkte fröhlicher zurück, als ihr zumute war.

»Wir sehen uns in sechs Wochen«, rief sie, aber sie sah ihm an, dass er in Gedanken schon im Flieger saß.

Sie hob die Schultern. Es gab nichts mehr zu sagen. Michael zwängte seine lange Gestalt in die Enge seines Autos, und dann war er auch schon verschwunden. Hillary starrte auf eine Staubwolke. Ritt auf seinem wilden Hengst dem Sonnenuntergang entgegen, dachte sie, dann musste sie lachen. Ihre überzogene Phantasie ging mit ihr durch.

Sie stieg in ihr Auto. Jetzt konnte sie sich darauf konzentrieren, das Beste aus den Sommerferien zu machen. Heute hatte sie zwei wichtige Ziele erreicht: Sie hatte ihre ersten Monate als Lehrerin geschafft, und sie hatte Michael verführt, was sie sich schon seit

Wochen vorgenommen hatte. Jetzt hieß es, nach vorn blicken, sich der nächsten aufregenden Phase ihres Lebens zuwenden und alle Freuden genießen, die auf sie warteten.

Wie es der Zufall so will – das Schicksal klopfte weniger als zwei Stunden später bei ihr an und bediente sich des Anrufs von Hillarys älterer Schwester Alicia.

»Hi, Hilly, ich bin's, Alix.« Alicia hatte die Macke, jeden Namen abzukürzen.

Hillary schlang die Beine unter sich, um sich auf das Marathongespräch mit ihrer Schwester vorzubereiten. Gewöhnlich hechelten sie alles und jeden durch, nicht nur Leute, die Hillary kannte, und dazu natürlich jede Nuance in Alicias Leben. Hillary fiel ein, dass sie seit Wochen nicht mehr mit ihrer Schwester telefoniert hatte, deshalb würden es wohl einige Stunden werden. Vielleicht sollte sie sich etwas zu essen bereitlegen, um durchzuhalten.

»Alix, wie schön, von dir zu hören.« Sie atmete tief ein, bevor sie die Frage stellte, die die Schleusen öffnen würde. »Wie geht es dir?«

»Wunderbar, aber ich kann nicht lange sprechen. Ich rufe nur an, um zu hören, was du in den Sommerferien unternehmen willst.«

Hillary war sprachlos. Alicia kümmerte sich eigentlich nicht um die Pläne anderer Menschen. »Ich habe noch nicht darüber nachgedacht«, gab sie zu. »Ich habe kaum was auf dem Sparbuch. Wenn ich Glück habe, reicht es für eine billige Last-Minute-Reise.«

Alicia sagte in einem Ton, der keinen Widerspruch zuließ: »Lass das sein. Pack deine Sachen und geh zum Bahnhof. Chloe und ich haben uns ein wunderbares Haus für den Sommer gemietet. Es liegt in Norfolk, ganz in der Nähe von Sandringham.«

Hillary konnte sich Alicias aufgeregtes Gesicht am anderen Ende der Leitung gut vorstellen. Obwohl sie wirklich ein lieber, sympathischer Mensch war, war ihre Schwester ein unverbesserlicher Snob, und nichts wäre für sie größer, als Haus an Haus mit der königlichen Familie zu leben.

»Wirklich, Liebes, um es in einem Wort zu sagen: Das Haus ist super. Chloe und ich schlagen Purzelbäume vor Freude. Sie hat noch eine Freundin eingeladen, und dann bist du mir spontan eingefallen, dann sind wir zu viert. Was sagst du? Kannst du kommen?«

Hillary überlegte. Alicia und ihre Freundin Chloe waren in kleinen Häppchen durchaus genießbar, aber sie fragte sich, ob es nicht eher die Vorhölle als ein Urlaub war, wenn sie über einen längeren Zeitraum mit ihnen im selben Haus wohnte. Außerdem waren die beiden verheiratet, und Hillary hatte keine Lust, den Anstandswauwau zu spielen.

»Was ist mit Clive und Gus?«, fragte sie.

Alicia hatte ihre Antwort schnell parat. »Mein lieber Gatte und Gus kommen nur an den Wochenenden; die Woche über müssen sie in ihren Büros schwitzen, die Armen. Sie werden unserem Vergnügen also nicht im Weg stehen, stimmt's nicht, Chloe?«

Offenbar war Chloe gerade ins Zimmer getreten, denn Hillary konnte hören, wie im Hintergrund eine Tür zugeknallt wurde. Sie zuckte zusammen, als Chloes schrille Stimme gegen ihr Ohr prallte.

»Oh, du musst kommen, Hilly! Es ist ein herrliches Landhaus, und wir haben Zimmer genug. Und das Wetter ist einfach wunderbar.«

Einem solchen Schwall von Bitten und Betteln konnte Hillary nicht widerstehen. Sie schrieb sich Adresse und Telefonnummer auf, dann überprüfte sie die Abfahrtszeiten der Züge, ehe sie Alicia anrief und ihre Ankunft in Norfolk bestätigte.

Die Reise verlief ereignislos und wurde nur durch ein paar neue Gesichter unterbrochen, die auf den einzelnen Bahnhöfen zustiegen und in ihr halb leeres Abteil kamen. Hillary hatte sich eine Zeitschrift gekauft, aber wie meistens auf Reisen stellte sie fest, dass sie sich auf längere Artikel nicht konzentrieren konnte. Sie warf einen flüchtigen Blick ins Inhaltsverzeichnis: Eine leicht selbst herzustellende Gesichtspackung aus Sommerfrüchten, wie es kommt, dass für jede folgende Generation die Kleidergrößen angehoben werden mussten, und wie man in einer Woche zehn Pfund abnehmen konnte.

Dann stieß sie auf einen interessanten Bericht, der die Überschrift trug: *Fünfzig Tips, wie Sie Ihrem Geliebten besser gefallen.*

Dieses Thema interessierte sie am meisten. Hillary hielt sich für sexuell kompetent, aber vielleicht enthielt der Artikel den einen oder anderen Tip, an den sie noch nicht gedacht hatte, oder beschrieb Ideen, die ihr nicht gekommen waren.

So viel Glück hatte sie nicht. Als sie den Artikel überflog, bemerkte sie bald, dass er inhaltlich mehr als oberflächlich war und solche Perlen der Weisheit von sich gab wie ›Massiere seine Füße, während er sich seine Lieblingssendung im TV ansieht‹ und ›Lebt eure Lieblingsphantasien aus‹.

Sie seufzte gelangweilt auf, warf die Zeitschrift auf den leeren Sitz neben sich und schaute aus dem Fenster. Draußen war es noch hell. Sie fuhren an vielen Häusern vorbei, in deren Hintergärten gegrillt wurde.

Daddys, stolz mit Kochmützen und gestreiften Schürzen ausgestattet, schwangen Geräte, die wie mittelalterliche Folterinstrumente aussahen, während Mummys Schüssel und Platten aus der Küche zur Terrasse schleppten oder den Kindern hinterher rannten, um sie einzufangen und zum Waschen von Händen und Gesicht zu animieren.

Hillary seufzte wieder und schaute auf die Uhr. Noch gut eine Stunde bis zum Ziel. Plötzlich fragte sie sich, ob sie es schon bald bereuen würde, Alicias Einladung angenommen zu haben. In einem solchen Ort konnte es nicht viel zu tun geben, und es gab wohl auch keinen Nachtclub, der einer Erwähnung wert war. Obwohl das Haus, das Alicia gemietet hatte, sich nach ihrer Beschreibung großartig anhörte, konnte es sich auch als zugiges Mausoleum in der Einöde entpuppen.

Noch einen Seufzer und wieder aus dem Fenster starren. Nun, es war zu spät für kalte Füße.

Michael kam ihr in den Sinn. Sie fragte sich, wo er jetzt sein mochte. Im Flugzeug oder schon im Hotel in einem von Europas Kulturzentren. Oder auch nicht, dachte Hillary, denn Kultur war nicht sein Ding. Wahrscheinlich war er direkt zum Mittelmeer geflogen. Sonne, Meer und Sex, diese Dinge passten eher zu dem gut aussehenden Australier.

Sie spürte, wie sich ihr Magen zusammenzog, während sie an ihn dachte. Die Begegnung mit ihm im Geräteraum würde in den nächsten Wochen ihre Träume und Phantasien füttern, es sei denn, sie fand jemanden, der seinen Platz einnahm. Wieder sinnierte sie über ihre Chancen, in der Wildnis von Norfolk einen fabelhaften Mann kennen zu lernen.

Hillary lächelte still und ließ ihre Gedanken wuchern. Vielleicht würde sie einem richtigen Prinzen begegnen, während sie durch die riesigen Wälder streifte. Sie würden sich unter einer Eiche, unter der schon Königin Victoria gesessen hatte, wild und ausgelassen lieben. Natürlich konnten sie von ihrer Beziehung nichts anderes erwarten als hemmungslosen Sex. Manchmal würde er sogar seine Marineuniform anbehalten, dachte sie und kicherte wie ein junges Mädchen.

Sie musste laut gekichert haben, ohne es zu bemerken, denn sie hörte eine Stimme hinter sich. »Entschuldigen Sie, ist alles in Ordnung mit Ihnen?«

Sie drehte sich um und blickte in haselnussbraune Augen. Sie gehörten zu einem jungen Mann, vielleicht ein Student, dachte Hillary, denn neben ihm auf dem Sitz lagen Schulbücher.

Sie lächelte. »Es geht mir gut, danke. Ich hing nur meinen Träumen nach und musste lachen.«

Er grinste. »Das kenne ich. Passiert mir auch, und dann rede ich auch noch mit mir selber.«

Sie starrte ihn ein paar Augenblicke an, nahm die braunen Haare wahr und den Dreitagebart. Offenbar brachte sie ihn durch ihr unverhohlenes Interesse in Verlegenheit, denn er errötete und fuhr sich mit einer Hand durchs Gesicht. »Ich will im Herbst mit einem Bart zurück zur Uni gehen«, erklärte er.

Also hatte sie richtig vermutet, er war Student. »Was studieren Sie? Kunst?« Hillary wusste nicht, weshalb sie das sagte, aber er sah ein bisschen so aus, wie sie sich einen Kunststudenten vorstellte. Aber sahen nicht die meisten jungen Leute so aus?

Er lachte. »Nein, Geographie. Warum tippten Sie auf Kunst? Sehe ich aus wie van Gogh?«

»Nein, natürlich nicht. Außerdem haben Sie noch beide Ohren.«

Sie lachten beide, und das Eis war gebrochen. Sie unterhielten sich angeregt bis King's Lynn, und Hillary kam es vor, als wäre die Stunde in Minuten verflogen.

Sie stieg aus dem Zug, stand auf dem Bahnsteig und schaute sich um. Sonst war niemand ausgestiegen, und es war weit und breit niemand zu sehen. Alicia hatte ihr versprochen, dass jemand sie abholen würde. Sie warf die voll gepackte Tasche über eine Schulter und bückte sich nach ihrem schweren Koffer. Sie hatte es noch nie geschafft, nur das Nötigste einzupacken, wenn sie verreiste. Außerdem hatte sie ja nicht gewusst, wie lange sie bleiben würde.

Obwohl es später Abend war, fühlte sich die Luft noch warm an, und bald begann sie unter ihren Lasten zu schwitzen. Sie blieb stehen, um sich die Jacke auszuziehen, und schaute sich wieder um. Diesmal bemerkte sie einen hoch gewachsenen dunklen Mann am Eingang stehen. Er sah ihr neugierig entgegen, aber er traf keine Anstalten, auf sie zuzugehen.

Sie näherte sich ihm, und er trat vor. »Miss Hillary Fordham?«, fragte er.

Sie hielt die Luft an. Er sah ungeheuer gut aus, hatte dichte, fast rabenschwarze Haare, die glänzten und kurz geschoren waren. Er hatte ein scharf geschnittenes Gesicht, gebräunt und wettergegerbt wie bei jemandem, der sich viel im Freien aufhielt. Seine braunen Augen wurden von gewölbten Brauen und langen Wimpern eingerahmt.

Er streckte eine gepflegte Hand aus, und Hillary drückte sie und nickte als Antwort auf seine Frage. Sie traute sich nicht zu sprechen. Er räusperte sich.

»So angenehm es auch ist, Händchen zu halten wie zwei Liebende, die sich nach langer Zeit wiedersehen – eigentlich wollte ich nur Ihren Koffer nehmen.« Seine Stimme klang ruhig und tief und so dunkel wie seine Erscheinung. Und der Sarkasmus in seiner Stimme war nicht zu überhören.

Sie errötete und ließ die Hand fallen. Verlegen starrte sie auf ihre Füße. »Ich … eh … ich dachte …« Sie blickte auf und sah ihn lächeln, aber das Lächeln erreichte nicht seine Augen.

»Schon gut. Sollen wir gehen?«

Ohne auf eine Antwort zu warten hob er den

Koffer, drehte sich auf dem Absatz um und ging aus dem Bahnhof. Hillary blieb nichts anderes übrig, als ihm zu folgen. Sie fand sich bald auf einem Parkplatz wieder.

Der Tag ging über in die Nacht, und die Temperaturen sanken drastisch. Der Mann blieb vor einem dunkelgrünen Range Rover stehen, verstaute den Koffer und die Tasche. Hillary zog sich die Jacke wieder an.

»Es ist ziemlich kalt geworden, nicht wahr?«

Sie sagte das, um überhaupt etwas zu sagen, denn Hillary war fest entschlossen, wieder Kontrolle über die Situation zu erringen. Vorübergehend war sie aus dem Gleichgewicht geworfen worden, aber das wollte sie nicht länger zulassen. Schließlich war er nur ein Gehilfe, dachte sie, und es gab keinen Grund, sich von ihm einschüchtern zu lassen.

Sie sah ihn wieder an, und in ihrer Phantasie sah sie ihn mit einem Gewehr unter dem Arm und einem Goldenen Retriever an der Seite, wie er durch die Felder streifte und Kaninchen und Fasane jagte. Oder sonst etwas, worauf diese Landeier schossen. Sie kam aus der Stadt und war mit den Einzelheiten des Landlebens nicht vertraut. Trotzdem, irgendwie wurde sie an Lady Chatterleys Liebhaber erinnert.

Nachdem er das Gepäck verstaut und die Beifahrertür geöffnet hatte, wandte er sich ihr zu. »Ich muss mich entschuldigen, ich habe mich Ihnen noch gar nicht vorgestellt. Ich heiße Darius Harwood. Ich bin der Besitzer von Harwood Hall, wo Sie wohnen werden.«

So viel zu ihrer Theorie, dass er ein Gehilfe war. Trotzdem, sie wollte ganz kühl bleiben. Lässig sagte sie: »Erfreut, Sie kennen zu lernen.« Dann fragte sie: »Wie weit ist es denn?«

Er antwortete mit tiefer Stimme: »Oh, ja, ich glaube,

da haben Sie alle Möglichkeiten.« Er musterte ihren Körper unverschämt und fügte hinzu: »Aber zunächst gehen wir Schritt für Schritt.«

Sie verstand nicht, was er meinte und wollte etwas sagen, aber als er sie ansah, bemerkte sie, dass er sie immer noch anstarrte, wobei sein Gesichtsausdruck unergründlich war.

Trotz ihrer Erschöpfung spürte sie, wie ihr unter diesem Starren warm wurde. Sie wollte seinem Blick kühn standhalten, aber schließlich war sie es, die den Kopf wandte. Plötzlich sah sie in ihm den Lord des Gutshauses und sich selbst als Unschuld vom Lande.

Über diese Vorstellung musste sie lachen. Sie, Hillary Fordham, eine ländliche Unschuld – jetzt ging ihre Phantasie aber wirklich mit ihr durch.

Zweites Kapitel

Von Alicias Beschreibung her hatte sich Hillary schon ein Bild von Harwood Hall gemacht, aber nichts hätte sie auf die Wirklichkeit vorbereiten können. Über den breiten, von Bäumen und Sträuchern gesäumten und mindestens einen Kilometer langen Privatweg erreichte man das Gutshaus aus grauweißem Stein. Es war ein Anwesen, das sich weit erstreckte, inmitten von sattgrünem Rasen stand und wie ein Palast wirkte. Ein reich verzierter Säulengang führte zu einer breiten Treppe.

Hillary sah die Schönheit um sich herum und stieß ungläubig hervor: »Oh, was für eine Pracht!«

Darius entspannte sich zu einem freundlichen Lächeln. »Das haben Sie nett gesagt. Ja, ich könnte nirgendwo anders wohnen.« Er sah ihren überraschten Ausdruck und erklärte: »Ja, ich wohne auch hier. Aber in keinem der Flügel; sie sind den zahlenden Gästen vorbehalten. Meine Suite liegt im Haupthaus, das für die Öffentlichkeit nicht zugänglich ist. Nur manchmal lasse ich eine Besichtigung zu, wenn es um einen wohltätigen Zweck geht.«

Plötzlich tauchten Alicia und Chloe auf, aber sie kamen nicht aus dem Hauptportal, sondern von der linken Seite. Sie waren ein wenig seltsam gekleidet, dachte Hillary und musterte die Cocktailkleider der beiden Frauen, das eine in Satin, das andere in Velvet.

Alicia schwenkte eine Flasche Champagner. »Huhu, Hilly, Liebes! Hattest du eine gute Reise?«

Ohne auf eine Antwort zu warten stöckelte sie um den Range Rover herum und verstand es, wie unbeabsichtigt gegen Darius zu stoßen, der gerade dabei war, Hillarys Gepäck aus dem Fahrzeug zu heben. Er hielt Alicia geistesgegenwärtig mit einer Hand fest, damit sie nicht ins Stolpern geriet.

»Brrr … Nicht so hastig, Mrs. Carruthers«, sagte er.

Hillary kicherte leise vor sich hin und fragte sich, warum er mit Alicia sprach, als wäre sie ein Pferd.

»Ja, danke, ich hatte eine angenehme Reise, Alicia. Alicia?«

Ihre Schwester hatte offenbar kein Interesse an ihrer Antwort. Sie hatte sich um Darius drapiert, woraus man schließen musste, dass sie recht vertraut miteinander waren. Nachsichtig nahm er Alicias Arm von seinem Hals und sprach mit ihr wie mit einem kleinen Kind.

»Ich nehme an, Ihre Schwester möchte gern ins Haus gehen, um sich frisch zu machen. Außerdem sieht sie so aus, als könnte sie einen kleinen Schluck gebrauchen.« Die Ergänzung: ›Und Sie sehen aus, als hätten Sie einen Schluck zu viel‹, hing in der Luft, blieb aber unausgesprochen.

Hillary schaute an sich hinunter und begriff, dass sie ihm wie ein zerknautschtes Wrack vorkommen musste. Verdammt, das war nicht der Eindruck, den sie ihm vermitteln wollte. In ihrer Phantasie stellte sie sich als kühl und geheimnisvoll vor, unbekanntes Land, sozusagen.

Alicia hakte sich an einem Arm bei Hillary unter, Chloe nahm den anderen. Vom Gepäck war keine Rede. »Ja, stimmt. Komm, Hills, wir haben dir eine Menge zu erzählen«, sagte Alicia.

Als Hillary zum Haus gedrängt wurde, drehte sie sich um und hoffte, dass Darius ihnen folgen würde. Enttäuschung stieg in ihr hoch, als sie sah, dass er sich wieder in den Range Rover gesetzt hatte und auf das Tor zu fuhr, ohne noch einen Blick zurück zu werfen.

Sie schluckte ihre Enttäuschung hinunter. Die Einrichtung von Harwood Hall übertraf noch ihre

Erwartungen. Erwartet hatte sie ein altes, verstaubtes, zugiges Haus mit spärlichen alten Möbelstücken. Um so überraschter war sie, als sie feststellte, dass das gesamte Innere neu renoviert und sehr geschmackvoll und bequem eingerichtet war.

Alicia erzählte, dass Darius den Ost- und Westflügel für Gäste eingerichtet hatte, wobei zu jeder Einheit stets mehrere Zimmer gehörten. Hillary saß in einem breiten Sessel, nippte an einem Wodka mit Tonic und sah sich beeindruckt in dem gemütlichen Salon um.

Alicia missdeutete Hillarys Gesichtsausdruck. »Darius Harwood hat ein junges schottisches Mädchen beschäftigt, das sich um die einzelnen Zimmer kümmert«, sagte sie. »Wir brauchen nichts zu tun, das erledigt alles Fearn.«

Hillary wollte etwas erwidern, aber dann erkannte sie, dass ihre Schwester es gut gemeint hatte. Nach einer Weile sagte sie: »Danke, dass du mich eingeladen hast, Alix.«

Alicia schüttelte den Kopf, und ihre kurzen blonden Haare flogen von einer Seite zur anderen. »Ich kann doch nicht zulassen, dass du den Sommer in der heißen, stickigen Stadt verlebst. Außerdem bin ich froh, dass ich jetzt ein bisschen mehr Ruhe vor Chloe haben werde.«

Hillary musste lächeln. Alicia klagte oft über ihre beste Freundin Chloe und stöhnte über deren Zynismus und Oberflächlichkeit, und dass sie nur über Kleider, Geld und Männer redete. In Wirklichkeit waren sich die beiden Frauen so ähnlich wie zwei Erbsen in der Dose. Der einzige Unterschied war der, dass Chloe so dunkel war wie Alicia blond.

In diesem Augenblick wurden sie von einer jungen Frau unterbrochen, die Hillary noch nie gesehen hatte. Alicia sprang sofort auf, nahm sie an der Hand und führte sie ins Zimmer. »Hilly, du erinnerst dich, dass ich sagte, Chloe hätte eine Freundin eingeladen? Nun, hier ist sie. Odile. Sieht sie nicht bezaubernd aus?«

Hillary musste zugeben, dass die Frau, sie vor ihr stand, sehr attraktiv aussah. Groß und schlank, endlose Beine. Aber am auffälligsten war der Kopf mit dichten roten Haaren, die in sanften Locken bis zum Po fielen.

Hillary lächelte und streckte ihre Hand aus. »Odile ist ein französischer Name, nicht wahr?«

Die junge Frau erwiderte ihr Lächeln und drückte Hillarys Hand. »Ja. Meine Mutter ist Französin, mein Vater Engländer. Aber ich habe immer in England gelebt.« Ihre melodische Stimme passte zu ihrem attraktiven Aussehen.

Dann stürmte Chloe in den Salon. Sie trug nicht mehr die roten Wildlederschuhe mit den Stilettoabsätzen, sondern lief auf Strümpfen über den dicken Teppich.

»Oh, ich sehe, dass du Odile schon kennen gelernt hast.« Sie schmollte ein wenig, dann fragte sie: »Wie gefällt dir denn unser Darling Darius? Ist er schon wieder weg?«

Alicia nickte. »Er hat sich nicht einmal die Mühe gemacht, mit uns ins Haus zu gehen. Ich glaube, Hillary hat etwas gesagt, was ihm Angst eingejagt hat.«

Hillary protestierte. »Ich habe kaum ein Wort mit ihm gesprochen.«

Chloe tätschelte ihre Hand. »Schon gut, Hillary, Kleines. Deine liebe Schwester nimmt dich auf den Arm. Die Wahrheit ist«, fügte sie hinzu und senkte die Stimme, als fürchtete sie, belauscht zu werden, »dass wir ihn alle für absolut fabelhaft halten. Stimmt's nicht, Mädchen?«

Sie lächelte Odile und Alicia an, damit sie ihr Urteil

bestätigten, und beide nickten eifrig. Hillary seufzte. Wenn sie sich also um den Fabelmann bemühen wollte, musste sie sich ans Ende einer langen Schlange einreihen.

Die kleine Party löste sich kurz danach auf. Hillary war dankbar für die Ruhe ihres Schlafzimmers. Ihr erschöpfter Körper sehnte sich danach, in ihr bequemes Bett zu sinken. Ihre Begegnung mit Michael hatte einige ihrer weniger benutzten Muskeln heftig beansprucht, und die machten sich jetzt bemerkbar. Aber für ein Bad fühlte sie sich zu müde.

Langsam zog sie sich aus und ließ jedes Kleidungsstück auf den Boden fallen. Wie die anderen Zimmer war auch ihr Schlafzimmer geräumig und gemütlich. Der Teppich war flauschig und mitternachtsblau, während Wände und Decke in einem milderen Blau gehalten waren. Hillary stellte sich das Rauschen der See vor und fühlte beinahe, wie sie von warmen blauen Wellen umspült wurde.

Als sie sich umdrehte, sah sie ihren nackten Körper im großen Spiegel an der einen Wand. Er befand sich in einem breiten, mit Gold verzierten Rahmen und nahm etwa die Hälfte der Wand ein. Man konnte fast das ganze Zimmer im Spiegel sehen, und natürlich auch das beeindruckend breite Doppelbett.

Trotz ihrer Erschöpfung betrachtete sie sich ein paar Minuten lang im Spiegel, wandte sich nach rechts und nach links und bewunderte ihren Körper, bis ihre Betrachtung vom Schrei einer Eule unterbrochen wurde.

Sie blickte zum Fenster, aber natürlich konnte sie nichts sehen – Eulen sind scheue Vögel, und außerdem war das Fenster mit schweren samtenen Vorhängen verhangen.

Achselzuckend wandte sie sich wieder dem Spiegel zu. Sie spürte einen unerklärlichen Schauer, der über ihren Rücken lief, und für den Bruchteil einer Sekunde hätte sie schwören können, dass jemand sie beobachtete.

Sie sprang quer durchs Zimmer, hüpfte ins Bett und zog die Decke bis zum Hals, ohne zu überlegen, ob sie sich nun töricht verhielt oder nicht. Ihre Augen kullerten wild, voller Furcht sah sie sich um, ob sie jemanden erkennen konnte, Mensch oder Gespenst. Schließlich war es nicht ausgeschlossen, dass ein Geist in einem so alten Gemäuer hauste.

Allmählich beruhigte sich ihr Puls wieder, und ihr Atmen und Denken normalisierten sich. Doch trotz des hellen Lichts der Leselampe konnte sie sich nicht richtig entspannen, und so fand sie noch keinen Schlaf. Seufzend griff sie zur Zeitschrift und blätterte sie durch. Im Zug war sie bei der Lektüre derart gelangweilt gewesen, dass sie fast eingeschlafen war; vielleicht konnten die Artikel dies noch einmal bewirken.

In einem anderen Teil des Hauses saß Darius Harwood in einem bequemen schwarzen Ledersessel und rauchte mit Genuss eine Zigarre. Entspannt nach einem köstlichen Mahl und einem heißen Bad legte er sich zurück, den klammen Körper in einen dicken Bademantel gehüllt. In der einen Hand hielt er einen Cognacschwenker, an dem er ab und zu nippte.

Dies war ihm die liebste Zeit des Tages; die Zeit, in der die meisten Gäste in ihren Betten lagen. Darius beugte sich ein wenig vor, und als er einen Knopf berührte, flimmerte einer der TV-Monitore vor ihm auf.

Die Fernsehüberwachung hatte er auf Empfehlung eines hiesigen Beraters der Polizei einbauen lassen, der sich in erster Linie um die Verbrechensvorbeugung kümmerte. In einem Besitz wie Harwood Hall gab es viele kostbare Antiquitäten, da waren Sicherheitsmaßnahmen ein absolutes Muss. Überall im Haus waren Kameras sichtbar aufgestellt. Der Berater hatte ihn ausdrücklich davor gewarnt, Überwachungskameras in den Gästezimmern zu installieren.

»Die Leute reagieren nicht freundlich, wenn man sie rund um die Uhr überwacht. Das gilt besonders für Bad und Bett.« Der Polizeibeamte hatte dabei einen roten Kopf bekommen.

Darius hatte zustimmend genickt und dem guten Bekannten versichert, dass er nicht im Traum an einen solchen Verstoß gegen die Privatsphäre dachte. Sobald die offiziellen Installateure der TV-Überwachung abgezogen waren, hatte er einen eigenen Spezialisten bestellt, der in jedem Salon und in jedem Schlafzimmer Kameras hinter großen Spiegeln angebracht hatte, damit Darius den größtmöglichen Blickwinkel hatte.

Dazu hatte er noch winzige Mikrofone in allen Räumen verstecken lassen. Darius rechnete nicht damit, dass er entdeckt wurde, denn die Geräte waren geschickt untergebracht, und er hatte den Mann zu gut bezahlt, als dass er das Geheimnis ausplaudern würde.

Auf einem der Monitore gab es was zu sehen. Der neue Gast – wie hieß sie noch? Oh, ja, Hillary Fordham – war gerade ins Schlafzimmer getreten. Sie sah glücklich und erschöpft aus. Darius beugte sich weiter vor, um besser sehen zu können. Hillary sah sich neugierig im Zimmer um, dabei zog sie sich aus und ließ die Kleider auf den Boden fallen.

Darius grinste. Er hasste Durcheinander. Aber dann rief er sich in Erinnerung, dass er Hillary nicht als Hausdame anstellen wollte, also war ihr Ordnungssinn nicht von Bedeutung.

Sie stand vor dem Spiegel und war Darius so nahe, als stände sie vor ihm.

Er sog scharf die Luft ein und stieß sie langsam wieder aus. Verdammt, war sie schön! Sie hatte einen phantastischen Körper. Sie hatte den schlanken, trainierten Körper einer Athletin, hoch angesetzte Brüste und eine schmale Taille. Obwohl der Sommer gerade erst begonnen hatte, war sie herrlich gebräunt. Nur die Brüste waren weiß, und auch die Haut um das Dreieck ihrer Scham war blass.

Fast widerwillig zwang er seinen Blick von ihrem Geschlecht zu den pinkfarbenen Brüsten, um gleich danach noch höher zu huschen. Ihr Gesicht hatte eine Herzform, deshalb konnte man nicht von einem klassischen Antlitz sprechen, aber es begeisterte ihn. Mandelförmige grüne Augen, Grübchen in den Wangen, schmollende Lippen. Er stellte sich diese Lippen um seinen Penis vor, und noch bevor er diese Phantasie abgeschlossen hatte, spürte er die Härte seines Schafts.

Alles zu seiner Zeit, mahnte er sich.

Sie stand eine lange Zeit vor dem Spiegel und bewunderte ihren Körper. Darius schätzte Narzissmus bei einer Frau, er deutete verborgene sexuelle Tiefe an. Seine Phantasie verdrängte die Wirklichkeit – er sah sich vor ihr knien, wie er das zarte Gewebe der Labien teilte und mit der Zunge über die strotzende Knospe ihrer Klitoris fuhr, bis sie in seine Haare griff und ihn anflehte aufzuhören.

Aber er würde nicht aufhören. Er würde sie mit seinen Fingern erforschen und darauf warten, dass sie ihn hechelnd aufforderte, zwischen ihre Schenkel zu kommen …

Er konnte seine eigene Erregung nicht mehr ignorieren, konnte der Versuchung nicht widerstehen, sich selbst zu berühren. Er umfasste seinen Schaft mit beiden Händen, drückte hart zu und fuhr mit den Händen auf und ab. Er rieb immer schneller und härter, bis es aus ihm herausschoss wie aus einem Geysir.

Darius ließ sich in den Sessel zurückfallen. Genau so wollte er sie auch in Wirklichkeit sehen – nackt. Er stieß noch ein paar Atemzüge aus, dann spürte er, wie seine Lider schwer wurden. Noch ein paar Minuten, dann würde er abschalten und schlafen gehen.

Plötzlich wurde der Zauber durch den Schrei einer Eule gebrochen. Hillary sah sich um, blickte zum Fenster, dann zurück in den Spiegel. Was war das für ein Ausdruck in ihren Augen? Hatte sie etwas bemerkt? Er hätte schwören können, dass sie ihn beim Beobachten sehen konnte. Dabei wusste er, wie unmöglich das war.

Unmöglich oder nicht, irgend etwas hatte sie die Nerven verlieren lassen. Sie war ins Bett gesprungen und hatte sich die Decke bis zum Hals gezogen. Ängstlich schaute sie sich im Zimmer um. Er hielt den Atem an und sah zu, wie sich ihr Ausdruck veränderte, als die Panik von ihr abfiel.

Eine Weile saß sie regungslos da und presste das Betttuch mit beiden Händen gegen den Hals. Offenbar überlegte sie, was sie als nächstes tun sollte. Allmählich schien ihr zu dämmern, dass das, was sie gesehen oder gehört hatte, nur in ihrer Phantasie existierte. Sie entspannte sich langsam, und die Hände mit dem Laken sanken ein wenig.

Darius beugte sich gespannt wieder vor. Sein Herz klopfte vor Erwartung. Jetzt sollte sie sich selbst ein wenig stimulieren; ein Orgasmus würde sie entkrampfen und in den Schlaf lullen. Er spürte, wie sein Penis wieder zu zucken begann. Er wünschte, er hätte die Macht, ihr seinen Willen aufzuzwingen – wäre das keine wunderbare Ergänzung? Er starrte auf den Bildschirm und setzte seine ganze Konzentration ein.

»Lass das Laken fallen«, presste er hervor. Seine Stimme war ein heiseres Flüstern in der Stille des großen alten Hauses. »Lege dich zurück und spreize deine Beine. Streichle dich, damit wir uns beide an deinem Körper erfreuen können.«

Einen Moment lang sah es so aus, als ob sie ihm tatsächlich gehorchen würde. Ihre Hände ließen das Betttuch los, das auf ihre Hüften fiel, aber statt sich zu streicheln griff sie über das Bett zu einem kleinen Eichenschrank und hob eine Zeitschrift auf. Seufzend sah er zu, wie sie Seite um Seite umblätterte. Kein Zweifel, jetzt würde sie lesen, bis sie eingeschlafen war.

Was für eine grausame Ironie, dachte er. Sie war wach und brauchte Entspannung, um schlafen zu können, und er hätte einiges darum gegeben, ihr diese Entspannung zu verschaffen. Wie schade, dass sie sich nicht besser kannten.

Er überlegte, ob er die Bilder der Kameras im Schlafzimmer ihrer Schwester oder der anderen Frauen näher heranholen sollte. Das Panoramabild auf den anderen Monitoren zeigte ihm, dass sie alle mit sich selbst beschäftigt waren.

Aber in den vergangenen Wochen hatte er schon genug von ihnen gesehen. Abgesehen von der Rothaarigen war er an den anderen nicht interessiert. Sie waren zu hart, zu verbittert über das Leben, die Männer und den Sex. Außerdem jagten sie ihn, und das gefiel ihm nicht.

Es war Tradition, dass die Harwoods die Jäger waren und nicht das Wild. Nein. Für diesen Abend hatte er genug. Er würde früh zu Bett gehen und ausgeruht aufstehen, um den Herausforderungen des neuen Tages begegnen zu können.

Obwohl Hillary davon überzeugt gewesen war, eine schlaflose Nacht verbringen zu müssen, war sie bald eingeschlafen. Sie träumte von Michael und Darius. Deren Gesichter und Persönlichkeiten kreuzten sich, bis es schließlich der geheimnisvolle Lord Harwood war, mit dem sie Liebe machte.

Trotz aller Unwirklichkeit erwiesen sich die Bilder ihres Traums als äußerst mächtig und stark, und obwohl ihr Verstand sich am Morgen nicht erinnern konnte, erinnerte sich ihr Körper noch sehr wohl. Sie fühlte sich mehr als nur ein wenig erregt, als sie früh aufwachte. Brüste und Geschlecht prickelten wie verrückt.

Sie wollte ihren ersten Tag nicht verschlafen, deshalb ging sie gleich unter die Dusche und zog sich zügig an. Sehr bewusst wählte sie ihre Kleidung. Da sie nicht wusste, was die anderen für den Tag geplant hatten, wollte sie für alle Eventualitäten gerüstet sein. Sie entschied sich für weiße Baumwollshorts und ein eng anliegendes türkisfarbenes T-Shirt und für drunter einen weißen Bikini.

Im Haus war es noch still, was Hillary nicht überraschte, denn Alicia und Chloe waren nicht als Frühaufsteher bekannt. Sie beschloss, ihre Sachen auszupacken, ehe sie sich auf die Suche nach einem Frühstück begab. Sie hängte gerade die letzte Bluse auf, als es zaghaft an die Tür klopfte. Im nächsten Moment sah sie das lächelnde Gesicht von Odile.

»Ich bin froh, dass du schon wach bist. Ich habe vor, ins Dorf zu gehen. Kommst du mit?«

Hillary nickte eifrig. »Hier gibt es bestimmt kein anständiges Frühstück, was?«

Odile schüttelte den Kopf. »Nun, man kommt auf seine Kosten, wenn man Trüffel, Kaviar und Artischockenherzen auf den nüchternen Magen haben will.«

Hillary griff nach ihrer Tasche. »Zum Frühstück kann ich gern darauf verzichten.« Lächelnd fügte sie hinzu: »Komm, gehen wir auf die Suche nach einem ordentlichen Frühstück.«

Über den Privatweg wären sie lange unterwegs gewesen, ehe sie das Dorf erreicht hätten, aber Odile hatte eine Karte bei sich, auf der eine Abkürzung eingezeichnet war. Nach zehn Minuten befanden sie sich auf der Hauptstraße, und weitere fünf Minuten später hatten sie das Dorf erreicht, das aus etwa zwanzig Häusern, zwei Kneipen und einem Laden bestand.

Der Laden war überraschend gut sortiert. Odile und Hillary kauften verschiedene Gemüsesorten, dazu Räucherlachs, Frischkäse und mehrere Baguettes. Der Händler bot ihnen an, die Ware zu liefern, aber sie nahmen sie mit und spazierten durchs Dorf und hinunter zum Hafen. Dort bot sich ihnen ein atemberaubend schönes Bild, und spontan entschieden sie zu bleiben und sich auf der Hafenmauer zu einem Picknick niederzulassen.

Eine Weile schwiegen sie, während sie dem Kommen und Gehen der Fischerboote zuschauten. Plötzlich sprang Odile auf die Füße.

»Oh, Himmel, ich habe etwas vergessen! Ich muss sofort zurück. Ich habe meinem Freund versprochen, ihn heute Morgen anzurufen. Er kommt nach England und bleibt übers Wochenende hier«, erklärte sie ganz aufgeregt.

»Nach England?«, fragte Hillary verdutzt. »Woher kommt er denn?«

»Aus Frankreich«, antwortete Odile und schaute auf ihre Uhr. »Er ist französischer Afrikaner, groß, schwarz und schön. Er behauptet, von Josephine Baker abzustammen, der berüchtigten Tänzerin aus den zwanziger Jahren.«

Hillary hatte ein Faible für diese Zeit und kannte

die Skandale, die Josephine Baker mit ihren gewagten Kostümen und Tänzen ausgelöst hatte. Wenn er von ihr abstammte, dann freute sie sich darauf, Odiles Freund kennen zu lernen.

»Wenn du nichts dagegen hast, bleibe ich noch eine Weile«, sagte Hillary. Odile hatte es eilig und verschwand.

Hillary sah der jungen Frau nach, bis sie hinter einer Biegung außer Sichtweite war, und danach wandte sie ihre Aufmerksamkeit einer Gruppe von Kindern zu, die Krabben fischten. Sie benutzten eine Angelschnur und einen Streifen Speck als Köder. Die Methode schien erfolgreich zu sein, denn sie hatten einen Eimer mit Krustentieren aller Art und Größen bereits gefüllt.

Nach einer Weile rutschte sie auf der Mauer herum und sah hinüber zum Parkplatz, der sich mit den Fahrzeugen der Urlauber füllte. Bei diesem Rundblick fiel ihr das erste Mal der Laden eines Schiffsausrüsters auf, besser gesagt, der Schiffsausrüster selbst.

Wie alle anderen kleinen Häuser entlang des Kais war auch der Laden aus den grauen Steinen gebaut, die für diese Gegend charakteristisch waren.

Draußen gab es Ständer, auf denen Taue und Stricke in verschiedenen Farben, Durchmessern und Längen hingen. In mehreren Holzkisten lagen Messinghaken und eine Reihe von anderen Gegenständen, die Hillary nicht kannte. Auf der anderen Seite des Eingangs war eine bunte Vielfalt kommerzieller Artikel ausgestellt; bunte Gummiboote, Schwimmflossen, Angelruten, Netze, Bikinis, Badehosen, Sandalen, Hüte, T-Shirts.

Hillary fragte sich, wieso eine Brise Meeresluft die Menschen dazu verführen konnte, solche grellen Dinge zu kaufen. War das ein typisch englisches Phänomen?

Sie hatte einen großen, hellhaarigen Mann gesehen, als sie auf der Mauer gesessen hatte. Jetzt stand sie vor dem Geschäft und fasste die Stoffe der Bikinis und T-Shirts an. Der Mann betrat seinen Laden durch die Hintertür.

Der Anblick ließ ihr den Atem stocken. Er war ohne Zweifel das umwerfendste Stück Mann, das sie je gesehen hatte. Sie täuschte Interesse an den Bikinis vor und lugte immer wieder zu ihm hinüber. Er war groß, etwa ein Meter neunzig, und sehr muskulös, aber nicht so übertrieben wie bei einem Bodybuilder. Seine herrliche Physis wurde von den abgeschnittenen Jeans und dem schlichten weißen T-Shirt noch betont.

Aber es war sein Gesicht, das beste Gesicht, das sie je bei einem blonden Mann gesehen hatte, das sie am meisten faszinierte. Eigentlich fühlte sie sich mehr zu dunkelhaarigen Männern mit dunklerem Teint hingezogen, aber bei diesem Mann war sie bereit, eine Ausnahme zu machen. Sie lächelte vor sich hin, von der eigenen Arroganz amüsiert. Vielleicht war sie nicht sein Typ.

Als wäre es eine Antwort auf ihre Gedanken, schaute er hoch und ertappte Hillary dabei, wie sie ihn beobachtete. Rasch wandte sie ihre Aufmerksamkeit wieder dem Stoff zu, den sie zwischen Daumen und Zeigefinger rieb, und dann bemerkte sie, dass sie eine Männerbadehose gegriffen hatte. Jetzt wurde sie doppelt verlegen, ließ die Hand sinken und wandte sich den bunten Windmühlen für Kinder zu. Sie bückte sich nach einer und drehte sich um, Richtung Laden, um die Windmühle zu bezahlen.

»Das möchten Sie kaufen?«, fragte er.

Man hörte ihm an, dass er kein Engländer war.

»Ja, bitte. Sie soll für meinen Neffen sein«, log sie und fragte sich, warum sie ihm eine Erklärung schuldig sein sollte. »Was kostet sie?« Sie kramte in ihrer Tasche, bis sie das Portemonnaie gefunden hatte und reichte ihm eine Ein-Pfund-Münze.

Er langte nach ihrer Hand mit der Münze, und fast gleichzeitig nahm er ihr die Windmühle aus der anderen Hand. »Ich packe sie Ihnen ein und bringe Ihnen das Wechselgeld. Einen Augenblick, bitte.«

Seine Stimme hatte eine gewisse Singsang-Qualität, die sie den skandinavischen Menschen zuschrieb. Als er zurückkehrte, hatte sie ihre Verlegenheit verdrängt und blickte ihm in die smaragdgrünen Augen.

»Wo kommen Sie her? Schweden?«

Er lächelte und zeigte seine ebenmäßigen weißen Zähne. »Nein, Norwegen. Mein Vater war Norweger, ein Seemann. Ich heiße Haldane.«

Stolz schwang in seiner Stimme mit, als wollte er Hillary wissen lassen, dass ihm seine Abstammung wichtig war.

Hillary nahm Wechselgeld und Windmühle entgegen, legte sie vorsichtig in ihre Einkaufstasche und schaute zu ihm auf. Seine wuchtige Gestalt überragte sie. »Dann hat Ihr Vater Ihnen wohl das Interesse an Ihrem Beruf vermittelt«, sagte sie und wies auf die Taue und Haken.

Haldane schüttelte den Kopf. »Nein, ich habe ihn gar nicht gekannt. Bevor ich geboren wurde, fuhr er zur See und kehrte nicht mehr zurück.«

Bedauernd wurde Hillary bewusst, dass sie das Falsche gesagt hatte. Nun zermarterte sie sich den Kopf nach einem unverfänglichen Thema. Sie drehte sich zu ihm um, aber er hatte sich schon in das dunkle Innere seines Ladens zurückgezogen. Hillary fühlte sich schuldig und winkte ihm zu, bevor sie sich umdrehte und zurück nach Harwood Hall ging.

Sie bemerkte nicht, dass er ihr nachschaute, bis sie aus seinem Blickfeld verschwunden war.

Als sie wieder im Haus war, saß Odile am Fenster und strahlte über das ganze Gesicht. Auch Alicia und Chloe waren inzwischen aufgestanden.

»Ich nehme an, du hast deinen Freund erreicht«, sagte Hillary und ließ sich erschöpft in einen Sessel sinken. Der Rückweg hatte sich viel länger gezogen als der Hinweg.

»Ja, und er kommt zum Wochenende. Ich bin ja so glücklich«, sagte Odile.

»Wie heißt er, und seit wann kennst du ihn?«

Odile lehnte sich vor, einen verträumten Ausdruck auf dem Gesicht. »Er heißt Theo, und wir kennen uns seit fünf Monaten, einer Woche und vier Tagen.«

Hillary musste lachen. »Du hast die Stunden vergessen.«

Sie griff in ihre Tasche und packte die Windmühle aus. Sie hielt sie vors Gesicht und blies dagegen. Aufmerksam schaute sie zu, wie sich die bunten Flügel immer schneller drehten. Sie fing Odiles erstaunten Blick auf und lachte nervös. »Ich habe sie ganz spontan gekauft«, sagte sie.

Alicia kam ins Zimmer und hob eine Augenbraue, als sie Hillary mit der Windmühle sah, aber sie gab keinen Kommentar von sich. Im Laufe der Jahre hatte sie sich an das manchmal seltsame Verhalten der jüngeren Schwester gewöhnt.

Hillary schaute auf. »Ah, schön, dass du da bist, Alix. Kannst du mich mal durchs Haus führen? Darius erwähnte, dass es Räume gibt, die wir nicht betreten sollen, deshalb möchte ich gern wissen, wo wir sein dürfen und wo nicht.«

»Ja, gern. Wir können sofort gehen, wenn du willst.« Alicia sah Odile an. »Möchtest du auch kommen?«

Odile schüttelte den Kopf. »Nein, danke. Ich möchte hier sitzen bleiben und noch ein wenig träumen.«

Alicia hatte Verständnis dafür. Aber sie konnte sich nicht verkneifen, Odile zu fragen, ob es ihr allein im Haus nicht zu unbehaglich wäre.

»Natürlich nicht, warum sollte es?« Odile kicherte und sah Alicia verdutzt an.

Alicia hob die Schultern. »Ich meine ja nur ...«

Sobald sie außer Hörweite waren, wiederholte Hillary die Frage, die Odile eben gestellt hatte. Alicia hob wieder die Schultern. »Ach, eigentlich gibt es keinen Grund. Es ist nur ...« Sie zögerte.

»Nun rede schon«, drängte Hillary.

»Nun ...« Alicia schien damit beschäftigt zu sein, ein Staubkorn von ihrem Ärmel zu wischen. »Es ist so, dass ich seit ein paar Tagen das sichere Gefühl habe, beobachtet zu werden.« Sie lachte, aber man sah deutlich, dass es ein verlegenes Lachen war. »Chloe sagt, dass mir die Abgeschiedenheit auf die Nerven geht. Vielleicht hat sie Recht.«

Hillary warf einen Seitenblick auf die Schwester. Schon als Kind hatte sie eine ausgeprägte Phantasie gehabt. Aber diesmal, dachte Hillary, war es mehr als nur Einbildung. Alicia schien wirklich verstört zu sein.

»Ich kann nicht sagen, dass mir bisher was aufgefallen wäre«, sagte sie, »aber ich bin nicht einmal vierundzwanzig Stunden hier.« Noch während sie das sagte, wurde Hillary bewusst, dass sie nicht die Wahrheit sagte. Aber vergangene Nacht war sie erschöpft und desorientiert gewesen. Was sie sich eingebildet hatte, war wahrscheinlich nur auf ihr Schlafbedürfnis zurückzuführen; deshalb wollte sie Alicia und den anderen nichts davon sagen.

Ihre Schwester nickte und blieb stehen, um die schwere Doppeltür aus Eiche aufzustoßen, die ihren Flügel vom Haupthaus trennte. Sie waren kaum ein paar Schritte den Korridor entlang gegangen, als ein junges Mädchen auftauchte. Sie war hager und sah wie eine Elfe aus. Sie blickte die beiden Frauen scheu an.

»Hillary, das ist Fearn, Darius' Haushälterin.« Alicia beschrieb einen weiten Kreis mit einem Arm, als wollte sie die Vorstellung abrunden.

Hillary betrachtete das junge Mädchen und war überrascht, dass sie die Verantwortung für das große Haus haben sollte. Sie lächelte und streckte eine Hand aus, aber Fearn lächelte nur scheu, wischte sich die Hände an der Schürze ab und ging schweigend an ihnen vorbei.

»Wie kann sie die Arbeiten einer Haushälterin versehen?«, fragte Hillary, sobald Fearn in einem Zimmer verschwunden war. »Sie sieht kaum stark genug aus, um einen Staubwedel zu heben.«

Mit ihrer typischen Gleichgültigkeit hob ihre Schwester die Schultern. »Wer weiß? Ich glaube, einige Frauen kommen stundenweise vorbei und helfen ihr.«

Hillary schürzte die Lippen. Irgendwie sorgte sie sich um das junge Mädchen. »Wohnt sie auch hier?«

Alicia fühlte sich ein wenig irritiert. Das Mädchen war ihr nun wirklich egal. Aber Alicia wusste auch, dass ihre Schwester erst zufrieden sein würde, wenn alle ihre Fragen beantwortet waren. »Ja, und Darius auch.«

Das hatte Hillary nicht vergessen. Im Gegenteil, sie hatte seit gestern Abend oft daran gedacht.

»Glaubst du, dass er und sie …?«

Alicia unterbrach sie. »Nein, das glaube ich nicht. Sie ist ganz bestimmt nicht sein Typ. Viel zu jung und unerfahren für ihn. Und außerdem wohnt Fearns Bruder gewöhnlich auch hier, aber bevor du mich weiter löcherst – nein, ich habe ihn noch nicht gesehen, denn er verbringt ein paar Wochen bei seiner Familie in Schottland.«

Hillary lachte. »Okay, jetzt weiß ich genug. Du kannst mit der Führung beginnen.«

Sie hatten das Ende des Korridors erreicht und standen am Fuß einer breiten Treppe aus Mahagoni, die sich hinunter zur Eingangshalle wand. Hillary lehnte sich über das Geländer. Es ging weit nach unten, stellte sie mit einem leichten Gefühl der Beklommenheit fest. Die schwarzen und weißen Marmorquadrate auf dem Hallenboden sahen hart aus und ließen es unratsam erscheinen, sich noch weiter über das Geländer zu lehnen. In ihrem Kopf verfolgten sie Bilder ihres eigenen Sturzes.

Zitternd richtete sie sich auf. »Können wir unten auch mal nachschauen?«

Alicia schüttelte den Kopf. »Nein, eigentlich nicht. Jedenfalls nicht ohne Darius' Erlaubnis. Es sollen überall Alarmanlagen installiert sein, und bei einem falschen Schritt lösen wir sie aus. Aber du könntest ihn fragen«, fügte sie hinzu, und dann wurde sie abgelenkt, weil Fearn zurückkam.

»Ihre Freundin bittet Sie, zu ihr zu kommen, weil sie in Panik ist.« Das Mädchen sagte nicht, um welche Freundin es sich handelte, aber Alicia und Hillary unterstellten beide, dass es sich um Chloe handelte. Odile gehörte nicht zu den Frauen, die in Panik gerieten.

Alicia nickte dankend und wandte sich an Hillary. »Ich bin in einer Minute wieder zurück. Sie hat wahrscheinlich eine Fluse im Nagellack entdeckt, oder es ist sonst eine unerhörte Katastrophe eingetreten«, sagte sie grinsend.

Hillary lächelte. »Ich komme schon zurecht.«

Sobald Alicia gegangen war, wandte sich Hillary einem großen Gemälde an der Wand zu. Es zeigte ein rassiges Vollblut, ein Rennpferd, dessen Fell mit einer leichten Schaumschicht glänzte, als ob es gerade ein

Rennen beendet hätte. Hillary trat näher, aber sie konnte nirgendwo den Namen des Pferdes oder des Malers entdecken.

Sie hörte das Schwingen der Eichentüren, woraus sie schloss, dass Alicia ihren Flügel erreicht hatte. Ein paar Minuten blieb Hillary stehen und wartete, trat von einem Fuß auf den anderen, schaute immer mal wieder auf das Rennpferd und auf ihre Uhr. Alicia war erst ein paar Minuten weg, und schon fühlte sich Hillary ungeduldig. Wieder lehnte sie sich über das Geländer und blickte hinunter auf die Marmorfliesen. Sie würde gern die Treppe hinunter gehen, aber sie traute sich nicht.

Dann sagte sie sich nach weiteren langen Warteminuten, dass Alicia sie nicht davor gewarnt hatte, die Etage weiter zu erkunden, auf der sie gerade stand. Entschlossen trat sie über den Treppenabsatz und ging in den Flur des Haupthauses. Zu beiden Seiten des mit dicken Teppichen ausgelegten Gangs gingen Türen ab. Einige Tüten standen weit offen, so dass man in die Räume sehen konnte. Zu ihrer Überraschung waren die meisten leer oder fast leer.

Sie ging weiter und drückte die Klinken einiger Türen. Die meisten waren abgeschlossen, andere öffneten sich und gaben den Blick auf ähnlich eingerichtete Zimmer frei wie die in ihrem Flügel. In einem Raum entdeckte Hillary eine kleine Bibliothek mit anschließendem Leseraum.

Die Wände waren mit Buchregalen zugestellt, die einzelnen Bretter bogen sich unter dem Gewicht der schweren gebundenen alten Bücher. Es gab wenige Taschenbücher, und fast alle hatten Eselsohren.

Als Liebhaberin aller Arten von Büchern konnte sie der Versuchung nicht widerstehen, ein wenig in den Regalen zu stöbern. Sie hatte gerade eine Erstausgabe eines Kriminalromans von Agatha Christie in die

Hand genommen, als sie dicht hinter sich das Knarren eines Dielenbretts hörte.

Sie wirbelte herum und fand sich mit der beeindruckenden Gestalt von Darius Harwood konfrontiert. Seiner Miene nach zu urteilen war er nicht erfreut, sie zu sehen.

Drittes Kapitel

Trotz der Hitze des Sommers spürte Hillary plötzlich eine eisige Kälte.

»Ich glaube, ich hatte gesagt, dass die Eingangshalle zu meinem Bereich gehört.« Seine Stimme klang höflich, aber fest, und Hillary zuckte unter seinem strafenden Blick zusammen.

»Ich … eh … Alicia …«

Ihre Erklärungsversuche scheiterten kläglich. Ihr versagte die Stimme, ihre Knie zitterten, und ohne daran zu denken, dass es ihn noch mehr verärgern könnte, ließ sie sich in den nächsten Sessel sinken. Das war ein Fehler, erkannte sie, denn jetzt sah er noch imposanter aus, und sie fühlte sich noch mehr eingeschüchtert als vorher.

Darius starrte sie immer noch an. Ihr war bewusst, dass sie in seine Privatsphäre eingedrungen war. Er trat einen Schritt zurück und legte einen Finger unter ihr Kinn, damit sie ihn ansehen musste. Er hielt den Atem an und erkannte, dass sie keine Angst vor ihm hatte. Dafür war sie eine zu starke Frau.

Hillary bemühte sich, ihn kühn anzustarren, aber das gelang ihr nicht. Sie spürte ihr Herz in der Brust hämmern. Sie wünschte, sie könnte einfach dahinschmelzen. Sie wollte diese Arroganz nicht länger ertragen müssen. Als er einen Schritt auf sie zuging, wäre sie am liebsten zusammengeschrumpft, um sich in die Ritzen des Plüschsessels zu verdrücken. Sie glaubte nicht, dass er ihr Harm zufügen wollte, aber trotzdem fühlte sie sich bedroht. Adrenalin rauschte durch ihre Adern und beschleunigte ihren Puls. Als sie den Finger unter ihrem Kinn spürte, war ihr, als wäre sie vom Blitz getroffen worden.

Widerwillig schaute sie hoch und bemerkte, dass sein Schoß nur wenige Zentimeter von ihrem Gesicht weg war. Die schwellende Beule unter dem leichten Baumwollstoff seiner Hose strömte einen moschusartigen Geruch aus, der ihre primitiven Instinkte ansprach.

Kämpfen oder fliehen, dachte sie. Noch hatte sie eine Chance. Sie aktivierte jede Unze Energie, erhob sich aus dem Sessel und stand steif vor ihm. Sie stand so dicht, dass sie die Hitze seines Körpers spüren konnte. Ihr Mund fühlte sich trocken an. Sie fuhr sich mit der Zungenspitze über die Lippen und ließ ihn nicht aus den Augen.

Irgendwo im Haus tickte laut eine Uhr und zählte unerbittlich die Sekunden, während sie sich anstarrten und einen kleinen Willenskampf ausfochten, in dem es keinen Sieger geben konnte.

Er bewegte seine Hand, ließ die Finger um ihren Hals gleiten und zog ihr Gesicht an seins. Im nächsten Moment spürte sie seine Lippen auf ihren. Die plötzliche Gewalt seiner Aktion verwunderte sie.

Sie stellte sich auf die Zehenspitzen und ließ zu, dass seine Zunge in ihren Mund eindrang. Sie spürte, wie die Hitze in ihr aufstieg und ihren Körper mit einer Leidenschaft vereinnahmte, die sie bisher nicht gekannt hatte.

Plötzlich war ihr bewusst, dass sie diesen Mann gern besser kennen lernen würde. Sie wollte, dass er sie erforschte. Instinktiv fühlte sie, dass sie ihm gestattet hatte, in ihre Gedanken einzudringen. Sie wusste, dass es kein Zurück gab. Sie würde sich von ihm und den Ereignissen überrumpeln lassen, bis sie ihn besessen hatte. Ein Gedanke, der ihr Angst machte.

Sie schüttelte sich. Eine Hälfte von ihr wollte sich zurückziehen, wollte die Dinge aufhalten, so lange das noch möglich war. Die andere Hälfte von ihr wollte sich hart gegen seinen Körper drücken. Ihr Körper wollte ihm Dinge sagen, die sie nicht auszusprechen wagte. Ihre Gedanken überschlugen sich. Sollte sie bleiben oder nicht?

Die Entscheidung wurde ihr abgenommen. Er griff mit einer Hand an ihren Po und zog sie hart an sich heran, bis sie seinen Schaft spürte, der gegen ihren Unterleib rieb. Er hielt sie fest gepackt, und zum ersten Mal fühlte sie sich bei einem Mann hilflos, gefangen wie ein seltener Schmetterling. Ihre Knie zitterten. Sie schlang die Arme um ihn und drückte die Hände gegen Schulter und Rücken.

Dann waren plötzlich Stimmen zu hören, helle weibliche Stimmen. Alicia und Chloe. Abrupt ließ er sie los, und widerwillig löste er seinen Mund von ihrem. Er trat einen Schritt zurück. Hillary starrte ihn schweigend an und wartete darauf, dass er etwas sagte. Als er sprach, war es nicht das, was sie hören wollte.

»Das war ein Fehler. Ich bitte um Entschuldigung. Vergessen Sie, dass es geschehen ist.«

Beinahe hätte sie laut aufgelacht. Ein Fehler! Vergessen! Wenn das Leben so einfach wäre. Sie konnte die Umarmung ebenso wenig vergessen wie über Wasser laufen. Er mag mich, jubilierte sie. Sie schaute auf seinen Schritt und sah, dass er noch erregt war. Sie hob den Kopf und blickte in sein Gesicht, aber er starrte an ihr vorbei in den großen Spiegel, der die gegenüber liegende Wand dominierte.

In diesem Moment steckten Alicia und Chloe ihre Köpfe durch die offene Tür. »Oh, hier bist du, Hillary. Wir haben dich überall gesucht.« Alicia klang wirklich besorgt. Sie wandte sich an Darius. »Ich hoffe, meine Schwester hat nichts getan, was sie nicht hätte tun dürfen.«

Hillary hätte über die Bevormundung verärgert

sein sollen, aber unter diesen Umständen war sie eher amüsiert.

Darius schüttelte den Kopf. »Natürlich nicht. Wir haben uns über Literatur unterhalten.« Er schaute hinüber zu dem Buch, das Hillary auf den Stuhl gelegt hatte. »Über Agatha Christie, um genau zu sein.«

Alicia zuckte die Achseln. »Ich wusste gar nicht, dass du ein Fan von ihr bist, Hills. Du meckerst doch immer, wenn ich mir einen ihrer Krimis im Fernsehen anschaue.« Dann fügte sie rasch hinzu: »Natürlich nur zu Weihnachten, sonst sehe ich mir so was nicht an.«

Hillary grinste in sich hinein. Ihre Schwester war wirklich ein Snob. Darius und Chloe sollten wahrscheinlich auch nicht glauben, dass sie sich für banale Krimis interessierte.

Zu viert verließen sie das Zimmer. Darius schloss hinter sich ab und folgte ihnen die Treppe hinunter. Nur um sicher zu gehen, dass sie nicht wieder auf Entdeckungsreise gehen, dachte er im Stillen.

Hillary folgte Alicia und Chloe in den Korridor, der sie zurück zu ihrem Flügel brachte. Sie musste sich zwingen, nicht über die Schulter zurück zu schauen, um herauszufinden, ob Darius sie beobachtete.

Chloe plapperte die ganze Zeit, aber Hillary bekam nichts davon mit. Plötzlich blieb Chloe stehen und wandte sich an ihre Freundin. »Wie ist es, gehen wir heute zum Strand?«

Alicia nickte. »Du kommst doch auch, Hills? Heute Nachmittag wird es verdammt heiß.« Sie wartete gar nicht erst auf die Antwort der Schwester.

Sie fanden Odile in der Küche; sie hatte ein leichtes Picknick vorbereitet. In einer Kühlbox lagerten ein paar Flaschen Wein. In bester Stimmung stiegen sie in Alicias Mercedes. Die Fahrt zum Strand dauerte nur wenige Minuten, aber das Parken erwies sich als größeres Problem. Sie wollten gerade ein drittes Mal die Plätze abfahren, als sie Darius' vertrauten grünen Range Rover entdeckten. Er hielt vor ihnen an, dann öffnete sich die Fahrertür, und Darius sprang heraus.

Er trug Khakishorts und ein kurzärmeliges Hemd und sah in dieser Freizeitkluft ganz anders aus als sonst. Er wirkte völlig entspannt. Hillary musste sich erst an den Anblick gewöhnen. Es tat gut, ihn lächeln zu sehen.

»Die Damen suchen einen Parkplatz?«, fragte er. »Folgen Sie mir.«

Er fuhr etwa einen halben Kilometer die Straße entlang und bog dann auf einen Privatweg ab. Nach einem Kilometer verlor sich der Weg in einem Waldstück. Alicia stellte den Mercedes neben dem Range Rover ab, und sie stiegen alle aus und sahen sich ratlos um.

Schließlich fragte Chloe: »Wo sind wir hier, Darius? Wo ist der Strand?«

»Sie befinden sich wieder auf dem Besitz der Harwoods. Der Strand beginnt hinter dem Wald. Obwohl es sich nicht um einen Privatstrand handelt, werden Sie kaum gestört.« Er wies auf einen schmalen sandigen Pfad, der rechts verlief.

Hillary folgte seiner ausgestreckten Hand und nickte. Sie sah sich um und bemerkte einen ähnlichen Pfad auf der linken Seite. »Wohin führt uns dieser Weg?«, wollte sie wissen. »Zu einem Hexenhaus?« Seit sie in diesem Waldstück waren, hatte sie sich wie in einem Märchen gefühlt. Ihr fielen viele Märchen ein, in denen sich jemand in einem Wald verirrt hatte. Aber Darius ging auf ihren Scherz nicht ein.

»Dieser Pfad führt zum Naturalistenstrand«, antwortete er knapp.

»Oh, gibt es da Wildvögel und solche Sachen?«, rief Chloe.

Hillary lachte. Sie dachte, auch Chloe hätte einen

Scherz machen wollen, aber ein Blick in ihr Gesicht genügte: Sie hatte es ernst gemeint.

Alicia war offenbar an die Naivität ihrer Freundin gewöhnt. »Er meint, dass es dort einen Nacktbadestrand gibt, du dumme Kuh.«

Chloe zeigte keine Spur von Beleidigung. Sie schien fasziniert von der Vorstellung zu sein. »Oh«, rief sie, »da müssen wir aber bald mal hin, Alix.«

Darius fing einen Blick Hillarys auf und winkte ihr zu. Hillary grinste ihn an und wies auf den Picknickkorb. »Sind Sie beschäftigt? Sonst könnten Sie uns Gesellschaft leisten.«

Seine Blicke nahmen ihren ganzen Körper in sich auf, wodurch Hillary sich sofort entflammt fühlte. Sie musste sich an ihre Begegnung in der Bibliothek erinnern. Das war gerade erst eine Stunde her. Im Auto hatte sie ihr T-Shirt ausgezogen, so dass sie nur ihr Bikini-Oberteil und Shorts trug. Darius starrte sie an, als wäre sie nackt.

Er schüttelte bedauernd den Kopf. »Ich würde nichts lieber tun, als den Nachmittag in Gesellschaft von vier so wunderbaren Damen zu verbringen, aber leider muss ich arbeiten.«

Chloe kicherte. »Ohne Fleiß kein Preis, was, Darius?«

Er winkte ihnen noch mal und drehte sich dann zu seinem Fahrzeug um. Er fuhr die Strecke zurück. Die vier Frauen holten ihre Taschen aus dem Mercedes und nahmen den sandigen Pfad zum Strand.

Als nur noch wenige Bäume vor ihnen standen, bot sich ihnen ein atemberaubender Blick, und Hillary spürte sofort, wie sich ihre Stimmung hob. Vor ihnen erstreckte sich ein kilometerlanger Sandstrand, der im Sonnenlicht golden glänzte. Strand, so weit das Auge reichte. In der Ferne glitzerte etwas in der flirrenden Hitze, aber Hillary konnte nicht sagen, ob es das Meer war oder der Horizont. Einen Augenblick konnte man vergessen, dass man in Norfolk war, so exotisch und paradiesisch war dieses Bild.

Obwohl es ein öffentlicher Strand war, gab es nur wenige Menschen, und die vier Frauen konnten sich viele freie Plätze aussuchen. Hillary schlug vor, dass sie nicht weit gingen und sich gleich in der Nähe niederließen.

Es dauerte fast zehn Minuten, ehe sie ausgepackt, die Liegestühle aufgestellt, die Badetücher ausgebreitet und sich mit Sonnenmilch eingerieben hatten.

Hillary schloss die Augen. Ihre Nasenflügel zitterten leicht, als sie tief den Geruch von Kokosmilch einsog, die auf ihrer salzigen, verschwitzten Haut für den Schutz vor der Sonne sorgte. Sie seufzte zufrieden. Der Sommer war ihre liebste Zeit des Jahres. Sie liebte den Strand und war durchaus bereit, die Sonne anzubeten. Im Moment fühlte sie sich wie im Himmel.

Odile öffnete eine Flasche kalten Frascatis. Mit der freien Hand suchte sie in ihrem Korb. »Verdammt, ich habe die Plastikbecher vergessen.«

»Das spielt doch keine Rolle.« Chloe streckte eine perfekt manikürte Hand nach der Flasche aus und hob sie an die Lippen. »So kommen wir ohne Plastikbecher aus.« Sie nahm einen tiefen Schluck und reichte Alicia die Flasche.

Alicia schüttelte den Kopf. »Ich bin mit dem Auto hier.«

Die anderen drei bedauerten sie voller Sympathie, dann holte Hillary eine andere Flasche aus der Kühlbox. »Ich weiß nicht, ob sie absichtlich eingepackt wurde, jedenfalls ist es ein Wein, der nur geringen Alkoholgehalt hat. Davon könntest du auch einen Schluck nehmen, Alicia.«

Alicia sah sich das Etikett längere Zeit an, dann schien sie überzeugt zu sein. »Danke, Hills.«

Eine Weile lagen sie schweigend da und ließen sich von der Sonne braten.

Der Wein hatte alle entspannt, und plötzlich erklärte Chloe aus dem Blauen heraus, dass sie sich vorgenommen hätte, wenigstens einen Liebhaber in diesem Sommer zu finden.

Zu Hillarys Überraschung stimmte ihre Schwester der Freundin zu. »Für mich ist es unmöglich, wochenlang fast unbekleidet hier herumzuliegen, ohne meine vielfältigen Sehnsüchte zu erfüllen.« Unter gesenkten Lidern beobachtete sie Hillarys verblüfftes Gesicht. »Sei nicht so entsetzt, kleine Schwester. Es wäre nicht das erste Mal, dass ich ein bisschen was nebenbei habe, und außerdem«, fügte sie beißend hinzu, »ist mein lieber Mann auf diesem Gebiet auch nicht lilienweiß.«

»Du meinst, er hätte eine Affäre?«

Alicia lachte trocken auf. »Eine Affäre!« Sie legte eine längere Pause ein, dann fuhr sie mit leiserer Stimme fort: »Du wirst es vielleicht nicht wissen, Hillary, aber mein lieber Clive hat mehr als die Hälfte der Frauen in der Bank gevögelt. Es betrachtet das als Bonus, den der Job ihm bringt.«

Hillary nahm noch einen Schluck Wein. Sie war nicht sicher, ob sie die schmutzigen Einzelheiten über die Ehe ihrer Schwester hören wollte. Aber es war schon zu spät. Alicia, ermutigt durch ein paar Einwürfe Chloes, erwärmte sich an dem Thema, und gemeinsam plauderten sie über die Unzulänglichkeiten ihrer Ehemänner, sowohl im Bett als auch sonst.

Es schien, dass nur Odile mit ihrem Sexualleben zufrieden war. »Mein Theo ist wunderbar. Und er ist ein ganzer Mann.«

Alicia musterte sie nachdenklich. »Ja, danach habe ich dich schon fragen wollen, Odile. Und noch etwas.« Sie sah Odile ins Gesicht.

»Ich glaube, ich weiß, was du wissen willst, aber frage mich trotzdem.«

»Nun ...« Alicia griff nach dem Wein mit dem niedrigen Alkoholgehalt und hoffte wohl auf den Plazeboeffekt. »Ich möchte wissen, ob es stimmt, was man sich über schwarze Männer erzählt ... Ich meine, dass sie so besonders gut bestückt sind.«

Odile warf ihren Kopf in den Nacken und lachte. »Was soll ich sagen, Alicia? Ja, es stimmt. Jedenfalls nach meiner bescheidenen Erfahrung. Ob du es glaubst oder nicht, Theo ist erst mein zweiter Mann.«

Chloe sah sie von der Seite an. »Aber ich dachte ...«

Odile lächelte und drehte sich auf den Bauch. »Ich werde es deutlicher formulieren«, sagte sie. »Theo ist erst mein zweiter männlicher Geliebte.«

Die drei Frauen starrten sprachlos auf Odiles Rücken. Alicia warf Chloe einen fragenden Blick zu, aber die dunkelhaarige Frau hob nur die Schultern und schüttelte den Kopf.

Hillary unterdrückte ein Kichern – es geschah nicht oft, dass zwei so weltgewandte Frauen zum Schweigen gebracht wurden. Aber auch sie selbst sah verwundert zu Odile, und in ihrem Kopf entstand die Frage, was das wohl ein Gefühl war, mit einer so schönen jungen Frau Liebe zu machen. Hillary spürte eine Wärme in sich aufsteigen, die ihr peinlich war, deshalb stand sie abrupt auf.

»Ich gehe ins Meer«, sagte sie.

Die anderen trafen keine Anstalten, ihr zu folgen, als sie über den Sand zum Ufer schritt. Nach einer Weile blieb sie stehen, beschattete mit einer Hand die Augen blickte zum Horizont.

Obwohl sie erst am Vortag Sex mit Michael gehabt hatte, fühlte sie sich bereits frustriert. Ihre erotischen Sinne hatten sich schon bei der ersten Begegnung mit Darius geregt, dann beim Anblick des Norwegers

Haldane und heute Morgen wieder bei Darius. Wenn sie ehrlich zu sich war, dann musste sie sich eingestehen, dass auch sie gern eine Urlaubsromanze hätte. Die Frage war nur – mit wem?

Sie spazierte am Strand entlang, schwamm eine Weile, sonnte sich mit den anderen, genoss das Picknick und ging noch einmal schwimmen, ehe sie mit den anderen zurückfuhr. Unterwegs versorgten sie sich mit Pizzen, und während sie in der Küche hungrig darüber herfielen, verkündete Hillary, sie wollte früh ins Bett.

Alicia, Chloe und Odile protestierten und nannten sie eine Spielverderberin. Hillarys Einwand, dass sie sich wenigstens sportlich betätigt hatte – am Strand spazieren gegangen und zweimal im Meer geschwommen –, während die anderen drei faul in der Sonne gelegen und sich kaum bewegt hatten, ließen sie nicht gelten.

»Komm schon, Hillary«, drängte Alicia. »Wir wollen in die Kneipe im Dorf und noch einen Schlaftrunk nehmen. Davon wirst du nicht sterben.«

Hillary schüttelte lachend den Kopf. »Es hat keinen Zweck. Ich bin kaputt und will früh ins Bett. Außerdem liegt mir nicht viel am Alkohol.«

Sie wusste, dass Alicia diese Bemerkung auf sich und ihre Trinkgewohnheiten beziehen würde, und so war es auch. »Mir auch nicht«, gab ihre Schwester sofort zurück. »Und erinnere dich bitte, wer heute Nachmittag nüchtern bleiben musste.«

Ihre Stimme hob sich am Ende, und Hillary sagte beschwichtigend: »Ich sage doch nicht, dass du nicht gehen sollst. Aber bestürme mich nicht. Ich will nicht in deine Fußstapfen treten müssen.«

Jetzt befanden sie sich wirklich auf gefährlichem Terrain, dem üblichen schwesterlichen Schlachtfeld. Odile schaltete sich rasch ein. »Lass Hillary in Frieden,

Alicia. Und wir sollten gehen, bevor zur letzten Runde geläutet wird.«

Hillary wartete, bis sie gegangen waren, dann schlenderte sie in den Salon und schaltete den Fernseher ein. Viel zu bieten hatten die Programme nicht, deshalb gab sie sich mit der Sitcom zufrieden, jedenfalls, bis die Müdigkeit sie völlig vereinnahmte.

In der Zurückgezogenheit seiner Privaträume sah Darius zu, wie die Frauen vom Strand zurückkehrten, Pizza aßen und über den Besuch der Kneipe stritten. Auf eine Art war er enttäuscht, dass Hillary es ablehnte, mit ihnen zu gehen. Wenn Hillary in der Kneipe wäre, hätte er sie dort treffen können, und vielleicht wäre es ihm sogar gelungen, sie von Schwester und Freundinnen zu trennen.

Jetzt bestand keine Möglichkeit mehr, sie an diesem Abend zu treffen – es sei denn, sie ging wieder auf Entdeckungsreise. Es zuckte in seinen Lenden, als er daran dachte, was er heute Morgen empfunden hatte. Und gestern Abend, als er sie nackt vor dem Spiegel beobachtet hatte. Er seufzte. Wenn sie in dieser Nacht in seine Privaträume eindrang, würde er sie nicht so leicht davonkommen lassen.

Sie beim Fernsehen zu beobachten begann ihn bald zu langweilen. Das Schrillen des Telefons riss ihn aus seinen Gedanken. Er hob den Hörer ab, schaute aber weiter auf den Bildschirm.

Die Stimme am anderen Ende der Leitung war ihm vertraut, ein schottisches sanftes Schnurren, das sich sexy anhörte.

»Ilona«, sagte er, froh, von ihr zu hören.

»Darius, ich habe an dich gedacht. Torran wird bald zurückkommen. Ich frage mich, ob du mich auch gern für ein paar Tage sehen möchtest.«

»Ich möchte dich immer sehen, das weißt du doch. Wenn es dir nicht zu früh ist, schicke ich Farboys morgen los, um dich und Torran abzuholen.«

»Wirklich, Darius, du brauchst uns nicht mit dem Helikopter abzuholen. Der Junge und ich können den Zug nehmen.«

Darius blieb dabei. »Ich will keine Widerrede. Wenn du nichts anderes mehr von mir hörst, wird der Hubschrauber um sechzehn Uhr auf dem Landeplatz der Brauerei stehen.«

Die Frau zierte sich nicht länger. Sie unterhielten sich noch eine Weile, dann verabschiedeten sie sich, und Darius wandte sich wieder Hillary zu.

Verdammt! Sie war auf dem Sofa eingeschlafen. Sie würde dort schlummern, bis ihre Freundinnen aus der Kneipe heimkehrten. Er schaltete auf andere Kameras um, doch dann stellte er die Überwachungsanlage ab und grübelte, was Ilonas Anruf zu bedeuten hatte.

Darius sollte Recht behalten mit seiner Vermutung, dass Hillary erst durch das Getöse der zurückkehrenden Freundinnen aufwachen würde. Sie schlief, bis die Stille im Haus von lautem Lachen und trunkenem Kichern unterbrochen wurde. Alicia, Chloe und Odile schienen bester Laune zu sein.

Chloe hatte Mühe mit dem Hausschlüssel. »Ich krieg ihn nicht rein«, kreischte sie. »Ich krieg ihn nicht rein.«

Alicia schnaufte. »Du hörst dich an wie mein Clive.« Sie imitierte die jammernde Stimme ihres Mannes. »Ich krieg ihn nicht rein, Alicia. Mein Pimmel ist zu klein.«

Die drei Frauen kringelten sich vor Lachen.

Odile wischte sich die Augen trocken. »Himmel, Alicia, du bist wirklich grausam.«

Die ältere Frau hob einen Finger und drohte damit. »Nicht grausam, mein Schatz, nur ehrlich. Außerdem weißt du nicht, wovon ich rede. Hast du uns nicht erzählt, dass dein Freund großartig bestückt ist?«

Odile sah verlegen aus. »So habe ich das nicht gemeint. Und um Himmels willen, lasst Theo nicht wissen, dass wir über ihn geredet haben.« Sie wurde rot und schaute Chloe an, die immer noch Mühe mit der Tür hatte.

Alicia streckte ungeduldig eine Hand aus. »Verdammt, Chloe, gib mir endlich den Schlüssel, bevor wir das ganze Haus aufwecken.«

Odile schaute amüsiert zu, als Chloe den Schlüssel abgab. Sie musste immer noch über Alicias Aussage schmunzeln. Das Wort ›Pimmel‹ aus ihrem Mund war etwa so schockierend, als hätte die Königin von ›Furzen‹ gesprochen. Sie konnte sich ein Kichern nicht verbeißen.

Chloe sah sie herausfordernd an. »Komm schon, wir wollen auch lachen. Erzähl uns den Witz.«

Odile schüttelte den Kopf und versuchte ein ernstes Gesicht. In diesem Moment schaffte Alicia die Tür. Sie schwang auf, und die drei stolperten in den Flur. Das gedämpfte Licht aus dem Salon und das stumme Fernsehbild verrieten ihnen, dass Hillary noch da sein musste. Alle mahnten sich gegenseitig, ganz still zu sein.

Hillary wurde plötzlich wach, und es dauerte ein paar Augenblicke, ehe sie wusste, wo sie war. Aber dann trampelten Chloe, Odile und Alicia ins Zimmer, und alle sahen ziemlich abgefüllt aus.

»Ihr seht so aus, als hättet ihr eine lustige Zeit gehabt«, sagte Hillary.

Die drei Frauen nickten und brachen dann in ausgelassenes Kichern aus. Hillary seufzte. Das konnte eine lange, laute Nacht werden. Aber dann fiel Chloe ein, dass ihr schlecht war, und im nächsten Moment floh sie ins Badezimmer. Alicia rutschte vom Sofa auf den Boden und blieb liegen. Sie rührte sich nicht mehr.

Hillary warf einen fragenden Blick zu Odile, die schweigend nickte.

Es bereitete einige Mühe, aber schließlich schafften es die beiden Frauen, Alicia die Treppe hoch zu tragen und aufs Bett zu legen.

Odile sah auf die reglose Gestalt auf dem Bett. »Meinst du, wir sollten sie ausziehen?«

Schuldbewusst blickte Hillary zu Boden. Normalerweise hätte sie sofort zugestimmt, aber im Hinterkopf meldete sich die Erinnerung an Odiles Geständnis am Strand, dass sie mit Frauen geschlafen hatte. Da würde es Alicia vielleicht nicht Recht sein, von Odile entkleidet zu werden.

»Nein, ich glaube, das sollten wir nicht tun. Soll die dumme Kuh doch am Morgen sehen, in welchem Zustand sie war.« Sie wusste, dass sie sich krass anhörte, aber sie wollte nicht erklären müssen, warum sie ihre Schwester in Odiles Gegenwart nicht nackt sehen wollte.

Obwohl Odile ein wenig verdutzt war, nickte sie und ging aus dem Zimmer. Hillary folgte ihr, wünschte ihr eine gute Nacht und ging auf ihr Zimmer. Obwohl sie einige Stunden geschlafen hatte, fühlte sie sich so müde, dass sie kaum genug Energie hatte, sich selbst auszuziehen. Es war die Meeresluft, sagte sie sich, die sie so erschöpft sein ließ. Sie zog sich aus und ließ sich ins Bett fallen. Ihr Kopf lag gerade auf dem Kissen, als sie schon eingeschlafen war.

Am nächsten Morgen versprach der Tag, ebenso heiß und drückend zu werden wie seine Vorgänger. Die warmen Strahlen der Sonne drangen bereits durch die dicken Mauern von Harwood Hall und breiteten eine unsichtbare Decke über den frischen frühen Morgen.

Hillary lag auf dem Rücken und stützte Kopf und Nacken mit weichen Daunenkissen. Sie fühlte sich vollkommen entspannt, so sehr, dass sie sich nicht einmal bewegen wollte. Eine Elster ließ sich von außen auf der Fensterbank nieder und erzwang ihre Aufmerksamkeit. Als wollte der Vogel eine Unterhaltung mit ihr beginnen, öffnete er den Schnabel und stieß einen seltsamen Schrei aus, von dem Hillary sofort wusste, dass sie ihn nie vergessen würde.

Ihr blieben noch ein paar Minuten der Ruhe, dann hörte sie die typischen Geräusche des frühen Morgens: Schritte und schlagende Türen, das Prasseln der Dusche und das Rauschen der Toilettenspülung, flüsternde Stimmen und leises Kichern.

Sie spürte ein leichtes Kribbeln der gespannten Erwartung, ein Gefühl, das sie als Kind oft empfunden hatte, wenn sie gehofft hatte, dass etwas Unvorhergesehenes passierte. Und obwohl sie sich in ihrer kleinen Gruppe gut aufgehoben fühlte, spielten sich ihre Erwartungen für den zweiten vollständigen Urlaubstag außerhalb der Gruppe ab.

Ihr sinnliches Ego, das sich spätestens gestern gemeldet hatte, als sie den Geruch der salzigen Haut wahrgenommen hatte, beschäftigte sich mit den Möglichkeiten eines lüsternen Abenteuers – nicht nur mit einem Mann, sondern mit zwei sehr verschiedenen, begehrenswerten Männern.

Als sie die Decke zurückschob und ihren nackten Körper der Morgenluft aussetzte, war ihr, als bewegte sie sich in Zeitlupe. Sie schwang die Beine aus dem Bett, richtete sich auf und streckte sich genüsslich. Sie blickte an sich hinunter und bemerkte mit Genugtuung, wie flach ihr Bauch geworden war. Die Brüste mit den rosa Spitzen hoben und senkten sich bei jedem Atemzug. Sie zog die Arme nach hinten, als arbeitete sie mit einem unsichtbaren Expander, und beobachtete, wie sich die Brüste nach vorn drückten. Sie entspannte die Schultern, nahm die Halbkugeln in ihre Hände, drückte sie leicht und rollte die Nippel einen kurzen Moment lang zwischen Daumen und Zeigefinger, ehe die Hände über ihre Seiten strichen und den Kurven von Taille und Hüften folgten.

Sie war versucht, zurück ins Bett zu gehen und sich noch ein wenig intensiver mit sich selbst zu beschäftigen, aber die Geräusche des Morgens wurden immer lauter und störender und zwangen sie, den Tag freiwillig zu beginnen, ehe jemand an ihre Tür klopfte.

Mit einem leisen Seufzer schickte sich Hillary in das Unvermeidliche. Sie ging barfuß ins Bad, warf einen kurzen Blick in den Spiegel, fand dort bestätigt, dass sie ganz entspannt wirkte, und trat unter die Dusche.

Eine Weile stand sie reglos unter den prasselnden Strahlen, dann drehte sie sich langsam, das Gesicht dem sprühenden Wasser zugewandt. Sie rieb sich mit duftendem Schaum ein und sah zu, wie er von den Wasserstrahlen vertrieben wurde. Ihre Haare teilten sich zu dicken seidigen Strängen.

Als sie sich das zweite Mal unter der Dusche gedreht hatte, bemerkte sie überrascht, dass im Fenster kein Milchglas den Blick ins Bad verhinderte. Sie fand das ungewöhnlich, auch wenn sie einräumte, dass ihr Bad etwa zehn Meter über dem Boden lag, aber trotzdem fühlte sie sich unbehaglich.

Sofort erinnerte sie sich an Alicia, die das Gefühl nicht los wurde, beobachtet zu werden. Auch Hillary fühlte sich nicht wohl bei dem Gedanken, den Blicken eines unbekannten Spanners ausgesetzt zu sein.

Sie kam sich albern vor, drehte sich noch einmal unter den heiß prasselnden Strahlen und schlang dann einen flauschigen weißen Bademantel um sich, den ihr derzeitiger Gastgeber zur Verfügung gestellt hatte. Auf der Brusttasche war das Zeichen von Harwood Hall eingestickt – ein farbenfrohes ›HH‹. Aus einem Handtuch formte sie einen Turban für ihre nassen Haare, dann putzte sie sich noch die Zähne. Als sie fertig war, fühlte sie sich frisch und bereit für den neuen Tag.

Ohne sich anzuziehen ging sie in die Küche, wo sie Odile und Chloe vorfand, die an dünnen ungebutterten Toastscheiben knabberten.

»Ich weiß nicht, wie ihr den Toast so essen könnt«, murmelte sie und nahm eine Scheibe aus dem Toaster, die gerade herausgesprungen war. Sie bestrich sie mit Butter und Marmelade. Sie übersah Chloes neidische Blicke geflissentlich, biss kräftig hinein und verzog das Gesicht, als sie spürte, dass die Butter an ihrem Kinn entlang lief.

»Nun, du bist ein sportlicher Typ und kannst wahrscheinlich essen, was du willst«, sagte Chloe so weinerlich, als ob sie am liebsten Hillarys Herz herausgerissen und gegrillt hätte.

Eine Weile schwiegen sie, bis Odile sagte: »Ich möchte gern wissen, wann die Männer eintreffen.«

Hillary war einen Augenblick verwirrt, aber dann fiel ihr ein, dass heute Freitag war. Am Nachmittag würden also die beiden Ehemänner anreisen, um das Wochenende mit ihren Frauen zu verbringen. Flüchtig streifte sie das Gefühl von Neid. Sie wünschte, es käme jemand, der mit ihr das Wochenende verbringen wollte.

Wie von selbst kehrten ihre Gedanken zu Darius und Haldane zurück. Sie wusste, es war nur eine Frage der Zeit, bis sie einen der beiden für sich gewonnen hatte – aufregend war nur noch, welcher es sein würde.

Chloe schaute auf die Uhr und antwortete dann auf

Odiles Frage. »Gus hat gestern Abend angerufen und gesagt, er und Clive würden am Nachmittag hier sein. Wahrscheinlich wollen sie vorher noch irgendwo zum Mittagessen einkehren«, fügte sie grimmig hinzu.

»Was ist mit ihrer Arbeit?«, fragte Hillary und schenkte sich eine Tasse Kaffee ein. Sie schaute Chloe fragend an, die aber nur ein Schnaufen übrig hatte.

»Was soll schon mit der Arbeit sein?« Sie lehnte sich auf ihrem Stuhl zurück und verschränkte die Hände hinter dem Kopf. »Gus und Clive haben ihre eigene Philosophie, was ihre Arbeit angeht. Sie arbeiten nur, wenn sie nichts Besseres zu tun haben. Dann scheffeln sie das Geld nur so ein.« Sie spielte mit ihrem auffälligen diamantenen Verlobungsring und dem breiten dicken Ehering aus Gold.

»Theo hat versprochen, um zwölf hier zu sein«, sagte Odile und verdrehte die sehnsüchtigen Augen. »Ich weiß noch nicht, ob ich mit ihm zum Essen gehen oder lieber sofort ins Schlafzimmer stürzen soll.«

»Glaubst du, dir bleibt wirklich eine Wahl?« Der Neid troff aus Chloes Stimme. »Wenn ich Theo richtig einschätze, wird eine Mahlzeit so ungefähr das Letzte sein, was er haben will.«

Odile errötete und kicherte. »Oh, ja, hoffentlich.«

Hillary lächelte. Odile sah wirklich attraktiv aus. Überhaupt schienen alle an diesem Morgen sehr entspannt zu sein. Sogar Alicia lächelte freundlich, als sie gerade die Küche betrat.

»Habe ich irgendwas Wichtiges verpasst? Hat es vielleicht etwas mit Sex zu tun?« Sie setzte sich neben Hillary und sah sich erwartungsvoll um.

»Wie kommst du denn darauf?« Hillary trank den letzten Schluck Kaffee und erhob sich. Sie sah die anderen Frauen der Reihe nach an. »Ich kann euch gar nicht sagen, wie sehr ich euch im Augenblick beneide.«

Alicia grinste mitfühlend. »Ich kann Clive bitten, einen Freund für dich mitzubringen. Wahrscheinlich kann ich ihn jetzt noch erreichen.«

Hillary war entsetzt über den gut gemeinten Vorschlag ihrer Schwester. »Nein, nein. Ich meine, es ist lieb gemeint, Alix, aber ich glaube, ich suche mir selbst einen Mann. Trotzdem vielen Dank.«

Alicia sah sie zweifelnd an. »Wenn du meinst, Hills. Aber auf diesem Fleckchen Erde sind großartige Männer dünn gesät, fürchte ich.«

»Oh, das würde ich nicht sagen.«

»Wenn du an Darius denkst, kann ich dir nur empfehlen, einen großen Bogen um ihn zu schlagen.«

Manchmal, dachte Hillary, hörte sich Alicia genau so an, wie man es von einer älteren Schwester erwartete. Aber in diesem Fall war sie nicht sicher, ob ihre männerverrückte Schwester es nicht selbst auf Darius abgesehen hatte.

»Ich hatte den Eindruck, dass du ihn fabelhaft findest«, sagte sie.

Alicia errötete. »Ja, ja, das stimmt. Aber doch nicht als ernsthaften Partner.«

Hillary seufzte, dann grinste sie. »Ich suche keinen Ehemann, sondern einen Mann fürs Bett, Alix.« Kaum hatte sie das ausgesprochen, als sie Fearn in der Tür stehen sah. Hillary schluckte und sagte leise: »Alicia.«

Ihre Schwester folgte ihrem Blick und lächelte das junge Mädchen an. »Wenn du willst, kannst du in den Badezimmern beginnen.«

Fearn nickte und drehte sich auf dem Absatz um. Sobald die Frauen sicher waren, dass Fearn sich nicht mehr in Hörweite aufhielt, brachen sie in schallendes Gelächter aus. Hillary fragte sich, wie viel das Mädchen von ihrer Unterhaltung mitbekommen hatte. Wenn sie etwas aufgeschnappt haben sollte – würde sie es dann ihrem Arbeitgeber berichten?

Nach einer Weile hatten sich die Frauen wieder beruhigt. Hillary ging in ihr Zimmer und zog sich an. Sie beschloss, allein an den Strand zu gehen und die Zeitschrift mitzunehmen, auf die sie sich im Zug nicht hatte konzentrieren können.

Als sie ihre Absicht verkündete, schob ihr Alicia die Schlüssel des Mercedes zu. »Aber fahr ihn nicht zu Schrott«, sagte sie, und wieder hörte sie sich wie die ältere Schwester an.

Viertes Kapitel

Hillary parkte genau an der Stelle, die Darius ihnen am Vortag gezeigt hatte, aber statt den Pfad zu nehmen, der direkt zum Strand führte, ging sie in Richtung der Dünen. Nach etwa zehn Minuten blieb sie auf der höchsten Düne stehen und schaute sich um.

Da das Wochenende begonnen hatte, waren deutlich mehr Menschen am Strand, und einige der kleineren Dünen waren von meist jungen Leuten eingenommen. Heiße Teenager, stellte Hillary lächelnd fest. Die Mädchen sonnten sich mutig oben ohne, aber sie lagen auf dem Bauch und weigerten sich beharrlich, dem Bitten und Flehen der männlichen Begleiter nachzugeben und sich auf den Rücken zu legen.

Hillary ging weiter, bis sie eine etwas abgeschiedene Stelle erreicht hatte. Sie breitete ihr Badetuch aus und entkleidete sich bis auf einen winzigen G-String. Obwohl niemand in der Nähe war, fühlte sie sich unbehaglich ob ihrer Blöße und schaute sich einige Male nervös um, ehe sie die Flasche mit dem Sonnenöl öffnete und ihren Körper einrieb. Rasch bedeckte sie Beine, Arme und Schultern mit dem Öl, dann massierte sie es in Brüste und Bauch ein.

Zitternd strich sie mit den Händen über ihren Körper und genoss das Gefühl von Haut auf Haut, auch wenn es ihre eigene war. Erst nach einer Weile wurde sie verlegen, als ihr bewusst wurde, dass sie sich selbst erregte und sich nicht mehr in der Privatsphäre ihres Schlafzimmers befand. Obwohl ein Blick nach links und rechts ihr versicherte, dass sie immer noch allein war, wuchs ihre Verlegenheit.

Sie hörte auf, sich zu massieren und zu streicheln,

drückte ihre Hände gegen die Brüste und spürte, wie wohlige Schauer sie durchrieselten – und das bei dieser drückenden Mittagshitze.

Plötzlich war sie sicher, dass jemand sie beobachtete. In der Ferne sah sie ein Blitzen – brach sich dort die Sonne in einem Fernglas?

Sie schraubte den Deckel auf die Sonnenölflasche und legte sich auf den Rücken, die Arme steif an den Seiten. Es war ihr, als wartete sie wieder auf das Unerwartete. Ihr Körper bebte in fiebriger Anspannung wie bei einer Jungfrau, die auf dem Altar einem heidnischen Gott geopfert werden sollte.

Natürlich geschah nichts. Keine Blitze, kein plötzliches Auftauchen von Dämonen oder Sexverrückten. Nur das erbarmungslose Strahlen der Sonne, die ihren Körper in Brand setzte.

Die Hitze bewirkte einen einschläfernden Zauber und führte dazu, dass sich ihre Muskeln völlig entspannten. In der Ferne konnte sie das Schreien der Möwen hören und das rhythmische Schwappen der Wellen. Die Flut setzte ein, und Hillary nahm im Unterbewusstsein wahr, dass das Wasser näher kam, obwohl sie auf ihrer Düne sicher war. Sicher und glücklich. Sicher, glücklich und sehr heiß.

Ihr Körper fühlte sich schwer an, als ob er überhaupt nicht zu ihr gehörte. Besonders schwer fühlten sich die Brüste an, schwer, groß, gespannt und anschwellend. Und die Spitzen erst! Wie sie sich danach sehnten, gestreichelt und gesaugt zu werden – stimuliert über die Grenzen der Phantasie hinaus. Sie spürte, wie ihre Nippel wuchsen und hart wurden.

Sie schwebte irgendwo zwischen Traum und Wirklichkeit. Vielleicht träumte sie auch, dass jemand über ihre Brüste streichelte. Oder war es nur ein plötzlicher Windstoß, der sie berührt hatte? Eine Wolke, die über sie hinweggezogen war? Sie wollte sich selbst berühren, wollte herausfinden, welche Gefühle sie in sich auslösen konnte, aber ihre Arme lagen wie Blei an ihren Seiten.

Es geschah schon wieder. Es fühlte sich an wie sanfte Fingerspitzen auf ihrer empfindlichen Haut. Hillary schüttelte sich. Die sanften Berührungen entflammten sie.

Dies war nicht mehr das Streicheln der Natur, dies war ein forschender Mann, der sie mit kundiger Hand verführte. Er neckte ihren Körper mit kaum wahrnehmbaren Berührungen. Das war kein Traum mehr, dessen war sie sich sicher.

Aber spielte es überhaupt eine Rolle, ob sie wach war oder träumte? Spielte es eine Rolle, wer für diese Wohltat verantwortlich war? Ein verwirrender Gedanke. Machte es einen Unterschied, ob die Hände, die sie verwöhnten und streichelten, jemandem gehörte, der jünger oder älter war? Oder auch viel älter als sie?

Die Berührungen verrieten die Erfahrung des Mannes; zu erfahren für einen Teenager. Die Hände waren groß, die Haut der Handflächen fühlte sich ein wenig rau an.

Sie konzentrierte sich ausschließlich auf seine Hände. Die Haut deutete auf jemanden hin, der an körperliche Arbeit gewohnt war, aber es waren nicht die Hände eines Arbeiters. Die Finger zwickten ihre Nippel, zupften und zogen sie in die Länge. Es waren kräftige Finger, breit und lang. Die Nägel waren gepflegt, weder abgebrochen noch abgenagt.

Sie hätte gern die Augen geöffnet, um in das Gesicht zu sehen und ihre Neugier zu befriedigen, aber die Situation hatte eine Traumqualität, die sie nicht zerstören wollte. Sie war davon überzeugt, dass sich das Erlebnis verflüchtigen würde, sobald sie die Augen aufschlug.

Jetzt fuhren die Hände über ihren Körper und glitten über das glitschige Öl. Immer wieder huschten die Hände zwischen ihre Schenkel, streichelten sinnlich über die empfindliche Haut und verirrten sich – scheinbar unbeabsichtigt – zu ihrem Geschlecht. Bei solchen Gelegenheiten war ihr, als müsste sie jeden Augenblick explodieren. Die Gier nach einer Erlösung zog sie in den Bann.

Ihre Klitoris pulsierte hart, und sie war sicher, dass er den Grad ihrer Lust erkannte. Er tat es schon wieder, wischte wie zufällig über die geschwollenen, feuchten Labien, aber nur ganz leicht, eine Berührung wie ein Flüstern. In ihrem Schoß zuckte und pochte es.

Im Reflex zog sie ihre Pobacken zusammen, und gleichzeitig spreizte sie die Beine ein wenig, als wollte sie ihm den Weg weisen. Ihre Lider flatterten. In diesem Moment hörte er mit dem Streicheln auf.

Sie verharrte in ihrer Reglosigkeit, hielt den Atem an und bettelte stumm, seine Hände wieder zu spüren. Sie lechzte nach seiner Berührung, aber sie kam nicht. Die Minuten tickten, und eine Wolke verdeckte die Sonne.

Zögernd öffnete sie die Augen. Wie sie erwartet hatte, war sie allein. Ihr mysteriöser Liebhaber war verschwunden und hatte Hillary in einem verwirrten Zustand zwischen Enttäuschung und ungeheurer Lust zurückgelassen.

Gegen drei Uhr am Nachmittag glaubte sie, es nicht länger ertragen zu können. Stundenlang hatte sie bewegungslos in den Dünen gelegen, die Augen geschlossen, und auf die Rückkehr des zärtlichen Streichlers gewartet. Jetzt brannte ihre Haut, und ihr Kopf schmerzte.

Sie setzte sich auf und legte sich das Bikinioberteil um. Dabei ging sie mit dem Verschluss auf dem Rücken etwas zu hastig um und ratschte sich die

Haut. Mit Tränen der Frustration in den Augen packte sie ihre Habseligkeiten zusammen, verstaute sie wütend in ihren Rucksack, nahm noch einen Schluck Mineralwasser und stieg die Dünen hoch.

Als sie oben auf dem Hang stand, erkannte sie, dass sie irgendwie in die falsche Richtung gegangen war. Der Mercedes war nirgendwo zu sehen. Auf der einen Seite sah sie ein Stück Strand, das sie noch nicht kannte, und auf der anderen Seite lag der dichte Wald.

Sie wusste, dass sie nicht wieder zum Strand gehen wollte, also blieb ihr nur der dunkle, nach Pinien duftende Wald. Sie fühlte sich ein wenig wie Rotkäppchen, das trotz der Warnung ihrer Mutter den sicheren Weg verlassen hatte. Jede Minute würde sie dem bösen Wolf in die Hände fallen.

Sie kicherte nervös. Sie glaubte nicht wirklich daran, auf einen Wolf zu treffen, aber sie dachte doch darüber nach, welche Tiere den englischen Wald bevölkerten. Sie war eine ahnungslose Städterin, daher waren ihrer Phantasie über das Waldleben keine Grenzen gesetzt.

Plötzlich hörte sie ein Geräusch hinter sich. Irgend etwas oder irgend jemand verfolgte sie. Wenn sie stehenblieb, blieben auch die anderen Schritte aus. Nervös drehte sie sich um, aber sie sah nichts, und doch war das Unbekannte so nahe, dass sie seinen Atem hören konnte. Sie rannte, dann blieb sie abrupt stehen. Die Schritte hinter ihr verharrten auch, aber sie hörte, wie ein Zweig knackte.

»Ist da jemand?«, rief sie mit zitternder Stimme.

Es gab keine Antwort, aber das Atmen klang noch ein wenig näher. Sie konnte den Atem in ihrem Nacken spüren. Sie wirbelte herum und starrte auf die Brust eines Mannes – es war Darius.

»Oh, Sie sind's.« Sie stieß ein heiseres Kichern aus. Blindlings streckte sie eine Hand aus, um sich an einem Baum festzuhalten. Dankbar sackte sie dagegen.

»Es ist nicht klug, allein durch den Wald zu gehen.« Es sollte sich nach Besorgtheit anhören, aber sein Gesicht drückte alles andere als Besorgnis aus. Der Ausdruck bestand aus einer seltenen Mischung aus Belustigung und etwas anderem, das in Hillarys Schoß ein heftiges Kribbeln auslöste.

»Ich hatte auch nicht vor, durch den Wald zu gehen. Aber ich habe mich verlaufen.« Sie kam sich wie ein kleines Kind vor. Unter dem Bikini härteten sich ihre Brustwarzen. Sie räusperte sich. »Können Sie mir sagen, wie ich zurück zum Auto komme? Ich habe genau an derselben Stelle geparkt, die Sie uns gestern gezeigt haben.«

Darius trat zurück und lehnte sich gegen den Stamm einer hohen Fichte. Nachdenklich betrachtete er Hillary, während seine Hände mit dem Lauf eines Gewehrs spielten, das er wie ein überdimensionales Phallussymbol zwischen den Beinen hielt. Hillary starrte auf die Waffe und wunderte sich, dass sie das Gewehr jetzt erst bemerkte. Sie erschauerte, hielt aber seinem Blick stand.

»Außer mir wagt es niemand, in diesen Wald zu gehen«, sagte Darius.

Hillary hatte keine Ahnung, was er damit sagen wollte. Ihr kam die ganze Szene unwirklich vor.

Er fingerte immer noch an seinem Gewehr herum. »Sie sind nicht sehr gut geschützt, nicht wahr?«

Auch diesmal wusste sie nicht, was er damit meinte. Bezog sich seine Feststellung auf ihre Kleidung, die tatsächlich kaum geeignet war, durch die Wälder zu streifen? Sie blickte an sich hinab und folgte damit seinen Blicken, die ihren Körper abzutasten schienen. Da sie nur den G-String und das Bikinioberteil trug, hatten sie viel zu tasten.

Hastig griff sie in ihren Rucksack, um das Badetuch um sich zu schlingen, denn andere Kleidung hatte sie nicht mitgebracht.

Darius streckte eine Hand aus, als wollte er sie daran hindern.

»Nein, bedecken Sie sich nicht. Sie sind das Schönste, was ich seit langer Zeit gesehen habe.«

Hillary lächelte, und dann sah sie, dass sein Blick für einen Moment ihren Körper verließ. Er sah ihr in die Augen.

»Schade, dass Sie Ihre Brüste bedeckt haben.« Jetzt starrte er wieder auf das Oberteil.

Hillary spürte, wie ihr die Röte ins Gesicht schoss. Ob er ihr mysteriöser Liebhaber war, der sie so wunderbar gestreichelt hatte, als sie im heißen Sand gelegen hatte? Sie öffnete den Mund, um ihn zu fragen, aber sie kam nicht dazu.

»Ziehen Sie es aus, bitte.« Sein Blick sagte ihr, dass er von ihrem Oberteil sprach.

Ihre Gedanken wirbelten. Was bildete er sich ein? Das konnte er nicht im Ernst meinen. Aber er hatte wenigstens ›bitte‹ gesagt. Was sollte sie tun?

Er starrte sie immer noch mit einem unergründlichen Ausdruck an. Spontan entschied sie, sich seiner Herausforderung zu stellen. Sie griff in ihren Rücken, löste den Verschluss und ließ das Oberteil auf den Boden fallen.

Zu ihrer Überraschung blieb sein Blick auf ihrem Gesicht haften. »Wenn es eine andere Zeit wäre, würde ich sofort mit Ihnen Liebe machen. Ich würde Sie auf das Bett der Fichtennadeln legen und im Schatten des majestätischen Baums nehmen.«

Seine Blicke suchten die nähere Umgebung ab, und Hillary spürte, wie ihr Puls anstieg. Wollte er sie vergewaltigen? Natürlich nicht, das wäre auch völlig unmöglich gewesen, denn das hätte je bedeutet, dass er sie gegen ihren Willen nahm – aber sie wollte ihn ebenso sehr, wie er offenbar sie begehrte.

Trotzdem glaubte sie, so etwas wie Protest äußern zu müssen. »Wir sind ganz in der Nähe des Strands, jeden Augenblick könnte jemand kommen.«

Er lächelte selbstsicher, und dann glitt sein Blick hinunter zu ihren nackten Brüsten. »Ja, das könnte sein.«

Entsetzt und erregt reagierte sie auf diese Antwort. Sie spürte, wie Nässe in den dünnen Stoff des G-Strings sickerte. Sie spannte Pobacken und Oberschenkel an und presste sie fest zusammen. Natürlich, das törnte ihn am meisten an, die Möglichkeit, ertappt zu werden. Sie waren wie ein paar ungezogener Kinder, die miteinander im Wald spielten.

Er trat vor, bückte sich und zog an einem Strang Efeu, das sich mit seinen grünen Blättern durchs Dickicht wand. Er riss ein Stück ab und richtete sich wieder auf. Er wickelte die Enden um seine Hände.

Sie beobachtete ihn und schaute fasziniert zu. Ihr Magen zog sich in einer Mischung aus Furcht und Erregung zusammen. Darius sah entschlossen aus, als wollte er sie erdrosseln. Sie wurde blass. Er würde ihr nichts antun, oder?

Als ob er ihre Gedanken gelesen hätte, lächelte er. Aber seine Stimme klang ernst, als er sagte: »Keine Angst, ich werde Ihnen nicht weh tun.«

Es war ihr nicht bewusst, dass sie die Luft angehalten hatte, aber dann ließ sie den Atem mit einem Seufzer der Erleichterung ab. Sie sah ihn an. Er hielt immer noch das Efeu um seine Handgelenke geschlungen. Wenn er sie nicht erdrosseln wollte, was plante er dann damit?

Als er vortrat, begriff sie plötzlich, und sie wollte sich vom Baum weg bewegen, aber da war es schon zu spät. Er blockierte ihren Weg mit seinem Körper und presste sie zurück gegen den Baumstamm, und dabei wand er die Efeuschlinge um ihren Oberkörper, wobei die Arme an den Seiten festgehalten wurden.

Sie sah sich gehetzt um. Die ganze Sache war absurd. Sie war bei helllichtem Tag an einen Baum gebunden. Jederzeit könnte jemand vorbeikommen. Aber vage erinnerte sie sich an Schilder, die sie gestern schon gesehen hatte – der Wald war Privatbesitz, und das unerlaubte Betreten wurde verfolgt.

»Das können Sie mit mir nicht machen«, protestierte sie, aber ihre Stimme klang selbst in ihren eigenen Ohren schwach und nicht entschlossen genug.

Darius lachte nur. »Sie wissen, dass das nicht stimmt.« Er trat um sie herum und fuhr mit einem Finger um die Konturen ihrer nackten Brüste. »Sie wissen, dass ich alles tun kann, was ich will.«

Mit der anderen Hand tastete er über ihre Brustwarzen, aber das tat er wie abwesend, als wären sie leblose Gegenstände. Hillary versuchte, ihre Emotionen zu kontrollieren. Es war ihr peinlich, dass ihr Körper sie so schmählich verriet – unter Darius' Berührungen erhoben sich ihre Warzen, sie schwollen an und wurden hart. Ihre Klitoris pochte und zuckte.

Stöhnend stellte sie die Beine ein wenig auseinander und rieb ihren Po gegen die raue Rinde des Baumstamms.

Darius bemerkte ihre Not, aber er zwang sich, sie noch nicht zu lindern. Er wollte mit ihr spielen, wollte ihr Verlangen nach ihm ins Unerträgliche steigern, denn sie sollte ihn alles anstellen lassen, was ihm gerade in den Sinn kam.

Mit quälender Langsamkeit ließ Darius seine Hände über ihren Körper gleiten, aber wenn er einen bestimmten Punkt erreicht hatten, kehrten sie zu ihren Brüsten zurück.

Sie wollte, dass er sie an Ort und Stelle nahm, wie

er ihr gesagt hatte, sie wollte seinen Penis spüren, wollte spüren, wie er tief in sie eindrang und ihr einen explosiven Orgasmus besorgte. Ihr war fast so, als wäre er schon in ihr, und dann riss sie die Augen auf und sah, dass Darius seine Shorts abstreifte und einen Penis von beträchtlichen Ausmaßen entblößte. Hillary spürte, wie sie noch nasser wurde. Unwillkürlich spreizten sich ihre Beine noch ein bisschen weiter.

Empört und fasziniert sah sie zu, wie er ein oder zwei Minuten über den Schaft rieb, dann trat er an sie heran und stieß die Spitze gegen ihren bedeckten Venusberg. Sie konnte seine Hitze fühlen und spürte die Kraft seines Stabes. Stöhnend ließ sie die Hüften kreisen und verfluchte, dass sie wegen der Efeuranken kaum eine Bewegungsfreiheit hatte. Sie wollte ihre Hände ausstrecken, wollte ihn unbedingt berühren.

»Binde mich los, Darius«, drängte sie ihn.

Er hörte mit dem auf, was er bisher getan hatte, und sah zu ihr auf. Die Schlingen gruben sich tief in ihre Haut. Er hakte einen Finger unter eine Ranke, die über ihre Brüste lief und betrachtete die Delle in ihrer Haut. Es war ein weißer Streifen, der sich jetzt rot färbte. Er ließ die Ranke zurückschnellen und wägte ihr Dilemma ab – und sein eigenes. Wenn er sie befreite, würde er seinen Spaß ruinieren, und ihren wahrscheinlich auch. Auf der anderen Seite wollte er ihr nicht wirklich Schmerzen zufügen.

Nachdem er eine Weile darüber nachgedacht hatte, trat er auf die andere Seite des Stamms und lockerte die Knoten ein wenig. Sofort knickten ihre Knie erleichtert ein. Sie sank etwas tiefer, und das brachte ihn auf eine Idee.

Er trat wieder vor sie und befahl ihr, sich hinzuknien, die Beine auseinander, so dass er ihre Knöchel miteinander verbinden konnte. Statt ihren Oberkörper wieder an den Baum zu binden, verband er die Ranken um ihre Fußfesseln mit denen an den Handgelenken, und zwar auf eine Art, dass sich die Knoten zusammenzogen, wenn sie daran zerrte. Er warnte sie davor und lächelte über die menschliche Natur, die Hillary zwang, seine Behauptung auf den Wahrheitsgehalt zu testen. Natürlich war die Wirkung so, wie er sie beschrieben hatte.

Hillary war von der neuen Entwicklung überrascht; sie hatte erwartet, dass er sie losbinden und im Unterholz nehmen würde. Ihre jetzige Position bot dafür keinen Vorteil. Aber Darius sah das anders.

Er stellte sich wieder vor sie, und sein geschwollener Schaft pendelte wie ein Metronom vor ihrem Gesicht. Einen Augenblick sah Hillary gebannt zu, dann aber überwog wieder das Verlangen, diesen Schaft in sich zu spüren.

Er starrte auf sie hinunter und labte sich daran, wie sie ihn anschaute. Ihre Augen waren weit aufgerissen, aber nicht vor Angst sondern vor Eifer. Sie wollte herausfinden, was als nächstes geschehen würde. Seine Lippen wölbten sich zu einem leichten Lächeln. Sie sollte es gleich erfahren.

Er legte eine Hand unter seinen Schaft und führte die Spitze an ihren geschlossenen Mund. Die Eichel fuhr über die Lippen wie ein großer roter Lippenstift. Aber Hillary war stur. Starrköpfig wie ein Pferd, das er mal besessen hatte. Um dieses Pferd für sich einzunehmen, hatte er eine einfühlsame Mischung aus Nettigkeit und Brutalität einsetzen müssen, und irgendwie glaubte er, dass dies auch in diesem Fall angebracht war.

»Öffne deinen Mund, Hillary.«

Sie schüttelte trotzig den Kopf. »Nein«, zischte sie durch aufeinander gepresste Zähne.

»Sei nicht albern und tu, was man dir sagt.«

Hillary kochte bei diesen Worten. Was bildete sich dieser arrogante Bastard ein? Sie wollte ihm ein paar Frechheiten an den Kopf werfen, aber das traute sie sich dann doch nicht. Er würde es ausnützen, wenn sie den Mund zum Sprechen öffnete.

»Wenn du nicht freiwillig mitmachst, werde ich dich zwingen müssen.«

Sie schnaufte höhnisch. Das wollte sie ja sehen, dass ein Mann sie zu etwas zwang, was sie nicht wollte.

Ihre Augen schrien ihnen an, aber er lachte nur und griff mit einer Hand an ihr Kinn. Er drückte seine Finger in ihre Haut, presste gegen ihren Unterkiefer, und ihre Lippen öffneten sich. Hillary war so überrascht, wie leicht es ihm gelungen war, ihren Körper zu manipulieren, dass ihr keine Zeit zum Protest blieb. Im nächsten Moment spürte sie seinen Schaft im Mund.

Eine kurze Weile bekämpfte sie ihn mit der Zunge und schob sie mit aller Kraft gegen seine Eichel, so dass er tatsächlich gezwungen war, sich zurückzuziehen. Natürlich hätte sie ihn auch beißen können, aber das hätte ihr Spiel auf eine andere Dimension gehoben.

Er drang wieder ein, und er spürte, wie sie sich versteifte; die natürliche Reaktion, bevor man sich ins Unvermeidliche schickte. Dann entspannte sie sich wieder. Ohne etwas zu sagen, verstand er die Botschaft ihrer Augen: ›Ich tue, was du willst, aber erwarte nicht, dass es mir Spaß macht. Den habe ich erst, wenn du tust, was ich will.‹ Dieser Trotz war es, der ihn am meisten an ihr erregte.

Es dauerte nicht lange, und er spürte, dass er sein Ziel erreichte. Er entlud sich auf ihren Brüsten.

Danach schwiegen sie eine Zeitlang. Hillary schwelgte im Nachglühen des Orgasmus, der sie völlig unerwartet gepackt hatte, als sie das Beben und

Strecken seines Schafts in ihrem Mund gespürt hatte. Darius war verwundert über den Grad seiner Erregung. Er konnte sich nicht erinnern, überhaupt jemals so schnell gekommen zu sein. Nur eine Frau hatte bisher diese Wirkung auf ihn gehabt – Ilona.

Plötzlich erinnerte er sich an sein Versprechen, das er Ilona gestern Abend gegeben hatte. Er schaute auf die Uhr. Verdammt, sie würde jetzt schon am Haus warten. Er hatte keine Zeit für eine Erklärung und zog seine Shorts hoch.

Hillary starrte ihn ungläubig an. »Was ist denn los?«

»Ich muss weg.« Ohne weiteres Wort band er sie vom Baum los.

Schwankend erhob sich Hillary auf die Füße und rieb ihre Handgelenke. Dann bückte sie sich, um ihre Fußgelenke zu massieren. Es war ein Fehler, sich so rasch zu bücken, aber das bemerkte sie erst, als es zu spät war. Plötzlich drehte sich alles in ihrem Kopf, und ihre Beine wackelten wie Pudding. Ihre Arme griffen in der Luft nach einem Halt, ihre Lippen formulierten einen stummen Hilferuf.

Darius reagierte geschwind, aber er kam zu spät. Überwältigt von Hitze und Emotionen stürzte Hillary bewußtlos auf den Boden und krachte mit der Stirn auf eine Baumwurzel.

Als sie zu sich kam, lag sie auf dem Rücksitz von Alicias Mercedes. Sie drehte behutsam den Kopf und sah, dass Darius sich draußen ans Auto gelehnt hatte und in aller Gemütsruhe sein Gewehr reinigte. Er ahnte, dass sie sich bewegt hatte, schaute ins Innere und lächelte Hillary an.

»Ich freue mich, dass es Ihnen gut geht. Sie haben wohl zu viel Sonne abbekommen.«

Hillary versuchte sich aufzurichten. Sie blickte auf die Uhr. Halb sechs. Seit sie Darius im Wald begegnet war, waren über zwei Stunden vergangen. Es war offensichtlich, dass er sie bis zum Auto getragen hatte, aber sie konnte sich nicht erinnern, wie sie die Zeit verbracht hatten. War sie die ganze Zeit ohnmächtig gewesen?

Darius deutete ihren Blick als Verwirrung. »Fühlen Sie sich in der Lage, das Auto zu fahren?« Seine Stimme holte sie in die Gegenwart zurück.

Sie nickte automatisch, aber durch die Bewegung fühlte sich ihr Kopf wie gespalten an. Sie legte beide Hände gegen die Schläfen. Der Schmerz trieb ihr die Tränen in die Augen. »Ich glaube nicht«, sagte sie kleinlaut.

Darius nickte, schlug die Fondtür zu, ging um den Wagen herum und legte das Gewehr in den Kofferraum. Wie selbstverständlich setzte er sich hinters Steuer. »Legen Sie sich hin, ich fahre Sie nach Hause.«

Als sie vorfuhren, stürmte Odile heraus, um sie zu begrüßen. Dann sah sie entsetzt zu, wie Darius ausstieg und die Fondtür öffnete. Er half Hillary auf die Beine. Odile rannte hin und unterstützte ihn.

»Himmel, was ist mit dir geschehen?«, rief Odile.

Bevor Hillary antworten konnte, sagte Darius mit sanfter Stimme: »Kein Grund zur Beunruhigung. Sie hat sich zu lange in der Sonne aufgehalten. Im Wald ist sie ohnmächtig geworden, und dabei ist sie auf eine Baumwurzel gestürzt. Nach einer Ruhepause wird es ihr wieder gut gehen.«

Odile dankte Darius und führte Hillary ins Haus und gleich zu ihrem Zimmer. Hillary fiel auf, dass es überall sehr ruhig war.

»Alicia und Chloe sind zu einem Picknick gegangen«, erklärte Odile. Sie stand verlegen da. »Theo und ich wollten gerade zu einem Spaziergang aufbrechen. Aber wenn es dir lieber ist, dass ich bleibe …«

Hillary wollte schon den Kopf schütteln, unterließ

es dann aber. »Nein, nein, geht nur. Ich will Theo später begrüßen. Jetzt möchte ich nur schlafen.«

Odile hatte immer noch Zweifel. »Hältst du das für vernünftig, meine Liebe? Du könntest eine Gehirnerschütterung haben.«

»Ich bin mir sicher. Geh endlich – und viel Spaß.« Hillary drückte sie sanft aus der Tür, um jede weitere Widerrede abzublocken.

Sobald Odile gegangen war, ließ sie sich dankbar aufs Bett sinken, und Sekunden später war sie tief eingeschlafen. In ihren Träumen war sie ein unschuldiges Mädchen, das einmal vom mysteriösen Lord des Gutshauses und dann von einer Horde raubender Wikinger vergewaltigt wurde.

Als sie einige Stunden später aufwachte, konnte sie sich an ihre Träume nicht mehr erinnern – und auch nicht an ihre Begegnung mit Darius am Nachmittag. Da war nur ein vages Gefühl der Unruhe und ein überwältigendes Verlangen nach sexueller Befriedigung. Odile kehrte vom Spaziergang zurück, und Hillary ging es schon viel besser. Sie stand auf, um Theo zu begrüßen. Sie wurde nicht enttäuscht.

Theo mit seinen ein Meter neunzig überragte die beiden zierlichen Frauen wie ein Turm. Er war das Abbild afrikanischer Schönheit. Groß, schwarz und schön waren die Adjektive, die Hillary einfielen, als sie ihn sah. Sein Aussehen passte zu seinem Selbstvertrauen. Er bewegte sich mit einer Anmut, bei der es Hillary heiß und kalt über den Rücken lief. Sie fühlte sich in seinen Bann gezogen.

Odile, die sich von Hillarys Bewunderung für Theo nicht bedroht fühlte, war froh, dass ihr Freund so gut bei ihren Freundinnen ankam – Chloe und Alicia waren ebenso beeindruckt gewesen wie jetzt Hillary.

Theo erzählte von Paris und von den Merkmalen, die Engländer und Franzosen unterschieden, während Odile in die Küche ging, um Kaffee aufzuschütten. Als sie in den Salon trat, saß Hillary allein da.

Odile sah sich um. »Wo ist er?«

Hillary zuckte zusammen. Es dauerte eine Weile, ehe sie sich Odile zuwandte. »Entschuldige, ich war meilenweit weg. Er ist im Bad.«

Odile setzte das Tablett mit dem Kaffee ab und schenkte in drei Tassen ein. »Du grübelst«, sagte sie zu Hillary. »Ist alles in Ordnung? Hat Theo etwas gesagt, was dich verstimmt hat?«

»Natürlich nicht«, antwortete Hillary lachend. »Ich hing nur meinen Träumen nach.«

Odile war noch nicht überzeugt. »Hat Darius dir irgend etwas getan?«

Hillary wurde verlegen und rot. »Nein, wie kommst du denn auf die Idee?«

Sie schaute auf die Hand, die ihr die Kaffeetasse reichte. »Er war es, der mich bewusstlos auf dem Waldboden gefunden hat. Vielleicht würde ich sonst jetzt noch dort liegen.«

Ihr Gespräch wurde unterbrochen, als Theo in den Salon zurückkam. Einen Augenblick lang füllte er die Türöffnung aus; er musste den Kopf leicht einziehen, um nicht anzustoßen.

»Ist das meiner?« Er trat an den Tisch und nahm die letzte Tasse, nachdem Odile und Hillary genickt hatten.

In dem Augenblick öffnete sich die Haustür, und es wurde laut und lustig. Theo sah sich unsicher um.

»Keine Panik«, sagte Hillary lachend, »das sind nur Alicia und Chloe.«

Er verdrehte die Augen, war rasch an Odiles Seite und nahm ihre Hand. »Komm, ma chérie, wir verlassen dieses verrückte Haus für eine Weile.«

Odile lachte. »Wir gehen in die Kneipe«, sagte sie zu Hillary. »Kommst du mit?«

Eigentlich hatte Hillary spontan ablehnen wollen, aber als sie Alicia und Chloe kreischen hörte, nickte sie eifrig und dankbar. »Ich glaube, ein hastiger Rückzug ist genau das, was ich brauche«, sagte sie und schaute auf die Uhr. »Außerdem sollten Gus und Clive jeden Augenblick hier eintreffen. Sie werden es bestimmt schätzen, wenn sie beim Wiedersehen mit ihren Frauen allein sind.«

»Wenn du meinst.« Odile zog die Stirn kraus. »Vergiss nicht, dass ich Chloe und Gus schon einige Zeit kenne. Wenn er ihr kein kostbares Geschenk mitgebracht hat, wird der Empfang eher frostig ausfallen, und sie wird zu quengeln anfangen, noch bevor er sich den ersten Whisky hinter die Binde gegossen hat.«

Hillary lächelte mitleidig. »Das trifft auch auf Alicia zu. Clive kann ihr nie etwas Recht machen.«

Die zwei Frauen schauten sich an und lächelten verschwörerisch. Dann sprach Hillary das aus, was sie beide dachten: »Gott sei Dank sind wir vernünftig und bleiben Singles.«

Theo kommentierte das nicht. Er sah Odile fragend an, und die zuckte nur die Achseln.

Fünftes Kapitel

Zu Hillarys Enttäuschung trafen Gus und Clive gerade in dem Moment ein, als sie mit Odile und Theo das Haus verlassen wollten. Mit quietschenden Reifen blieben die Cabrios auf dem Hof stehen.

Clive stellte sich auf den Fahrersitz, reckte den Arm hoch und ballte die Faust, als er sich an Gus wandte. »Du schuldest mir einen Zehner, Mann!« Dann fiel sein Blick auf Hillary. »Hallo, Schwägerin! Wo ist denn der Mühlstein?«

»Wenn du von deiner Frau sprichst, sie ist im Haus.« Hillary gab sich betont zurückhaltend. Sie wusste, dass Alicia ihre Fehler hatte, aber Clive schaffte es immer wieder, sie falsch anzupacken, was Hillary jedes Mal veranlasste, ihrer Schwester zur Hilfe zu kommen, ob ihr das nun passte oder nicht. Gus war nicht viel besser, aber eher zu ertragen als Clive – vielleicht auch deshalb, weil sie nicht mit ihm verwandt war.

Alicia und Chloe hatten die kreischenden Räder gehört und liefen jetzt auf den Hof, angezogen, als wollten sie zu einer Cocktailparty. Ein paar Minuten lang lag eine falsche Fröhlichkeit in der Luft. Hillary zählte über zwanzig Ausrufe ‚Darling' und sah fasziniert zu, wie beide Paare sich küssten, ohne einander zu berühren.

Dann musste Hillary eine stürmische Umarmung von Gus überstehen. »Komm schon, Hilly, erzähl uns, was ihr die Woche über getrieben habt.« Er drängte sie ins Haus, und Clive, Alicia und Chloe folgten.

Hillary schaute über die Schulter und starrte Theo und Odile flehend an, aber die lachten nur.

»Wir lassen euch eine Weile allein, damit ihr auf

Familie machen könnt«, rief Odile und winkte Hillary zu, die entsetzt war, von den beiden zurückgelassen zu werden.

Aber ihr waren die Hände gebunden. Ihre schwachen Proteste gingen im fröhlichen Plaudern der anderen unter. Sie gingen alle ins Haus. Hillary hielt sofort auf den Salon zu und verhalf sich zu einem starken Getränk. Clive und Gus zeigten sich von der Ausstattung beeindruckt.

»Der Typ, dem das alles gehört, muss im Geld schwimmen«, sagte Gus und klopfte mit den Knöcheln gegen die Wand, als könnte er am Klang erkennen, ob die Mauern aus Stein oder Weidengeflecht und Lehm errichtet waren.

Hillary musste grinsen. Seit sie Gus das letzte Mal gesehen hatte, war er fülliger geworden. Der Bauch fiel über seinen Hosengurt.

»Wie heißt dieser Typ, Alix?«, fragte Gus.

»Darius Harwood.« Es war Hillary, die den Namen nannte, und schon beim Aussprechen des Namens flatterte es in ihrer Magengrube.

Nach einigen Drinks fand Hillary, dass es ganz angenehm mit Gus und Clive war. Sie konnte sich zurücklehnen und die Show genießen, sie musste auf niemanden Rücksicht nehmen. Obwohl Alicia und Chloe am Nachmittag ausgegangen waren, zauberten sie ein köstliches Essen.

Hillary schlenderte ins Esszimmer, und als sie den gedeckten und voll beladenen Tisch mit frischen Salaten, kalten Bratenscheiben und verschiedenen Fischsorten sah, wurde ihr erst bewusst, dass sie den ganzen Tag nichts gegessen hatte. Sie hatte einen gewaltigen Hunger.

»Wir haben nur ein paar Kilometer von hier einen wunderbaren Delikatessenladen entdeckt. Der Fisch ist frisch aus dem Hafen«, erklärte Alicia.

Hillary knackte eine Krabbe und musste an Haldane denken. Er war der einzige Mensch, der sie von Darius Harwood ablenken konnte. Sie sah sich am Tisch um und beobachtete die beiden Paare. Das ausgezeichnete Essen und ein paar Drinks sorgten dafür, dass die Stimmung stieg, und die Paare gingen sogar liebevoll miteinander um.

Alicia saß auf Clives Knie und ließ frische Garnelen in seinen geöffneten Mund fallen, während Chloe mit vielsagenden Andeutungen eine Banane schälte, was ihr Mann mit großen Augen verfolgte.

Seit dem Essen bestritten Clive und Gus den größten Teil der Unterhaltung. Die beiden hatten in ein Rennpferd investiert, jeder hielt einen Viertelanteil. Clive erklärte, dass ein Geschäftsfreund bei einer Auktion von Einjährigen erfolgreich mitgeboten hatte, nach ein paar Monaten aber feststellen musste, dass er sich überschätzt hatte. Deshalb hatte er die Hälfte seines Rennpferds angeboten. Clive und Gus hatten sich kurz beraten und dann zugeschlagen.

»Unser Pferd befindet sich zur Zeit in der Nähe von Newmarket im Trainingslager«, sagte Clive. »Wir hoffen, dass wir ihn uns nächste Woche mal ansehen können.«

»Ich hoffe, wir werden eingeladen«, sagte Alicia steif. »Ich möchte mich immer gern selbst davon überzeugen, wofür du das Geld aus dem Fenster wirfst.«

Clive sah betroffen aus. »Es ist eine gute Investition, Alix, das kannst du mir glauben. Und stell dir mal vor, wie stolz du sein wirst, wenn du in der Loge der Pferdebesitzer stehst.«

Hillary musste wieder lächeln. Er hatte gelernt, wie er ihre Schwester locken konnte – Alicia begann zu glühen, als ihr bewusst wurde, was Clive hatte mitschwingen lassen.

»Oh, wir könnten sogar die königliche Familie treffen!« Sie grinste übers ganze Gesicht. »Oh, Clive, du bist ja so klug.« Sie küsste ihn lange, um ihm ihre Dankbarkeit zu zeigen.

Chloe war ebenso beeindruckt, zeigte es aber weniger als die Freundin. »Ich werde ein paar neue Kleider brauchen, besonders auch Hüte«, warnte sie Gus.

Er lachte und tätschelte ihre Hand. »Das ist schon in Ordnung, Liebling, du erhältst, was du haben willst.« Er zwinkerte Clive zu, der lächelte.

Hillary seufzte. Mit ihr im Zimmer saßen vier Menschen, die in den nächsten Tagen viel Spaß haben würden. Und in den Nächten.

Es war Zeit zu gehen. Hillary schob ihren Stuhl zurück und erhob sich. »Ich habe Odile und Theo versprochen, in den Pub zu kommen. Ich bin sicher, ihr braucht mich nicht als Anstandsdame.«

Gus starrte sie gierig an. »Je mehr, desto lustiger, sage ich immer. Autsch! Warum hast du das getan?«

Chloe hatte ihm den Ellenbogen hart in die Rippen gestoßen.

»Höre nicht auf das, was er sagt«, riet sie einer verlegenen Hillary, ein erzwungenes Lächeln auf dem Gesicht. »Geh und amüsiere dich.«

Hillary ging aus dem Zimmer, griff ihre kurze hellbraune Wildlederjacke vom Kleiderständer im Flur und trat in die kühle Abendluft. Unter der Eingangslampe schaute sie auf die Uhr. Fast halb zehn. Wenn sie sich nicht beeilte, gab es gerade noch ein Getränk für sie. Zum Glück kannte sie die Abkürzung ins Dorf. Sie genoss die Ruhe in dieser idyllischen Umgebung, aber so schön der Spaziergang auch war, so erleichtert nahm sie das einladende Schild des Baker's Arm Pub zur Kenntnis. Die Außenmauer, zur Hälfte aus Holz, beulte sich zum schmalen Gehweg hin.

Sie drückte die schwere Eichentür auf und blieb stehen, sobald sie die Schwelle überschritten hatte. Ihr

Blick fiel auf Odile, die gleich gegenüber der Tür saß. Theo stand an der Bar, um eine neue Runde zu bestellen. Sein kurz geschorenes Haar berührte die niedrige Decke des Lokals. Er hatte Hillary entdeckt und wies auf die vielen Flaschen hinter der Bar. Hillary ging zu ihm, stützte die Ellenbogen auf den Tresen und starrte auf die verschiedenen Flaschen.

»Ich nehme ein Lagerbier, danke.« Sie lächelte zu Theo hoch, aber dann gefror ihr Lächeln, als sie eine bekannte Gestalt allein in der hintersten Ecke des Pubs sitzen sah. »Entschuldige, ich habe gerade jemanden gesehen, den ich kenne.«

Sie bemühte sich, lässiger zu klingen, als sie sich fühlte. Sie ging durch den halben Pub. »Hallo. Haldane, nicht wahr? Vom Schiffsausrüster am Kai.« Natürlich wusste sie genau, dass er es war, aber sie konnte nicht sicher sein, ob er sich überhaupt noch an sie erinnerte. Ihre Sorge erwies sich als unbegründet.

»Ja, natürlich, der bin ich«, sagte Haldane. »Ich erinnere mich an Sie, Hillary.«

Sie nickte, und ihre Haut prickelte.

Er wies auf den Stuhl, der seinem gegenüber stand. »Bitte, setzen Sie sich zu mir.«

Zögernd ließ sie sich nieder und warf einen Seitenblick auf Theo, der noch an der Bar stand und ihr Glas in der Hand hielt.

Haldane folgte ihrem Blick. »Oh, es tut mir leid, Sie sind schon in Begleitung. Das habe ich nicht gewusst.«

»Ja … ich meine nein …« Hillary stammelte hilflos und fühlte sich albern wie ein Teenager.

Sie wurden von Theo unterbrochen, der das Glas vor sie auf den Tisch stellte. »Odile und ich gehen nach diesem Drink. Vielleicht möchtest du bei deinem Freund bleiben?«

Hillary nickte. »Danke, Theo. Ich hole euch später noch ein.«

Sie hob ihr Glas und schaute hinüber zu Odile, die von einem Ohr zum anderen grinste.

»Das sind Freunde von mir«, sagte sie zu Haldane. »Wir wohnen in Harwood Hall.«

»Ah, ja, das Gutshaus. Ich bin beeindruckt.«

Hillary hatte eher das Gefühl, er war alles andere als beeindruckt, aber sie ging nicht darauf ein. Jetzt, da sie ihn gefunden hatte, gingen ihr schon die Themen aus. Eine Weile nippten sie schweigend an ihrem Bier, und dann wurde auch schon zur letzten Runde geläutet.

»Möchten Sie noch ein Bier?«, fragte Haldane und zeigte auf ihr leeres Glas.

Hillary schüttelte den Kopf. »Nein, danke. Ich habe schon Wein zum Abendessen getrunken.«

»Und jetzt trauen Sie sich nicht mehr zu?«

Hillary fand, dass etwas Andeutendes in seiner Stimme lag. »Nun, vielleicht doch.«

»In dem Falle hole ich Ihnen einen Doppelten.«

Er stand auf, und jetzt sah man, dass seine massive Gestalt den kleinen Raum fast ausfüllte. Bevor sie protestieren konnte, hatte er eine neue Getränkerunde bestellt. Er kam mit zwei kleinen Gläsern, gefüllt mit einer farblosen Flüssigkeit, an den Tisch zurück. Sie schaute ihn fragend an, als er die Gläser auf den Tisch stellte.

»Das ist Schnaps«, erklärte er. »Man trinkt ihn in einem Rutsch. So.«

Er warf den Kopf in den Nacken und kippte die Flüssigkeit mit einer fließenden Bewegung die Kehle hinunter. Einen Moment lang zögerte Hillary, dann tat sie es ihm nach. Das scharfe Getränk brannte sich einen Weg bis in die Magengrube. Sie schüttelte sich und hielt sich mit einer Hand am Tischrand fest, um nicht zu schwanken.

Haldane nahm ihr das Glas aus der Hand, zog sie

an der Hand hoch, löste die Finger der anderen Hand vom Tisch und zog sie mit sich. »Kommen Sie, wir machen einen Spaziergang an die frische Luft.«

Es war nicht gerade eine Einladung, eher ein Befehl. Hillary fand, dass sie sich nicht weigern sollte, auch nicht, wenn sie es gewollt hätte. Hand in Hand gingen sie hinunter zur Küstenstraße. Ab und an blieb Haldane stehen und wies auf ein bestimmtes Sternbild hin.

»Sehen Sie diesen Stern da oben, den hell funkelnden?« Hillary folgte der Richtung seines Zeigefingers. Dieser Stern leuchtete heller als alle anderen.

»Ja, ich sehe ihn.« Sie hatte den Kopf weit nach hinten gelegt, was ihr den Vorwand lieferte, sich leicht an ihn anzulehnen. Haldane wich nicht zurück.

»Das ist der Hundsstern. Wo immer auf der Welt Seeleute unterwegs sind, nach diesem Stern können sie sich richten.«

Hillary nickte. »Waren Sie lange auf See, und haben Sie viele Länder kennen gelernt?«

»Nein, nicht wirklich.« Es klang wehmütig und bedauernd. »Ich war Fischer, kein Seemann. Über die Nordsee bin ich nie hinausgekommen.«

»Ich habe das Gefühl, dass Sie nicht glücklich sind, an Land zu arbeiten.«

Ohne es zu wissen, hatte Hillary einen wunden Punkt erwischt. Haldane ließ ihre Hand sinken, senkte den Kopf und wanderte weiter die Straße entlang. Schuldbewusst rannte Hillary ihm nach.

»Es tut mir leid, was habe ich denn falsch gemacht?«

Er blieb stehen und sah sie an. »Ich glaube, ich gehe vielleicht zurück.«

Hillary wusste nicht genau, was er meinte. »Sie gehen zurück? Wieder aufs Fischerboot, meinen Sie?«

Haldane nickte. »Ja, das auch. Aber am meisten vermisse ich meine Heimat. Ich will nach Norwegen zurück.«

Sie wusste nicht, wie sie darauf reagieren sollte. Das war typisch für ihr Leben, dachte sie. Kaum hatte sie einen Mann kennen gelernt, den sie mochte, wollte er das Land verlassen. Was hatte sie an sich? Sie nahm seine Hand.

»Komm«, sagte sie nur.

Es schien, als hätten sie eine stillschweigende Übereinkunft getroffen. Haldanes Schritte beschleunigten sich, und bald hatten sie den Hafen mit der Kaimauer erreicht. Haldane nahm einen Ring mit vielen Schlüsseln aus seiner Jacke und schloss die Tür des Bootshauses hinter seinem Laden auf. Drinnen war es stockfinster, und Hillary griff ein paar Sekunden blindlings um sich, bis Haldane eine Öllampe angezündet hatte.

»Es gibt auch elektrisches Licht hier drinnen, aber das ist mehr … mehr …«

» … romantisch?«, meinte Hillary.

Haldane schnaufte. »Wenn du Romantik willst, dann bist du beim falschen Mann, Hillary. Vergiss nicht, ich bin nur ein ungeschlachter Fischer.«

»Ich halte dich für einen sehr ungewöhnlichen Mann, Haldane. Für einen ganz wunderbaren Mann.«

Er sah sie direkt an, und in seinem Gesicht stand eine Mischung aus verschiedenen Gefühlen. Mit zwei Schritten stand er vor ihr, er beugte sich über sie und küsste sie zärtlich auf den Mund. »Danke, Hillary.«

Sie schlang die Arme um seinen Hals und erwiderte den Kuss. Er schmeckte nach dem Kirschgeist, den sie getrunken hatten, und roch nach Meer – eine unwiderstehliche Kombination. Sie spürte ihr Herz hart unter den Rippen pochen und fühlte sich verschlungen von diesem Mann, Körper und Geist. Er hielt sie fest, aber es war ein lockerer Griff, eine Hand in ihrem

Rücken, die andere auf ihrem Kopf. Trotz seiner Größe war er zärtlich, einfach lieb.

Auch seine Zunge war zärtlich, als sie in ihren offenen Mund fuhr, leicht über Zähne und Gaumen strich und mit der Spitze über die Oberlippe leckte. Hillary spürte, wie sich ihre Bauchmuskulatur zusammenzog, verwundert darüber, dass Haldane eine erogene Zone entdeckt hatte, von deren Existenz sie bisher nichts gewusst hatte.

Sie presste ihren Körper gegen seinen, grub die Finger in seine Haare und spürte, wie das Verlangen in ihr wuchs. Ihre Nippel schwollen an und streckten sich im einengenden Baumwoll-T-Shirt. Er musste sie auch spüren, wie harte Patronen drückten sie gegen seinen Brustkorb.

Ja, er spürte sie. Sie hatte ihren Gedanken kaum ausgedacht, da fuhr seine Hand vom Rücken unter ihrem Arm zu der gespannten Brust und reizte die Warze, indem er sie zwischen Daumen und Zeigefinger rieb. Hillary hörte sich vor Lust stöhnen. Sie strich mit den Händen über seine Schultern und erregte sich an der Elastizität seiner Muskeln, die sie unter dem dicken Flanellhemd spürte.

Oh, ja, sie würde einen Orgasmus haben, wenn sie nur mit den Fingerspitzen über seinen nackten Körper rieb. Jetzt massierte er beide Brüste, aber er hatte noch nicht versucht, ihr Hemd aufzuknöpfen. Es war eine süße Agonie; ihre Nippel schickten kleine gierige Stromstöße direkt zu ihrer Klitoris. Hillary spürte, wie sie anschwoll und pochte.

Ihre Beine gaben plötzlich nach, und ihr Körper knickte ein wenig ein. Er hielt sie fest und drückte sie an sich, bis sie sich wieder gefasst hatte. Dann ließ er sie los und drehte sich nach dem Boot um, einem kleinen Kabinenkreuzer, den er vor einigen Wochen zu reparieren begonnen hatte. Er kletterte an Bord, streckte eine Hand aus und half ihr ins Boot. Sie standen nebeneinander und ließ sich auf einer komfortablen Doppelkoje nieder.

Haldane zog sie wieder an sich und küsste sie, diesmal viel leidenschaftlicher. Mit einer Hand öffnete er ihre Knöpfe. Sie konnte es nicht erwarten, sich ihm zu zeigen, und öffnete die beiden letzten Knöpfe selbst. Sie streifte das Hemd von den Schultern und saß nackt vor Haldane, nackt von der Taille aufwärts, und genoss den bewundernden Blick in seinen Augen.

Er bedeckte ihre Brüste mit beiden Händen, knetete mit geschickten Fingern, beugte den Kopf und gab einen Kuss auf jeden Nippel. Hillary stöhnte auf, sie begehrte ihn so sehr, und doch wollte sie nicht, dass dieser Moment je enden würde. Mit zitternden Fingern knöpfte sie sein Hemd auf und legte ihre Handflächen flach auf seine Brust. Sie schwelgte in dem Gefühl seiner nackten Haut unter ihren Fingern.

Die Spannung in ihr stieg rapide an, ihr Atem wurde flach, und ihr ganzes Trachten war darauf gerichtet, ihn in sich zu spüren. Er rieb sie durch den dicken Stoff ihrer Jeans. Die Naht drückte gegen ihren Schoß, rieb gegen ihr empfindliches Gewebe. Wieder wollte sie sich rasch von dem Kleidungsstück trennen, aber er hielt sie auf und schob ihre zitternden Hände weg. Sie konnte das Geschehen nicht beschleunigen; Haldane bestimmte das Tempo. Das machte er ihr sehr deutlich, und steigerte dadurch ihre Erregung noch.

Sie massierte seinen Brustkorb mit ihren Brüsten. Er hielt sie immer noch fest im Griff, eine breite Hand in ihrem nackten Rücken, die andere, die gegen ihren Schoß rieb. Hillary warf den Kopf in den Nacken. Ihr Mund öffnete sich zu einem stummen Schrei. Sie wusste, sie würde jeden Augenblick kommen. Wortlos schaute er zu, wie sie zuckend ihren Orgasmus erlebte.

Allmählich ebbten die Wellen der Lust ab. Hillary sah ihn an, und er nickte, als wollte er ihr mitteilen, dass auch er ihren Orgasmus genossen hatte. Jetzt erst erlaubte er ihr, die Jeans abzustreifen. Er rutschte ein wenig von ihr weg, damit auch er die Jeans ausziehen konnte.

Ein paar Minuten lang lagen sie Seite an Seite, völlig nackt, und sagten kein Wort. Sie sahen sich unvermindert an, betrachteten sich gegenseitig. Beinahe scheu huschte Hillarys Blick von seinem Gesicht über Brustkorb und Bauch zu seinem Dreieck. Sie war darauf vorbereitet, einen kleinen Penis zu sehen, klein jedenfalls im Verhältnis zu den übrigen Proportionen seines Körpers, aber er entsprach diesen Proportionen, er war groß und hart und vollkommen geformt. Sie hielt die Luft an und fragte sich, wie er sich in ihr anfühlen würde.

Offenbar fragte er sich das auch; er wollte keine Sekunde länger warten, um es herauszufinden. Er hob Hillary auf, und im nächsten Moment grätschte er über sie. Der plötzliche Wechsel der Geschwindigkeit überraschte sie, und sie schrie auf, als er in sie hineinstieß.

Hillary schlang die Beine um seine Hüften und zog ihn tief in sich hinein.

Sie wollte den Rhythmus bestimmen, aber sie hatte keine Chance gegen ihn. Nach ein paar Sekunden gab sie nach und ließ ihn ein- und ausfahren, als wäre sie eine Puppe, eine leblose Puppe, zu eigenen Bewegungen nicht mächtig.

Da sie von der Aufgabe befreit war, die Erfüllung ihrer eigenen Lust herbeizuführen, konnte sie sich ganz auf seine Bewegungen konzentrieren. Plötzlich spürte sie, wie eine riesige Welle über sie schwappte. Ihr ganzes Sein wurde von diesem goldenen Gott vereinnahmt, dessen Männlichkeit sie so sehr ausfüllte.

Ihre Hände gruben sich tief in seine Schultern, wenn er langsam in sie hineinstieß.

Von irgendwo hörte sie ein Geräusch, das nur vage menschlich war, ein tiefes, leises Stöhnen vielleicht, das aber auch der Wind sein konnte – wenn es nicht eine windstille Nacht gewesen wäre. Ihre Kehle schmerzte, und Hillary begriff, dass die seltsamen Geräusche von ihr kamen.

Haldane spürte ihre wachsende Erregung. Er drückte seine Hände auf ihre Pobacken und begann, kräftiger einzufahren, schneller und tiefer.

Hillary war verrückt vor Ekstase. Sie bäumte sich auf, seinen Stößen entgegen. Sie konnte nicht genug von ihm bekommen. Was für eine süße Agonie.

Über eine Stunde hielt er sie in seinen Armen, gebadet in feuchter Glückseligkeit. Er streichelte ihren Körper. Sie schaute auf die Uhr und richtete sich auf.

»Ich sollte gehen, Haldane«, sagte sie und griff nach ihrem Höschen. »Ich habe nicht gesagt, dass ich spät zurückkomme. Meine Schwester wird sich Sorgen machen.«

Haldane war nicht enttäuscht. Lächelnd half er ihr, das T-Shirt anzuziehen. »Es ist gut, eine Familie zu haben, die sich kümmert. Du solltest dich glücklich schätzen.«

»Oh, das bin ich auch, aber …« Hillary sah auf ihre Hände, verlegen trotz der Intimität, die sie eben geteilt hatten. »Ich hasse es, dich so zurückzulassen.«

»Wie denn?« Haldane lachte. »Ich bringe dich zurück zum Gutshaus, und morgen fahren wir mit meinem Boot hinaus.«

»Wirklich?«

Hillarys Herz tat einen Sprung. Gott sei Dank, sie war nicht die Frau für nur eine Nacht. Sie war alles andere als prüde, aber diese flüchtigen einmaligen Begegnungen ließen sie leer und traurig zurück.

Hand in Hand spazierten sie die Küstenstraße zurück und dann hinauf zu Harwood Hall. Hillary war froh, die Jacke angezogen zu haben, denn die Nachtluft war frisch. Sie nutzte das als Vorwand, sich an Haldane zu kuscheln, um sich zu wärmen. Etwa zweihundert Schritte vom Gutshaus entfernt blieb Haldane stehen.

»Schaffst du den Rest allein?«, fragte er.

Hillary schaute über die Schulter zu den grauweißen Mauern des imposanten Gebäudes und lächelte dann zu Haldane hoch.

»Ja, natürlich. Macht es dir etwas aus, wenn man uns zusammen sieht?«

Er schüttelte den Kopf. »Nein, ich möchte nur nicht deiner reizenden Schwester begegnen, wenn ich es vermeiden kann.«

Hillary sah ihn überrascht an. »Ich wusste gar nicht, dass du Alicia kennst.«

»Ich kenne sie nicht, obwohl sie es darauf angelegt hat, mich kennen zu lernen.« Er lachte laut. »Sie kommt fast jeden Tag in meinen Laden, und ich glaube, ich weiß auch warum.«

Stirnrunzelnd sagte Hillary: »Vielleicht sucht sie etwas Bestimmtes.«

Haldane lachte wieder. »Ja, das glaube ich auch. Aber vielleicht bin ich auch zu eingebildet.«

Jetzt lachte sie auch. »Du hast wahrscheinlich Recht, Haldane. Schließlich kenne ich meine Alicia. Sie hat sich vorgenommen, in diesem Sommer eine Affäre zu erleben.«

Zu ihrem Leidwesen erkannte sie plötzlich ein Interesse, das in Haldanes Augen aufleuchtete. Aber Hillarys Angst, die Schwester könnte zur Rivalin werden, schwand sofort, als er sie in die Arme nahm, fest drückte und ihr einen langen Kuss gab.

Nur widerwillig ließ er sie los. »Komm morgen früh

zu mir. Es muss vor Mittag sein, sonst verpassen wir die Flut.«

Sie nickte glücklich. Sie hatte die versprochene Bootsfahrt fast vergessen. »Ich werde da sein.«

Er küsste sie noch einmal, dann drehte er sich um und ging. Sie blickte ihm nach, bis seine kräftige Gestalt von der Dunkelheit geschluckt worden war, dann ging sie die letzten Schritte zum Haus.

Sie schloss die Tür auf und trat in den Flur. Sofort fiel ihr die ungewöhnliche Stille auf, abgesehen von einem gelegentlichen Schnarchton aus Chloes und Gus' Zimmer. Hillary sah auf die Uhr. Fast drei. Kein Wunder, dass alle schliefen.

Sie kam aus dem Bad, zog sich aus und stellte sich vor den Spiegel. Sie wollte sich so sehen, wie Haldane sie gesehen hatte. Sie legte die Hände um die Brüste und spielte gedankenverloren mit den immer noch geschwollenen Nippeln, ganz verwundert, dass schon wieder ein bebendes Verlangen durch ihren doch so sehr befriedigten Körper lief. Seufzend wünschte sie sich ins Bootshaus zurück.

Sie legte sich aufs Bett und spreizte die Beine. Mit einer Hand fuhr sie über die empfindliche Knospe, die heftig pochte. Während sie masturbierte, versuchte sie, ihre Gedanken auf Haldane zu konzentrieren. Sie stellte sich vor, es wären seine Finger, und dann zuckte sie plötzlich, als sich Darius' Gesicht in ihre Gedanken drängte.

Aus unerklärlichem Grund schwoll ihr Verlangen noch an, und wild stieß sie ihre Finger in sich hinein. Ohne die Hand wegzuziehen, kniete sie sich aufs Bett und beschrieb mahlende Bewegungen mit den Hüften, dann ruckte sie vor und zurück im Rhythmus der zustoßenden Finger. Sie rieb und massierte und penetrierte, bis sie glaubte, vor verzweifeltem Verlangen nach einer Erlösung verrückt zu werden.

Während die Knie sich in die Matratze gruben, sah sie abgerissene Bilder vor sich. Verwirrende Bilder. Der Duft von Pinien stieg ihr in die Nase, und dann spürte sie etwas Großes, Hartes in ihrem Mund. Sie glaubte, würgen zu müssen. Ein Penis. Plötzlich setzte ihre Erinnerung ein. Wie sie Darius getroffen hatte. Wie sie an einen Baum gefesselt wurde. Seine Hände auf ihren Brüsten, sein Schaft in ihrem Mund.

»Oh, Himmel«, ächzte sie, krümmte den Rücken, streckte sich und stieß einen zusätzlichen Finger in sich hinein, bis der Körper sich ergab. Ihr Orgasmus kam mit einer solchen Wildheit, dass ihr Bett von der Wand gerückt wurde, als sie sich unbeherrscht hin und her wälzte.

Allmählich ebbten die Wellen ab. Ihr ganzer Körper pochte und prickelte und verlangte mehr. Wenn doch nur Haldane bei ihr wäre. Oder Darius.

Bedauernd schlüpfte sie mit ihrem nackten Körper zwischen die Laken. Sie schob behutsam eine Hand zwischen ihre Schenkel. Die ganze Region kribbelte und war ein wenig wund. Sie stellte sich eine Männerhand vor, die sich schützend auf ihr Geschlecht legte, und fiel in einen tiefen Schlaf.

In einem anderen Teil des Hauses schenkte Darius Champagner ein. Die Frau, die neben ihm saß, lächelte dankbar und nippte an ihrem Glas.

»Ich verstehe, was du in ihr siehst«, sagte sie und wies mit dem Kopf auf den Bildschirm, der Hillarys Zimmer zeigte.

Sie hatte gerade zugeschaut, wie die junge Frau sich mit Leidenschaft und Hingabe befriedigt hatte, und empfand neben der Erregung auch ein wenig Neid. Sie fuhr mit einer Hand über ihre Nippel, die sich unter der dünnen Gaze ihres Nachtmantels streckten.

Darius beobachtete sie, das Gesicht voller Bewunderung. »Ich dachte, du seist der Meister der Selbstbefriedigung«, sagte er lächelnd.

Die Frau erwiderte sein Lächeln. »Meisterin«, berichtigte sie. »Der Meister bist du, Herr und Meister.«

Sie wandte den Kopf vom Bildschirm und sah ihm tief in die Augen. Ihr Ausdruck sprach Bände. Sie teilte den Mantel und entblößte ihre schweren, vollen Brüste. Sie schlang die Hände um seinen Nacken und zog seinen Kopf näher heran, bis seine Lippen über ihre Nippel strichen.

Hillary kam am anderen Morgen nur langsam zu sich und lag ein paar Minuten in völliger Glückseligkeit da, schaute aus dem Fenster und freute sich über den sonnigen Tag. Dann fiel ihr die Verabredung mit Haldane ein und blickte auf die Uhr. Erleichtert sah sie, dass es gerade halb neun war, also blieb genug Zeit, sich für ihn schön zu machen.

Kurz danach, als sie nachdenklich vor dem Kleiderschrank stand, fiel ihr ein, dass sie keine Ahnung hatte, wie man sich zum Segeln kleidete. Sie wusste nicht einmal, ob Haldanes Boot ein Segelboot war, oder ob es über einen Motor verfügte.

Nach einigem Überlegen entschied sie sich für ihren neuen Bikini unter marineblauen Shorts und weißem T-Shirt. Sie betrachtete sich im Spiegel und war zufrieden. Sie verstaute noch einige Utensilien in ihre Tasche und ging in die Küche, wo für die Uhrzeit schon reger Betrieb herrschte. Gus und Clive saßen am Tisch und tranken schwarzen Kaffee, und Alicia und Chloe trugen rosa Schürzen und standen am Herd.

Hillary unterdrückte ein Grinsen.

Chloe schaute hoch, das Gesicht von der Hitze des

Grills gerötet. »Oh, du bist es. Steh nicht grinsend da, sondern sage mir, wie man herausfindet, wann die Würstchen gar sind.« Sie hielt die Küchenzange hoch und erwartete offenbar, dass Hillary die Arbeit übernahm.

Hillary seufzte. Es war typisch für Chloe, Arbeit auf andere abzuschieben. Aber diesmal sollte sie schmoren, dachte Hillary. »Tut mir leid, ich würde gern mit euch frühstücken, aber ich bin mit jemandem verabredet, und wenn ich nicht sofort gehe, verpassen wir die Flut.«

Sie sah alles andere als zerknirscht aus, und Alicia entging nicht die Andeutung, dass es um eine Bootsfahrt ging. Sie unterbrach ihre Arbeit, Champignons zu vierteln, und starrte die Schwester an. »Mit wem bist du denn verabredet?«

Hillary errötete, weil ihr bewusst wurde, dass sie es absichtlich darauf angelegt hatte, dass Alicia diese Frage stellte. Sie hatte nicht vergessen, dass auch Alicia an Haldane interessiert war. Sie wusste nicht, ob sie es sich einbildete, aber ihr kam es so vor, als würde sie von allen angestarrt. Jeder schien begierig, ihre Antwort zu hören.

Sie fühlte sich in der Falle. Oder wie ein Kaninchen im gleißenden Scheinwerferlicht. Zu ihrer großen Erleichterung kamen in diesem Moment Theo und Odile in die Küche und lenkten die Aufmerksamkeit auf sich. Hillary nutzte die Gelegenheit und verdrückte sich.

Sie ging schnell und ohne über die Schulter zu sehen, bis sie die Hauptstraße erreicht hatte, erst dann verlangsamte sie ihre Schritte. Es war ihr, als wäre sie schon Stunden unterwegs, aber die Uhr zeigte Viertel vor zehn, als sie den Hafen erreichte. Sie schaute sich um.

Haldane winkte ihr zu. Er stand vor dem Laden

und gab ihr zu verstehen, dass er gleich bei ihr sein würde. Lächelnd ließ sie sich auf der Kaimauer nieder. Am Strand waren wieder Kinder mit Bindfaden und Schinken unterwegs, um Krabben zu fangen, während Fischerboote einliefen und ihren Fang ausluden.

Sie blickte hinüber zu den Booten, die rechts von ihr vertäut lagen, und fragte sich, ob eines davon Haldanes Boot war. Sie hoffte nicht, denn sie alle sahen wenig seetüchtig aus.

»Keine Bange, mein Boot ist nicht dabei.«

Sie zuckte leicht zusammen. Haldane stand neben ihr, ohne dass sie sein Kommen bemerkt hatte.

Er reichte ihr eine Hand und half ihr auf die Füße. Er führte sie zu einer anderen Gruppe von Booten. Dann blieb er neben einem schmucken Boot stehen und lächelte sie an. Er half ihr an Bord, und Hillary sah sich erstaunt um. Sie hatte ein derbes Fischerboot erwartet, aber dieser Kabinenkreuzer war relativ neu und sogar ein wenig luxuriös ausgestattet. Eine Schwingtür führte zum unteren Deck. Vor sich sah sie bequeme Ledersitze.

Sie hatte sich als absolut seefest präsentieren wollen, aber selbst das sanfte Schaukeln im Hafen ließ ihre Knie wackeln – rasch ließ sie sich in einen Ledersessel fallen.

Haldane bemerkte ihr Unbehagen. »Du darfst nicht daran denken, dass du an Bord bist. Konzentriere dich auf die Meeresluft und auf die schöne Landschaft.«

In diesem Moment konnte Hillary an nichts anderes denken als an den überwältigenden Fischgeruch, der sie überhaupt nicht gestört hatte, als sie an Land gestanden hatte.

Haldane schloss die Schwingtür zum unteren Deck auf. »Vielleicht gehst du hinunter und machst uns was zu trinken, während ich uns auf den Weg bringe.«

Hillary nickte dankbar, denn auf dem unteren Deck

fühlte sie sich deutlich besser. Sie trat in einen großen Salon, komfortabel und modern eingerichtet, in einer Ecke der Esstisch. Die Kombüse war bestens ausgestattet, und dann gab es noch eine abgetrennte Kabine, die luxuriöser eingerichtet war als ihr Schlafzimmer in Harwood Hall.

Sie öffnete eine verdeckte Tür, die sie für den Kleiderschrank gehalten hatte, aber dann blieb ihr Mund vor Überraschung offen stehen, als sie das phantastische Badezimmer sah. Hier konnte sie sich wie zu Hause fühlen, und die schaukelnden Wellen waren vergessen.

Als sie wieder das obere Deck betrat, einen dampfenden Pott Kaffee in jeder Hand, war sie erneut überrascht – sie befanden sich schon auf See. Ängstlich sah sie sich um. »Ich kann kein Land sehen, Haldane.«

Er lächelte auf sie hinab und nahm dankbar den Kaffee an. Er nahm einen Schluck, obwohl er noch glühend heiß war. »Du wirst bald wieder Land sehen. Ich bringe uns zu einer kleinen abgelegenen Bucht, wo wir nach Herzenslust schwimmen und sonnenbaden können. Und dort wird uns niemand stören.«

Hillary fühlte sich mutig. »Wenn es niemanden gibt, der uns stört, sollten wir nicht die Zeit mit Sonnenbaden vertrödeln«, sagte sie grinsend. Sie ließ eine Hand über seinen Bauch gleiten, tiefer hinab in seine Shorts, und dort umfassten ihre Finger seinen zuckenden Penis, der sich sofort versteifte.

Haldane sagte nichts, er ließ das Steuer los, stellte den Kaffeepott auf eine weiße Plastikkiste, drehte sich um und küsste sie heftig. Seine Zunge erforschte ihren warmen, feuchten Mund. Dann löste er sich von ihr. »Es gibt ein Wort, das dich genau beschreibt«, sagte er. Er lächelte sie an und wartete eine Weile, während sie alle möglichen Wörter erwog, die sie treffend beschreiben könnten.

»Was ist das für ein Wort?«

Er ließ sie noch ein wenig zappeln, fuhr mit beiden Händen über ihre wogenden Brüste und über die Kurven ihrer Hüften. »Knackig. Du bist knackig, Hillary.«

Er küsste sie auf die Augenlider, auf die Ohrläppchen und auf den Hals. Dann ging er vor ihr auf die Knie und ließ seine Zunge hinunter in den Ausschnitt des T-Shirts gleiten.

Hillary spürte, wie sich ihre Nippel aufrichteten. Sie krümmte den Rücken, um ihm ihre Brüste besser darbieten zu können, und legte ihre Hände um seinen Nacken. In ihrem Schoß begann ein wunderbares Ziehen und Zucken.

Obwohl er sich schließlich wieder aufrichten und eine Hand ans Steuer legen musste, blieben sie eng umschlungen, bis am Horizont ein Landstreifen auftauchte.

Sechstes Kapitel

Hillary sah fasziniert zu, wie geschickt Haldane das Boot an einer Boje vertäute und den Anker setzte. Sie war ein wenig irritiert über den Ankerplatz, denn sie befanden sich noch weit vom Strand entfernt.

Er bemerkte ihre Verwirrung und lachte. »Von hier aus schwimmen wir.« Dann fiel ihm etwas ein. »Du kannst doch schwimmen?«

Hillary nickte. »Ja, natürlich.«

»Sonst können wir auch ein kleines Boot bis zum Ufer nehmen«, bot Haldane an.

Er wies auf eine durchsichtige Plastikhülle, die ein aufblasbares Boot enthielt und zwei Paddel, aber Hillary streifte sich schon T-Shirt und Shorts ab. Sie kickte die Schuhe weg und trat an den Bootsrand.

Haldane betrachtete sie bewundernd. Plötzliche Lust kam in ihm hoch, als sie ihren geschmeidigen Athletenkörper streckte. Die tiefe Bräune ihrer Haut lieferte den vollkommenen Hintergrund für den winzigen weißen Bikini. Er streckte eine Hand nach ihr aus, aber ihr Blick war schon auf das Wasser und die Distanz zum weißen Sandstrand gerichtet.

»Ich schwimme mit dir um die Wette«, rief sie lachend und tauchte in das grüne Wasser, ohne sich noch einmal nach ihm umzusehen.

Einen kurzen Moment bedauerte sie ihren Übereifer, denn der Schock des kalten Wassers raubte ihr fast den Atem, und fast wäre sie in Panik geraten. Sie hielt den Blick auf den weißen Strand gerichtet und begann ein zügiges Kraulen. Nachdem sie die Hälfte der Strecke erreicht hatte, drehte sie sich das erste Mal um. Das Boot schaukelte sanft, aber von Haldane war nichts zu sehen.

Sie legte sich auf den Rücken, um Atem schöpfen und sich umsehen zu können, aber immer noch konnte sie Haldane nicht entdecken. Ihr Herz schlug schneller, nicht nur von der Anstrengung, sondern auch aus echter Sorge um ihn.

In der nächsten Sekunde traf sie eine Entscheidung. Sie warf sich wieder auf den Bauch und schwamm so schnell sie konnte. Wenn sie den Strand erreicht hatte, würde sie ein Telefon finden und um Hilfe bitten. Vielleicht konnte ein Rettungsboot nach ihm suchen. Sie wusste wirklich nicht, wie man in solcher Situation reagierte.

Genau in diesem Augenblick spürte sie eine Bewegung an ihrem linken Bein, dann am rechten. Sie trat wütend um sich, weil sie vermutete, dass sie in ein Knäuel Seetang geraten war – es war schon gut, dass sie den Strand fast erreicht hatte. Dann griff etwas um ihren Knöchel. Hillary war entsetzt. Gab es Haie in diesem Gebiet?

Ihr Herz hämmerte, dass sie fürchtete, es könnte platzen. Sie ahnte, dass irgend etwas unter ihr schwamm. War das nicht die ideale Angriffsposition eines Hais? Trotz ihres starken Überlebenswillens konnte sie nicht schneller schwimmen. Plötzlich war da eine Welle, die über ihr zusammen schwappte, und sie spürte, wie sie im Sog nach unten gezogen wurde.

Verdammt, das war das Ende. Sie hörte auf zu schwimmen. Als sie sah, wer die Welle bewirkt hatte, schrie sie aus Leibeskräften, aber vor Wut und nicht aus Angst.

»Haldane, du … du dummer Tölpel!«

Sie strampelte im Wasser und wollte mit den Fäusten auf ihn los. Er sollte dafür büßen, dass sie Todesangst gelitten hatte.

Er sah nicht so aus, als wäre er ein reuiger Sünder, und auch ihren Wutausbruch nahm er eher gelassen hin. »Ich weiß nicht, was über mich kam, aber ich konnte der Versuchung einfach nicht widerstehen.« Er strengte sich an, ein Grinsen zu unterdrücken. »Es tut mir leid, Hillary.« Er breitete die Arme aus, und trotz ihrer Verärgerung schwamm sie auf ihn zu.

»Ich hätte ertrinken können, Haldane.«

»Niemals. Ich war doch da, um dich zu retten.«

»Nein! Du warst der Grund, dass ich ... Du ... du ...«

»Dummer Tölpel?«

»Tut mir leid, dass ich dich so beschimpft habe. Dumm bist du nicht.«

»Aber ein Tölpel?«, fragte er lachend.

»Nein. Aber ein Widerling.«

Mit einer plötzlichen Drehung ihres Körpers befreite sich Hillary aus seiner Umarmung und klatschte ihm Wasser ins Gesicht. Dann hielt sie auf den Strand zu und schwamm so schnell sie konnte, bis ihre Füße Grund fassten. Sie drehte sich um und sah, dass Haldane ihr auf den Fersen war.

Lachend versuchte sie, ihm davonzulaufen, aber es hatte keinen Zweck. Mit einem wilden Sprung überbrückte er die Distanz zwischen ihnen, er hechtete wie ein Rugbyspieler und packte sie an den Beinen. Sie klatschte ins Wasser, und er warf sich auf sie. Bei seinem Gewicht konnte sie nicht einmal unter ihm wegkriechen. Aber das hatte sie auch gar nicht vor.

Ihre Lippen trafen sich zu einem salzigen Kuss. Er hielt ihre Handgelenke gepackt, während sie sich unter ihm schlängelnd bewegte. Ihr Bikinitop war über die Brüste gerutscht, und sein Brustkorb drückte ihre nackten Hügel platt. Sie spürte, wie sich sein Penis versteifte und gegen ihren Schoß stieß. Die Balgerei im Wasser erregte ihn.

Sie drückte ihre Fersen in den Sand und ruckte die Hüften hoch, mahlte sie gegen seinen pochenden steifen Schaft, und gleichzeitig presste er wieder seinen Mund auf ihren. Plötzlich brach sie den Kuss ab.

»Haldane«, murmelte sie. »Vielleicht sollten wir zurück zum Boot schwimmen, wenn wir so weiter machen wollen.«

»Warum? Hier kann uns doch niemand sehen.« Er richtete sich auf und sah sich nach allen Seiten um, und sie tat das auch. Der Strand lag völlig verlassen da.

»Ich habe oft von einem solchen Erlebnis geträumt«, sagte sie. Dann erkannte sie die Chance, sich zu befreien. Rasch wand sie sich unter ihm weg und kniete sich hin. Sie zog den Bikini aus und warf ihn an den Strand. Als sie sich nach Haldane umdrehte, stellte sie überrascht fest, dass er schon nackt war. Sie schaute ihn herausfordernd an und bewunderte seine kräftige Gestalt.

»Ich nehme an, du bist schon mal hier gewesen?«

Er nickte mit ein bisschen zu viel Begeisterung, dachte sie und mahnte sich, ihn nicht danach zu fragen, wie oft und mit wem. Obwohl sie nach dem Motto lebte, den Tag zu genießen, wollte sie nicht glauben, dass sie nur eine von vielen Eroberungen des Sommers für ihn war.

Haldane spürte ihre Verunsicherung. Er stand auf, nahm sie in seine Arme und küsste sie mit einer Leidenschaft, die sie alles andere vergessen ließ. Sie gab sich seinem Kuss hin. Sie stellte sich auf die Zehenspitzen, um den Größenunterschied zu verringern. Die Sonne hatte inzwischen ihren höchsten Punkt erreicht, und Hillary spürte, wie sie auf ihren nackten Rücken und Hintern prallte, oder wenigstens auf die Hautflächen, die Haldane mit seinen Händen nicht bedeckte.

Ihre Sehnsucht nach ihm schien von Mal zu Mal größer zu werden. Sie griff mit beiden Händen in die

Muskeln seines Gesäßes und spürte, wie sie unter ihren Fingern zu zucken begannen, während sie knetete und massierte.

Er drückte eine Hand in ihren Rücken und beugte sie nach unten, bis sie weich im goldenen Sand landete. Träge schaute sie in das tiefe Blau des wolkenlosen Himmels. Ihr Atem ging schneller, als Haldane ihre Schenkel spreizte und sich dazwischen kniete. Er begann sie zu erforschen. Mit geschickten Fingern streichelte er ihre intimsten Stellen, er öffnete ihre Labien und legte den neugierig hervorlugenden Kitzler frei. Er strich mit dem Daumen darüber, bis er angeschwollen war und vor aufgestauter Erregung fast unerträglich pochte.

Ihr war entsetzlich heiß, nicht nur von der Sonne, sondern auch von der Hitze, die in ihr brannte. Hitze, die sich in Lust verwandelte. Lust nach dem Mann, der jetzt seine Finger in sie hineinstieß und auf magische Knöpfe drückte, die ihr die Erleichterung brachten.

Sie stöhnte vor Ekstase, mahlte den Po tiefer in den Sand und spreizte ihre Beine noch weiter. Ab und an kroch eine auslaufende Welle weiter und leckte an ihrer heißen Haut.

Offenbar hatte die Flut eingesetzt, dachte sie, als sie die Brandung an der unteren Hälfte ihres Körpers spürte. Beim Zurücklaufen des Wassers bewegte sich auch der Sand unter ihrem Po. Das Meer schien ihre eigene steigende Erregung widerzuspiegeln.

Sie konnte es nicht länger ertragen. Sie musste ihn haben.

»Haldane.« Ihre Stimme klang heiser vor Leidenschaft.

Ohne sein rhythmisches Reiben zu unterbrechen, hob der Norweger den Kopf und blickte in ihre vor Lust funkelnden Augen. Ihr wurde bewusst, dass sie ihn nie so hingebungsvoll gesehen hatte und begann vor Nervosität und aufgestauter Erregung zu zittern.

Sie streckte die Hände aus und zog ihn auf sich, ruckte die Hüften hoch und rieb ihr feuchtes Geschlecht an seinem harten Schaft entlang. Ein paar Momente gab er sich ihrem Rhythmus hin, er warf den Kopf in den Nacken und genoss die Gefühle, die ihre Bewegungen in ihm auslösten. Nur widerwillig zog er sich zurück, er griff in den Sand und grinste, als seine Finger ihr Ziel fanden.

Sie drehte leicht den Kopf und sah, dass er einen Geldgürtel aus Plastik in der Hand hielt und verzweifelte versuchte, den Reißverschluss mit einer Hand aufzuziehen. Hillary tastete an seinem Körper entlang und wiegte seine gespannten Testikel in der Hand.

Sie drückte vorsichtig zu, öffnete die Hand und schloss sie wieder um den leicht behaarten Beutel. Ein tiefes Stöhnen entwich seinen Lippen. Hillary fuhr an seinem pochenden Schaft entlang, rieb über die Eichel und spürte einen Tropfen unter den Fingerspitzen. Sanft verrieb sie ihn über den Kopf seines Schafts.

Sie spürte seinen Saft, der sich unter ihren Fingern sammelte, und wusste, dass er kurz vor dem Orgasmus stand. Sie hörte auf, ihn zu reizen, und fuhr mit der Hand über seinen Rücken, wo sie auf lauter Sandkörner stieß.

Sie waren beide füreinander bereit.

Trotz all ihrer Bemühungen, ihn abzulenken, hatte es Haldane geschafft, ein Kondom aus dem Gürtel zu holen. Er bot es ihr an, um es überzustreifen. Hillary lächelte und zeigte ihm ihre sandverkrusteten Finger.

»Nun gut, dann erweise ich mir die Ehre selbst.«

Mit einer übertriebenen Geste riss er die Tüte auf, langte zwischen ihre schweißnassen Körper, stülpte sich das Gummi über und stieß tief in sie hinein. Hillary stöhnte auf. Im selben Moment wurden sie von einer besonders hohen Welle erfasst. Hillary klammerte sich an ihn und schlang Arme und Beine um seinen mächtigen Körper.

Er stieß hart zu, schob die Hände unter ihre Pobacken und hob ihre Hüften an. Grunzend zog er sie auf sich. Ihr Schwung war so stark, dass sie sich ein paarmal drehten, bis sie in der Brandung lagen und die Wogen ihrer Leidenschaft denen der Flut entsprachen.

Es war ein einmaliges Erlebnis für sie. Es lag nicht nur an dem wunderbaren Wetter, es lag auch an ihrem wilden, hemmungslosen Paaren. Es war, als ob auf der Welt nichts anderes existierte, nur sie und Haldane, verbunden in dem Moment des zügellosen Verlangens.

Als es ihnen kam, war es mit einer ungehemmten Gewalt, die ihre Körper schlauchte. Sie schrien gleichzeitig auf. Ihre Stimmen wurden vom Wind verweht. Eine Weile blieb Hillary unter ihm liegen, glücklich darüber, dass er noch in ihr war.

Zu ihrer Verwunderung fühlte er sich auf ihr nicht zu schwer an. Sein Kopf berührte ihren, seine Hände hielten immer noch ihre Pobacken gepackt. Trotz ihres Größenunterschieds passten sie ideal zueinander.

Seufzend sagte Hillary: »Das ist wie im Himmel.«

»Das hast du schön gesagt«, murmelte Haldane.

Als er sprach, spürte Hillary die Vibrationen seiner Worte durch seinen Körper, und sie empfand ein leichtes Pochen in ihrem engen, nassen Geschlecht. Seine Reaktion war keine Überraschung für sie, denn auch sie spürte schon wieder ein wachsendes Verlangen nach ihm.

Es stimmte, sie konnte nicht genug von ihm bekommen. Und er nicht genug von ihr. Zum Glück hatten sie an diesem Tag nichts anderes vor, als sich zu lieben. Immer wieder. Nur gelegentlich unterbrachen sie den körperlichen Kontakt, um schwimmen zu gehen.

Dann aber erforschten sie wieder gegenseitig ihre Körper, oder sie lagen mit weit gespreizten Beinen im goldgelben Sand und hatten die Füße im Wasser. Die blauen Wellen leckten an ihnen, während die salzigen Körper unter den heißen Strahlen der Sonne rasch getrocknet wurden.

Was Haldane anging, so konnte er sie nicht anschauen oder ausgestreckt neben ihr liegen, ohne sie ebenso zu begehren wie sie ihn. Langsam bewegte sich seine Hand über die heiße, glitschige Haut und reizte sie so lange, bis sie aufstöhnte und ihn anflehte, sie zu nehmen, oder sie grätschte über seinen muskulösen Körper, übernahm selbst die Regie und ritt ihn erbarmungslos, bis ihre Schreie der Lust die Möwen aufschreckten.

Auch die schönsten Erlebnisse müssen zu einem Ende kommen. Am späten Nachmittag bemerkte Hillary voller Unbehagen, dass sie wieder einmal die Kraft der Sonne unterschätzt hatte, die jetzt ein Schwindelgefühl bei ihr bewirkte. Sie hatten seit Stunden nichts gegessen oder getrunken, und sie erinnerte sich noch gut daran, wie schlecht sie sich gefühlt hatte, als sie im Wald ohnmächtig geworden war.

Es kam ihr so vor, als müsste sie ihre letzte Energie bündeln, um sich auf die Ellenbogen zu stützen. Sie schaute auf Haldane hinunter, der einen Arm übers Gesicht gelegt hatte, um seine Augen vor der Sonne zu schützen. Er döste vor sich hin.

»Haldane?«

Er nahm den Arm nicht weg, aber er grinste breit. »Sag bloß, du bist schon wieder scharf?«

Hillary lachte. »Ja, natürlich. Aber das ist es nicht, was mich im Augenblick bewegt.«

Er sah sie an. »Was ist denn?«

»Ich glaube, wir sollten zurück zum Boot gehen. Ich spüre die Wirkung der Sonne.«

Haldane sah zerknirscht aus. Er drehte sich auf den Bauch und strich ihr die Haare aus dem geröteten Gesicht. »Du siehst erhitzt aus. Fühlst du dich okay?«

Sie nickte nur, aber durch die Bewegung begann es in ihrem Kopf zu klopfen.

Er sah, wie sie das Gesicht verzog und betrachtete sie besorgt. »Komm.« Er stand auf und streckte einen Arm aus, um sie hoch zu ziehen.

Er bückte sich, hob ihren Bikini auf und stopfte ihn in seinen Gürtel. Der restliche Inhalt, ein beträchtlicher Vorrat an Kondomen, war im Sand vergraben, stellte er bedauernd fest. Hillary lachte zwar darüber, hoffte aber, dass er auf dem Schiff noch Nachschub gelagert hatte, sonst würde es einen keuschen Ausklang eines Tages voller Liebe geben.

Er band sich den Gürtel um, nahm Hillary bei der Hand und watete mit ihr durchs Wasser, bis es ihr bis zur Brust reichte und ihm bis an die Hüften. Der Kontrast vom heißen Sand und dem kühlen Wasser nahm ihnen im ersten Moment den Atem, aber sie gewöhnten sich rasch daran und schwammen mit kräftigen Schüben dem Boot entgegen, das in etwa vierhundert Metern Entfernung lockend auf dem Wasser schaukelte.

Die kühlen Wellen erfüllten Hillary mit neuer Kraft, die sie vergessen ließen, wie miserabel sie sich eben noch gefühlt hatte. Aber als sie auf dem Boot stand, gaben ihre Knie nach, und sie musste sich an Haldane festhalten, um nicht hinzufallen.

Er schloss die Tür zum Unterdeck auf und führte sie behutsam zur bequemen Achternkabine, wie er sie nannte. Er schaute Hillary besorgt an, achtete darauf, dass sie sich ausruhte und versprach, in ein paar Minuten etwas zu essen und zu trinken zu bringen.

Hillary nutzte zuerst das Bad und ließ die dampfenden Strahlen der Dusche auf sich herunter prasseln, die alle Spuren von Sand und Meerwasser abspülten. Im Medizinschrank fand sie eine Tube After Sun. Sie hatte sich gerade eingecremt, als Haldane in die Kabine trat und ein großes Tablett und ein paar Flaschen absetzte.

»Wie geht es dir jetzt?«

»Oh, schon viel besser, danke.« Sie fühlte sich plötzlich ganz scheu und zog das Badetuch höher, um ihre Brüste zu bedecken.

»Himmel, bin ich froh!«

Haldane konnte ein Lächeln nicht unterdrücken, als er Hillarys schamhaftes Verhalten bemerkte. Nein, er würde Frauen nie verstehen, dachte er, während er ein hohes Glas mit eiskaltem Mineralwasser füllte und ein kleineres Wasser mit gekühltem Weißwein.

Hillary trank das Wasser in einem Zug. Sie konnte sich nicht daran erinnern, je so gierig getrunken zu haben. Dann sah sie begehrlich auf das Essen, das Haldane zubereitet hatte, denn nach den vielen Stunden des Schwimmens und Liebens hatte sie einen Bärenhunger.

Haldane hatte sich selbst übertroffen. Er hatte sich nicht mit vorbereiteten Sandwiches und welkem Salat begnügt, sondern einen Schmaus aus gegrillten Paprikas, Sardinen und Heringen bereitet, dazu frischen Salat, kleine Tomaten, knuspriges Brot und dicke schwarze und grüne Oliven.

Zuerst schlangen sie das leckere Essen in sich hinein, aber als der erste Hunger gestillt war, fütterten sie sich gegenseitig, und bald liefen ihnen Olivenöl und Tomatensaft am Kinn hinunter, dann beugten sie sich über einander und leckten sich gegenseitig sauber.

Hillary streckte sich auf dem bequemen Bett aus und liebte es, wie Haldane ihren Bewegungen mit Blicken unverhohlener Lust folgte. Er war ganz sicher der unersättlichste Mann, den sie je kennen gelernt hatte, und sein sexueller Appetit schien ansteckend zu sein. Noch nie hatte sie sich so geil und begehrt gefühlt. Einladend spreizte sie die Beine, und laut stöhnte sie auf, als er seinen blonden Kopf zwischen ihre zitternden Schenkel drängte.

Himmel, war er gut mit seinem Mund! Sie schloss die Augen und spreizte ihre Schenkel in glücklicher Schamlosigkeit noch weiter, während seine Zunge über die geschwollene Knospe ihrer Klitoris huschte. Seine Fingerspitzen tänzelten über der empfindlichen Haut der Innenseiten ihrer Schenkel und schickten ein heißes Glühen durch ihren ganzen Körper. Sie spürte seinen Atem auf ihren geschwollenen feuchten Lippen, dann drang seine Zunge in sie ein und wedelte hin und her, bis sie sich laut schreien hörte.

Als sie in den Hafen einliefen, war es schon dunkel. Hillary hatte zwar ihre Uhr nicht bei sich, aber sie schätzte, dass es nach zehn war. Haldane ging mit ihr zur Harwood Hall, und diesmal zögerte er nicht, sie bis zum Portal zu bringen.

Sie knutschten wie schuldbewusste Teenager vor dem Eingang, bis ein Licht am Tor die Ankunft eines Urlaubers ankündigte. Haldane wollte sich hastig zurückziehen, aber er blieb stehen, als Gus und Clive um die Ecke bogen, offenbar zurück von einem Besuch im Pub.

»He, ho. Wenn das nicht meine sexy Schwägerin und ihr muskelbepackter Freund sind.«

Hillary schickte ein Stoßgebet zum Himmel, dass die beiden keinen Narren aus sich machten, aber sie brachte ein Lächeln zustande. Sie blickte hoch zu Haldane, der immer noch an Flucht dachte. »Ignoriere ihn, er gibt selbst zu, ein Fiesling zu sein.«

Die Haustür öffnete sich hinter ihnen, und Alicia

und Chloe traten heraus. Alicia übersah die Rückkehr ihres Mannes und starrte auf Haldane. »Oh, schönen guten Abend«, sagte sie und fügte gleich hinzu: »Ich wusste gar nicht, dass du diesen Mann kennst, Hillary.«

Hillary zeigte ein Grinsen und legte in einer fast beschützenden Geste einen Arm um Haldanes Taille. »Haldane, das ist meine Schwester Alicia, und neben ihr steht ihre Freundin Chloe. Hinter uns stehen ihre Männer Clive und Gus.«

Haldane zeigte ein strahlendes Lächeln, das für alle gedacht war. »Ich freue mich, euch kennen zu lernen.«

Alicia errötete, als wäre sein Lächeln nur für sie. Sie wich zurück und trat fast auf Chloes Füße, die in Schuhen mit Stiletto-Absätzen steckten. Mit weiten Armbewegungen scheuchte Alicia sie alle durch die Tür. Einen Augenblick zögerte Haldane, aber Hillary schob ihn sanft über die Schwelle, wobei er Alicia im Vorbeigehen streifte. Hillary bemerkte die Gesichtsausdrücke der beiden und seufzte unhörbar. Sie wusste, dass es unmöglich war, einen Mann wie Haldane für sich allein zu haben.

Odile und Theo saßen im Salon vor dem Fernseher. Odile warf Hillary einen fragenden Blick zu, dann lächelte sie Haldane an. »Hallo, ich bin Odile, und dies ist mein Freund Theo.«

Haldane lächelte zurück und drückte Theos Hand. Bald schon befanden sich die Männer tief im Gespräch; offenbar war Paris die europäische Lieblingsstadt von Haldane. Hillary setzte sich neben Odile. Die Frauen tauschten einen Blick der Verwunderung. Sie hätten nicht erwartet, dass die beiden unterschiedlichen Männer so schnell ein Gesprächsthema fanden.

Alicia schien mehr als nur ein wenig sauer darüber zu sein, dass Haldane ihre Gegenwart ignorierte. Sie versuchte alles, um seine Aufmerksamkeit zu erheischen. Sie schenkte ihm einen Drink ein und beugte sich absichtlich tief hinunter, um den Fernseher auszuschalten. Ihr kurzer Rock rutschte hoch und gab den Blick auf ihre langen, gut geformten Beine frei. Der enge Rock betonte die verführerischen Kurven ihrer Hüften.

Doch sie erreichte nichts damit. Theo hatte gerade gestanden, dass er eine heimliche Leidenschaft für Boote hegte, und jetzt waren sie wirklich bei einem Thema, das keine Unterbrechungen duldete. Sie diskutierten über die Vorzüge des einen Bootstyps gegenüber einem anderen, und schließlich lud Haldane Theo auf seinen Kabinenkreuzer ein. Hillary errötete, als sie daran dachte, dass sie vor einer Stunde erst das Bett und die Kabine verlassen hatte.

Chloe hatte offenbar Hillarys Erröten bemerkt und hakte rasch ein. »Also, sag uns, Hillary, was hast du den ganzen Tag mit Haldane gemacht? Am Strand haben wir euch jedenfalls nicht gesehen.«

Hillary bemühte sich, besonders erschöpft auszusehen und erklärte, dass sie und Haldane den ganzen Tag segeln und schwimmen waren.

»Man sieht es, du hast ganz schön Farbe bekommen«, bemerkte Alicia und reichte ihr ein Glas, das bis oben hin mit Gin Tonic und Eis gefüllt war.

Hillary unterdrückte ein Gähnen. »Wie war dein Tag?«

»So lala«, murmelte Alicia. »Fearn hat ihr freies Wochenende, deshalb haben wir auf glückliche Familie gemacht und sind an den Strand gefahren.«

»Das hört sich doch wunderbar an.« Hillary hatte gerade einen heimlichen Wink Haldanes aufgefangen, und sofort ging es ihr wieder besser.

Chloe und Alicia seufzten gemeinsam. »Es liegt an Clive und Gus«, erklärte Alicia. »Sie wissen einfach nicht, was von ihnen erwartet wird.«

Chloe nickte entschieden. »Gus hat sich schlicht geweigert, ein Schnellboot zu mieten.«

»Und Clive hörte nicht auf zu jammern, dass es zu heiß wäre. Oder der Sand zu körnig. Es war kaum zum Aushalten. Die beiden wollen nichts anderes, als Golf spielen oder in der Kneipe hocken.«

Alicia hatte sich in Rage geredet. Sie und Chloe warfen ihren Männern verächtliche Blicke zu. Hillary musste lachen. Die beiden Frauen schienen zu vergessen, dass diese Wochenenden die einzigen freien Tage waren, die die Männer in diesem Sommer haben.

»Du hast gut reden«, fuhr Alicia fort, »segelst mit deinem gut aussehenden Freund zu verwunschenen Buchten, während wir mit unseren Männern eine miserable Zeit verbringen.«

»Nun entschuldige mal«, mischte sich Gus ein. »Wir hätten dieses Wochenende nicht hier verbringen müssen, und wenn wir so schrecklich sind, dann finden wir eben was anderes, wo wir uns amüsieren können. Stimmt's nicht, Clive?«

Hillary rutschte unbehaglich auf ihrem Sitz herum und starrte auf ihre Schwester. Alicia hatte wohl bemerkt, dass sie den Bogen überspannt hatte, und versuchte, die Situation zu retten. »Für morgen haben wir doch was Schönes geplant.« Sie nickte Chloe auffordernd zu.

Chloe verzog das Gesicht zu einem versöhnlichen Lächeln, bevor sie sich an Gus und Clive wandte. »Ja, wir wollen alle wieder zum Strand, aber diesmal kaufen wir uns ein Gummiboot.« Sie blickte zu Haldane. »Vielleicht könnten wir das bei Ihnen kaufen. Öffnen Sie sonntags?«

Haldane zeigte ein schwaches Lächeln. »Ich bin sicher, dass ich mir für zwei so nette Damen die Mühe machen würde.«

Clive und Gus fanden es angebracht, aufzustehen

und zu ihren Frauen zu gehen, als müssten sie vor irgendwas oder irgendwem beschützt werden.

»Das ist großzügig von Ihnen.« Aber Gus sah nicht dankbar aus, ganz im Gegenteil. Man sah ihm an, dass ihn die Aussicht nicht freute, seine Frau nächste Woche in der Umgebung dieses Mannes zu wissen. Er schaute auf seine Uhr. »Nun, ich glaube, es ist Zeit, schlafen zu gehen, wenn wir morgen früh aus den Federn wollen.« Er fuhr mit einem Finger über Chloes nackte Schultern, und sie schüttelte sich; ob aus Sehnsucht oder Widerwillen, mochte Hillary nicht entscheiden.

»Noch nicht, Liebling. Ich möchte noch einen Drink haben.« Sie hielt ihm sein Glas hin.

Aber Haldane hatte den Wink verstanden. Er stand schon auf den Beinen. »Ich muss jetzt gehen.« Er wandte sich an Theo. »Kommen Sie jederzeit zum Hafen, dann zeige ich Ihnen, worüber wir geredet haben.«

Hillary war neugierig, aber sie erhielt nicht die Gelegenheit, Haldane zu fragen, was er Theo zeigen wollte. Der Norweger verabschiedete sich von allen, und als er zur Tür ging, sagte er: »Du brauchst mich nicht hinaus zu bringen, Hillary. Ich melde mich bei dir.«

Sie setzte sich wieder, wenn auch zögernd und gegen ihren Willen, und blies ihm einen Kuss zu. Obwohl sie sich an diesem Tag unzählige Male geliebt hatten, sehnte sie sich danach, in seinen Armen zu liegen und sich an ihn zu kuscheln.

Sobald sie hörten, wie sich die Haustür schloss, standen Gus und Clive auf, streckten sich und gähnten. Sie schauten erwartungsvoll zu ihren Frauen, die sie allerdings schnöde ignorierten.

Odile und Theo standen auf. »Gute Nacht allerseits.«

Hand in Hand verließen sie das Zimmer. Ihre Körpersprache verriet alles über sie.

Alicia setzte sich neben Hillary aufs Sofa. »Übrigens, du wirst nie erraten, wer gestern hier aufgetaucht ist.«

Clive und Gus hatten den Eindruck, dass die Frauen sich jetzt in Klatsch und Tratsch ergehen wollten, und beschlossen, zu Bett zu gehen. Hillary wandte sich Alicia zu, deren Gesicht aufgeregt glänzte.

»Prinz Andrew?« Hillary bemühte sich, den Sarkasmus aus der Stimme fernzuhalten.

Alicia lachte. »Natürlich nicht.«

»Ach, wenn er es doch wäre«, murmelte Chloe sehnsüchtig.

Hillary grinste. »Also gut, wenn es kein Mitglied der königlichen Familie ist, gebe ich auf.«

»Fearns Bruder und eine Frau, von der ich annehme, dass sie seine Mutter ist. Dem Alter nach könnte sie es sein.«

»Ach, wie interessant.« Hillary wusste nicht, was sie sonst sagen sollte. Sie hatte keinen Schimmer, warum die Ankunft von Fearns Bruder das große Ereignis sein sollte.

Chloe wisperte verschwörerisch: »Du verstehst nicht, Hilly, Liebling. Er sieht umwerfend gut aus.«

»Oh, jetzt verstehe ich.« Hillary grinste. »Wie sieht er denn aus? Warum ist er so umwerfend? Ich meine, Fearn ist nicht gerade eine Schönheit.« Hillary bedauerte diese Wertung sofort, sie hätte das nicht sagen sollen.

»Ja, ich weiß«, sagte Chloe und lächelte dünn. »Deshalb mag ich sie ja. Aber Fearns Bruder sieht wirklich gut aus, groß, dunkel und sehr schottisch.«

»Nun ja, das ist nicht ganz unerwartet, nicht wahr?«, meinte Hillary. »Wie alt ist er denn?«

»Jung«, antwortete Chloe.

»Anfang zwanzig«, warf Alicia ein. »Jedenfalls passt er vom Alter her eher zu dir, Hills«, fügte sie unglücklich hinzu.

»Wohl kaum«, meinte Hillary. »Außerdem habe ich im Augenblick genug zu tun.«

Alicia legte den Kopf in den Nacken und blickte ein oder zwei Minuten zur Decke. »Ja, das habe ich bemerkt, du Glückliche! Wann ist das geschehen?«

Ein wenig verlegen sah Hillary in ihr Glas. »Erinnerst du dich, dass ich die kleine Windmühle mitgebracht habe? Sie war aus seinem Geschäft.« Sie wurde rot.

»Was, mehr war nicht erforderlich? Ich wusste gar nicht, dass er so leicht einzufangen ist.« Alicia hörte sich ein wenig verbittert an.

»Nein, so einfach war es auch nicht. Im Gegenteil, an diesem ersten Tag habe ich was gesagt, was ihn verstört hat. Wir haben uns dann gestern Abend im Pub wiedergesehen.«

»Kein Wunder, dass du so spät nach Hause gekommen bist. Odile hat nur gesagt, du hättest einen Freund getroffen und wolltest mit ihm noch einen trinken.«

»Ist er überall so gut gebaut?«, wollte Chloe wissen.

Hillarys Röte vertiefte sich. Sie nickte. »Wie ist das mit Fearns Bruder? Wenn ihr euch erinnert, war er es, über den wir reden wollten.« Sie wünschte sich dringend, das Thema zu wechseln.

»Nun ja, nackt haben wir ihn noch nicht gesehen, stimmt's, Alix? Er ist erst am Nachmittag eingetroffen, also lass uns ein wenig Zeit.« Chloe hörte sich entschlossen an.

»Das habe ich doch nicht gemeint«, sagte Hillary lachend. »Könnt ihr eure Gedanken mal auf das richten, was sich oberhalb der Gürtellinie eines Mannes befindet?«

Chloe und Alicia sahen sich an, dann wandten sie sich mit blanken Gesichtern an Hillary. »Nein, warum sollten wir?«, fragte Alicia. »Es sei denn, sie haben ihre Brieftasche im Jackett.« Die beiden Frauen brachen in lautes Gelächter aus.

Hillary lachte mit ihnen. Sie war oft schockiert über die schroffe Art der beiden, aber in Wirklichkeit waren sie harmlos. Und ab und zu war es lustig, den Freundinnen zuzuhören, wenn sie alle Aspekte ihrer Lieblingsthemen durchhechelten – Männer, Sex und Geld. So war es auch an diesem Abend, und es überraschte Hillary nicht, dass es nach zwei Uhr war, als sie auf nicht mehr ganz sicheren Beinen in ihre Schlafzimmer gingen.

Hillary ließ sich aufs Bett fallen und starrte lange an die Decke. Sie hatte einen wunderbaren Tag mit Haldane erlebt, und doch – seit sie nach Harwood Hall zurückgekehrt war, hatte sie Darius nicht aus ihren Gedanken verdrängen können. Immer wieder sah sie sein dunkles, nachdenkliches Gesicht vor sich. Seit sie mit Alicia und Chloe über Sex geredet hatte, tobte ein Strudel von Gefühlen in ihr.

Sie musste an den gestrigen Tag am Strand denken, als eine geheimnisvolle Person ihre Brüste gestreichelt hatte. Und dann kam ihr wieder die nebulöse Erinnerung an die seltsame Begegnung mit Darius im Wald. Es schien unmöglich zu sein, dass diese beiden Erlebnisse erst sechsunddreißig Stunden zurücklagen.

Verzweifelt versuchte sie, das ungebetene Gefühl des Sehnens und Schmachtens nach dem Mann zu unterdrücken, der offenbar keinen konventionellen Zugang zu Sex und Beziehungen hatte. Sie zog sich aus und schlüpfte zwischen die kühlen Laken. Bald darauf fand sie sich im Traumland wieder.

In dieser Nacht war nicht Hillary das Opfer von Darius' nächtlichen Überfällen. Ilona hatte Interesse an einer von Hillarys Freundinnen geäußert; es handelte sich um die Frau mit den kastanienbraunen Haaren und dem großen schwarzen Freund. Darius sah hinüber zu Ilona, die gespannt vor dem Monitor saß und ihr Geschlecht streichelte, während sie den Bewegungen des Paares folgte.

»Himmel«, rief sie aus, ohne den Blick vom Bildschirm zu wenden. »Kannst du dir vorstellen, so ein Monstrum in dir zu spüren?« Sie sprach natürlich vom beachtlichen Penis des Franzosen. Der pochende Schweif lag auf Odiles bebenden Hüften, und einen Augenblick sah es so aus, als überlegte Theo, in welche der beiden Öffnungen er eindringen sollte.

Darius spürte, wie sein eigenes Glied hart wurde. Es müsste Spaß machen, den beiden beim Analsex zuzuschauen.

»Sieh nur, Darius.« Die Frau zog ihn näher an den Bildschirm heran. »Siehst du den herrlichen Kontrast ihrer Körper? Sie so zierlich und blass, und er groß und schwarz.« Sie setzte sich im Sessel zurück und lächelte verträumt. »Oh, ich würde sie gern malen. Glaubst du, dass sie mir Modell stehen werden?«

Darius schüttelte den Kopf. Das Blau seiner Iris war so dunkel, dass es wie schwarz wirkte. »Ich weiß nicht. Vergiss nicht, dass sie meine Gäste sind, keine schlichten Gemüter aus dem Dorf, die alles tun, was ich sage.«

Die Frau schmollte. »Ich wünschte, du würdest nicht so abfällig über die Dorfbewohner reden. Die meisten sind alles andere als schlicht.«

Beschwichtigend legte er eine Hand auf ihre Schulter. Er schaltete den Zoom ein und zog das Paar näher heran. »Du weißt, dass ich es nicht so gemeint habe.«

Zu Darius' Enttäuschung hatte sich Theo entschieden, seine Freundin auf die konventionelle Art zu nehmen. Er stieß von hinten fest in ihre Vagina. Odile stützte sich mit den Unterarmen auf der Kommode ab, die bleichen Halbkugeln ihres Hinterns hoch in die Luft gereckt.

Ilona schaute offenen Mundes zu und stöhnte leise. Sie spreizte die Beine und streichelte sich heftiger, schneller. Sie schaute zu Darius. »Hilfst du mir nicht?« Ihre dunkle Stimme war ein lockendes Gurren.

Darius schüttelte den Kopf. »Ich bin nicht in Stimmung, Ilona. Außerdem«, fügte er hinzu und starrte auf die Finger, die zwischen ihren fleischigen Lippen wetzten, »schaue ich dir gern dabei zu.«

Sie öffnete den Mund, um etwas zu sagen, überlegte es sich anders und sagte dann trotzdem – was riskierte sie schon, wenn sie seinen Zorn hervorrief? Er würde sie an diesem Abend sowieso nicht nehmen.

»Dein Vater hätte mir keinen Korb gegeben. Er war immer in Stimmung.«

Wie sie erwartet hatte, verdüsterte sich sein Gesicht. »Mein Vater war ein alter Mann. Er musste jede Gelegenheit nutzen, die sich ihm bot«, sagte er brutal.

Die Frau zuckte, ihre Hand ruckte zurück, und instinktiv presste sie die Beine zusammen. Ihr Verlangen war im Nu verflogen. Sie überlegte, womit sie ihn ebenfalls verletzen konnte.

»Ich schätze, schon bald wird Torran so etwas auch über dich sagen, wenn er ein junges Mädchen bei sich hat.« Sie sah den Ausdruck von Verletztsein und Wut in seinem Gesicht und wusste, dass sie ihr Ziel erreicht hatte.

Er erholte sich rasch. »Du vergisst, dass Torran nicht mein Sohn ist«, zischte er. »Er ist dein Sohn. Der Bastard aus deiner Beziehung mit meinem senilen Vater.«

Sie wollte nicht zulassen, dass er ihr noch einmal weh tat. »Du vergisst so schnell, Darius.« Sie lächelte triumphierend. »Dein Vater war nicht so senil, dass er vergessen hätte, sein Testament zu ändern. Das Haus in Caithness gehört mir, dazu noch die Hälfte seines verfügbaren Barvermögens, die ich mir mit Torran und Fearn teile.« Sie stand auf und starrte ihn mit funkelnden Augen an. »Überziehe deine Gehässigkeiten nicht, Darius, sonst könnte ich Fearn mitnehmen und meine Unterstützung einstellen. Dann wärst du gezwungen, deine geliebte Harwood Hall zu verkaufen.«

Mit einem arroganten Ruck des dunklen Kopfs ging sie aus dem Zimmer und ließ einen ungewöhnlich stillen Darius Harwood zurück, der darüber grübelte, wie ernst Ilona ihre Drohung gemeint hatte.

Siebtes Kapitel

Es war seltsam ruhig, als Hillary am anderen Morgen aufwachte. Keine schlurfenden Schritte, kein Rauschen der Toilettenspülung, kein hastiges Zähneputzen und – am auffälligsten – kein Kreischen und Jammern, wie es sonst von Alicia und Chloe zu hören war. Einen Moment lang fürchtete Hillary, im falschen Haus aufgewacht zu sein. Oder alle hatten die Nacht woanders verbracht, und sie war allein zurückgeblieben. Dann hörte sie Clives tiefe Stimme. Erleichtert drückte sich Hillary zurück in die Kissen.

Nach einem kurzen Dösen warf sie die Decke zurück, schwang die Beine aus dem Bett und warf sich den Bademantel über. Als sie die Treppe hinunter ging, sah sie ein wildes Durcheinander. Im Flur standen bis obenhin vollgestopfte Tüten, Plastikkörbe und alle nur erdenklichen Utensilien, die man mit an den Strand nehmen konnte.

Clive schlurfte aus der Küche, Zigarette in einer, Kaffeetasse in der anderen Hand. Als er Hillary sah, blickte er schuldbewusst auf den Rauch, der von der rechten Hand hochzog.

»Himmel, sage Alicia nichts davon.«

»Das würde mir nicht im Traum einfallen, Clive. Du bist ein erwachsener Mann und musst wissen, was du tust.«

Hillary selbst hasste Zigaretten, aber sie glaubte, kein Recht zu haben, andere zurechtzuweisen.

Er sah erleichtert aus. »Ich wünschte, Alicia wäre so tolerant wie du. Sie erlaubt nicht, dass ich im Haus rauche.«

Hillary sah sich um. »Wo ist sie?«

»Sie zieht sich an, und Gus sagte mir gerade, dass

Chloe bei ihrem Make-up ist. Es kann also noch dauern, bis sie sich sehen lassen.«

»Ich kann's mir denken«, sagte Hillary lachend. »Chloe geht nicht ohne Kriegsbemalung aus dem Haus.«

Clive nickte, paffte an seiner Zigarette und hob seinen Kaffeepott. »In der Kanne ist noch Kaffee, wenn du möchtest.«

»Oh, ja, gern.«

Hillary fand, dass Clive ein netter Kerl war, wenn ihre Schwester nicht in der Nähe war und ihn reizte. Sie folgte ihm in die Küche, und ihre Nasenflügel bebten, als sie das Aroma des frischen Kaffees roch. Sie setzten sich an den Tisch. Clive zündete sich wieder eine Zigarette an, während Hillary schweigend am Kaffee trank.

»Hillary?«

Clive räusperte sich.

»Ja, Clive?« Sie schaute auf und bemerkte, wie ernst er plötzlich war.

»Du ... du würdest es mir sagen, nicht wahr? Ich meine, wenn ...« Er schien mit jedem Wort große Schwierigkeiten zu haben. Sein Gesicht war knallrot vor Verlegenheit.

Hillary tätschelte seine Hand. »Was würde ich dir sagen?«

Er nippte am Kaffee und zog hastig an der Zigarette. »Wenn Alix eine Affäre hier hätte. Du würdest es mir sagen, nicht wahr? Ich meine, du müsstest es mir sagen, schließlich bist du meine Schwägerin.«

Die Worte sprudelten nur so aus ihm heraus. Er sah sie bettelnd an. Wie ein kleiner Junge, dachte Hillary. Sie empfand Mitleid mit ihm, aber sie konnte auch nicht vergessen, was Alicia gesagt hatte: Dass er mit allen Frauen in seinem Büro geschlafen hatte.

Seufzend hob sie den Blick zum Himmel, als hoffte

sie auf himmlischen Beistand. »Ja, das würde ich, Clive.«

Sein Gesicht hellte sich auf.

»Aber«, fügte Hillary rasch hinzu, »es käme auf die Umstände an.«

Es war eine lahme Antwort, das wusste Hillary selbst, aber ihr Schwager schien sich damit zufrieden zu geben.

»Du würdest deiner Sache sicher sein wollen«, sagte Clive. »Schließlich willst du nicht riskieren, dass unsere Ehe wegen nichts aufs Spiel gesetzt wird.«

Wieder seufzte sie, diesmal sogar noch lauter. Sie wusste, dass sie aus dieser Situation nicht unbeschadet herauskommen würde. Alicia und Clive arbeiteten erfolgreich am Scheitern ihrer Ehe, dazu bedurften sie Hillarys Hilfe nicht.

»Das stimmt, Clive.« Sie tätschelte wieder seine Hand. »Kein Grund zur Beunruhigung.« Sie nahm einen Schluck Kaffee. »Jetzt muss ich ins Bad.«

Er nickte abwesend und zündete sich schon wieder eine Zigarette an. Im Flur stieß Hillary auf Odile, und auch sie starrte ungläubig auf die Utensilien im Flur.

»Ich schätze mal, dass sie ein paar Tage am Strand bleiben wollen«, kommentierte sie trocken.

Hillary kicherte leise. »Pst«, machte sie. »Alicia und Chloe sind schon auf, und Clive sitzt in der Küche.«

»Oh.« Odile legte einen Finger über die Lippen und grinste. »Gehst du heute wieder mit Haldane aus?«

»Wir haben nichts vereinbart.« Hillary sah einen Moment mutlos aus. »Was hast du mit Theo geplant?«

Odile schüttelte sich aufgeregt. »Wir wollen mit einem Freiluftballon fahren.«

Hillary war fast neidisch. »Oh, ihr Glücklichen.«

»Du kannst mit uns kommen, wenn du willst.«

»Das ist ganz lieb von dir.« Hillary fühlte sich versucht, das Angebot anzunehmen, aber sie wäre sich bei Odile und Theo wie das fünfte Rad am Wagen vorgekommen.

»Du siehst so aus, als wenn du ablehnen willst«, sagte Odile.

»Du meinst es gut, wirklich, aber …«

» … aber du willst lieber hier im Haus herumhängen für den Fall, dass dein schöner blonder Norweger anklopft, ich weiß schon.« Odile lachte und glaubte, alle Antworten zu kennen.

Hillary setzte sie nicht ins Bild. »Man kann nie wissen«, sagte sie lächelnd. »Aber in Wirklichkeit will ich nur einen Faulenzertag einlegen. Sonnenbaden auf der Terrasse und so. Ganz allein.«

»Wer ist ganz allein?« Die Stimme gehörte zu Alicia. Sie und Chloe kamen die Treppe herunter, die Arme voller Dinge, die sie auch noch mit zum Strand nehmen wollten. Es sah so aus, als wollten sie dort eine Woche Urlaub machen.

»Braucht ihr dieses ganze Zeug denn auch?«, fragte Hillary stirnrunzelnd.

Bevor eine der beiden antworten konnte, unterbrach eine männliche Stimme: »Himmel, was geht denn hier vor?« Gus blickte sich in dem Durcheinander um. Im Handumdrehen hatte er die Tüten und Körbe aus dem Flur und vor die Haustür geschafft, dann wollte er, dass sich alle, Odile und Theo ausgenommen, im Salon trafen.

Hillary fand, dass er Unterstützung verdient hatte, und es war Gus zu verdanken, dass sie den beiden Paaren ein paar Minuten nachwinken konnte, als sie mit zwei vollbepackten Autos den Hof verließen.

Endlich Ruhe, dachte sie dankbar.

Eine Weile trödelte sie im Haus herum, immer noch im Bademantel, blätterte ein paar Zeitschriften durch und setzte sich dann vor die Frisierkommode, um einige neue Frisuren an sich auszuprobieren.

Schließlich stellte sie sich unter die Dusche, und als sie sich getrocknet hatte, zog sie einen winzigen G-String-Bikini in leuchtendem Blau an.

Sie hatte mit dem Gedanken gespielt, doch auszugehen. Vielleicht durchs Dorf schlendern und im Pub einen Drink nehmen, dann weiter hinunter zum Hafen. Sie gab es zwar nicht gern zu, aber sie hoffte, bei ihrem Spaziergang auf Haldane zu stoßen. Auf der anderen Seite war ihr ein wenig unbehaglich zu Mute, wenn sie daran dachte, den ganzen Tag allein in Harwood Hall zu verbringen.

Sie schalt sich eine Närrin, ging in die Küche und bereitete einen Krug mit einem erfrischenden Obstsaft, gemischt mit etwas Champagner, zu.

Sie trug Krug, Glas, Sonnenbrille und ein paar Zeitschriften hinaus auf die Terrasse und stellte die Sachen auf dem kleinen Tisch neben der bequem aussehenden Liege ab. Sie schützte die Augen mit einer Hand und sah hinauf zum Himmel. Sie freute sich über das weite, ungetrübte Blau, aber dann fiel ihr ein, dass sie das Sonnenöl vergessen hatte, und ging ins Haus zurück.

Als sie zurück auf die Terrasse kam, musste sie überrascht feststellen, dass es sich jemand auf ihrer Liege gemütlich gemacht hatte.

Der Unbekannte hörte Schritte und sprang schuldbewusst von der Liege auf. Hillary nahm an, dass sie Fearns Bruder vor sich hatte.

»Hallo.« Sie lächelte ihn an.

Seine Stimme klang weich, als er sagte: »Ich dachte, alle wären weggefahren.«

»Nicht alle.«

Aus irgendeinem unerklärlichen Grund wollte Hillary ihn nicht wissen lassen, dass sie als einzige der Urlauber zurückgeblieben war. Sie legte sich wieder hin und sah sich nach einer zweiten Sitzgelegenheit um. Sein Blick folgte ihrem, und beide sahen den kleinen Klappstuhl an der Mauer zum Garten. Der junge Mann ging hin und klappte den Stuhl auseinander.

Er setzte sich ein paar Meter von ihr entfernt und betrachtete schweigend die Umgebung. Hillary überlegte, wie sie ein Gespräch beginnen könnte, aber ihr fiel nichts ein. Sie gab auf und öffnete die Flasche mit dem Sonnenöl. Einige Minuten war sie damit beschäftigt, Arme und Beine einzuölen, dann drehte sie sich nach ihm um und bemerkte, dass er sie anstarrte.

»Aus welchem Teil Schottlands kommen Sie und Fearn, eh ...?« Ihr fiel ein, dass sie seinen Namen nicht wusste.

»Torran.«

»Oh, Torran. Was für ein ungewöhnlicher Name.« Sie fragte sich, warum ein junger Mann sie so durcheinander brachte. Chloe hatte richtig geschätzt, weit über zwanzig konnte er nicht sein.

»Es ist ein traditioneller Name bei uns in Caithness«, sagte er. »Fearn übrigens auch. Und daher kommen wir auch – aus Caithness.«

Hillary antwortete lächelnd: »Es sind beide sehr schöne Namen. Sind Sie älter als Fearn?«

Er nickte. »Drei Jahre.«

Sie überlegte kurz. Sie meinte sich erinnern zu können, dass Alicia erwähnt hatte, Fearn sei erst neunzehn, also musste Torran zweiundzwanzig sein. Sie schenkte sich ein Glas ihres Spezialsafts ein und hielt ihm den Krug hin.

»Ich kann Ihnen ein Glas holen«, bot sie an, aber Torran schüttelte den Kopf.

»Wenn es Ihnen nichts ausmacht, werde ich lieber ein Bier trinken.« Er stand auf und verschwand im Haupthaus. Nach ein paar Minuten kehrte er mit einer Dose Budweiser zurück.

Hillary wies mit dem Kopf auf die Dose und lachte.

»Ich weiß nicht warum, aber ich hätte wetten mögen, Sie kommen mit irgendeinem obskuren schottischen Gebräu zurück.«

»Nie im Leben. Das schmeckt mir nicht.«

Er legte den Kopf in den Nacken und nahm einen langen Schluck aus der kalten Dose. Hillary nutzte die Gelegenheit, ihn genauer zu betrachten. Er sah gut aus, wenn auch nicht im klassischen Sinne. Die einzelnen Gesichtspartien waren alle recht ausgeprägt und stark, und manchmal sah es so aus, als stießen sie zusammen, statt sich zu ergänzen.

Er schien aus jedem Blickwinkel anders auszusehen. Wenn man nur eine Gesichtshälfte sah, wirkte er weich und rund, fast kindlich. Aber die andere Hälfte war härter, das Kinn kantiger, die Augenbraue eckiger.

Aus allen Winkeln gleich blieben seine vollen, zerzausten, schulterlangen Haare. Hillary bemerkte die dichten seidigen Augenbrauen und die langen dunklen Wimpern. Aus der Entfernung konnte sie seine Augenfarbe nicht erkennen, aber selbst bei diesem Abstand sah sie, dass die Augen offen blickten. Es waren lächelnde Augen. Er hatte einen schönen Mund mit vollen, blutroten Lippen.

Nach der ersten knappen Inspektion entschied Hillary, dass er nett war und nichts von ihm zu befürchten hatte.

Sie trank ihr Glas aus und füllte es wieder. Der eigentlich harmlose Cocktail belebte sie auf dem Weg durch Gaumen und Kehle bis hinunter in den Bauch. Er hinterließ eine prickelnde Spur.

Torran schien es nicht darauf anzulegen, mit ihr im Gespräch zu bleiben, deshalb setzte sie die Sonnenbrille auf, legte sich zurück und hielt ihr Gesicht der Sonne entgegen.

Immer wieder schaute sie unauffällig hinüber zu

dem jungen Mann. Die dunkle Brille war eine ideale Tarnung für ihr voyeuristisches Verhalten. Sie war ein wenig enttäuscht, dass er offenbar tatsächlich an seiner Zeitung interessiert war. Offenbar las er auf der Doppelseite, die er aufgeschlagen hatte, jedes Wort, denn es dauerte eine halbe Stunde, bis er umblätterte.

Was sie nicht erkannte: Er bemerkte, dass sie ihn beobachtete, und wann immer sie wieder die Augen schloss, nahm er seinerseits die Beobachtung auf. Er verschlang ihren fast nackten Körper mit heißhungrigen Blicken und einem unverhohlenen Gieren.

Nach einer Weile, eingelullt durch die einschläfernde Mischung aus Sonne und Alkohol, fiel sie in einen leichten, traumlosen Schlaf.

Torran lächelte und legte die Zeitung hin. Jetzt konnte er seine Blicke ungeniert schweifen lassen.

Seit er in der Harwood Hall eingetroffen war, bestürmten ihn überwältigende Gefühle unerfüllter Lust. Die beiden Frauen, die er am Eingang getroffen hatte, die nervöse Blonde und die andere, die selbstsichere Chloe, hatten in fünf Minuten mehr Interesse an ihm gezeigt als die Mädchen in seinem Dorf in all den Jahren. Natürlich waren die Frauen älter, wohlhabender und erfahrener, und bei ihnen brauchte er keine Ohrfeigen zu fürchten, wenn er nur einen Kuss stehlen wollte.

Er zog seine Jacke aus und lehnte sich auf dem Stuhl zurück. Diese Frau hier unterschied sich von den ersten beiden, das hatte er gleich bemerkt. Sie war jünger und weniger … weniger was? Er suchte nach einem geeigneten Wort. Weniger aufgedonnert, entschied er schließlich in Ermangelung eines treffenderen Ausdrucks.

Er hatte auch das Gefühl, dass er mit dieser Frau über alles reden konnte, auch über wichtige Dinge, über das Leben und die Ökologie. Er wäre entsetzt gewesen, hätte er gewusst, dass sie Lehrerin war, denn er hasste alle Lehrer. Sie kehrten die Autorität heraus, und er hasste Autorität jeder Art. Im Grunde seines Herzens war er ein Rebell. Ein Rebell ohne Bier, dachte er grinsend und schüttelte die leere Dose. Der abgezogene Ring schepperte blechern und weckte Hillary.

Sie brauchte ein paar Augenblicke, ehe sie zu sich kam und wusste, wo sie war. Dann erinnerte sie sich an Torran und blickte hinüber, wo er gesessen hatte. Sein Stuhl war leer. Mit einem leichten Gefühl des Bedauerns sah Hillary auf ihre Uhr. Kurz nach Mittag. Diesmal wollte sie sich um diese Zeit nicht ungeschützt der Sonne aussetzen.

Sie kam nur mit Mühe von der Liege hoch, und in diesem Moment sah sie Torran, er schritt durch den Gemüsegarten und wollte offenbar zurück auf die Terrasse, und gleichzeitig näherte sich Darius aus der entgegengesetzten Richtung. Sie spürte, wie ihr Herz bei seinem Anblick schneller schlug. Obwohl, um ehrlich zu sein, es war der Anblick beider Männer, der dafür sorgte, dass kleine Pfeile der Lust durch ihren Körper schossen. Sie rief sich innerlich zur Ordnung und fragte sich, ob sie eine Nymphomanin geworden war.

Torran erreichte die Terrasse ein oder zwei Sekunden vor Darius und setzte sich wieder auf den Klappstuhl. Mit betonter Lässigkeit öffnete er die Bierdose. Er bemerkte das Funkensprühen zwischen der blonden Frau und dem Mann, den er am meisten auf dieser Welt hasste. Darius Harwood, sein Halbbruder.

Hillary wünschte, sie wäre etwas dezenter gekleidet, als Darius sie begrüßte. »Was für eine angenehme Überraschung«, sagte sie und meinte es auch.

Darius brachte fast ein Lächeln zustande. Er bemühte sich, nicht allzu auffällig den kaum bekleideten Körper anzustarren. »Ich wollte mich nur davon überzeugen, dass Sie sich wieder ganz erholt haben.« Er blickte in Torrans Richtung und hob eine Augenbraue. »Ich hoffe, du belästigst unsere Gäste nicht. Du hast eigentlich keinen Zutritt zu den Gästeflügeln.«

Hillary beobachtete die beiden Männer und fühlte sich unbehaglich. »Schon gut«, sagte sie, »ich habe ihn eingeladen.« Sie hielt Darius' strafendem Blick stand, und ihr wurde klar, dass Darius und Torran sich nicht riechen konnten.

Torran erhob sich. »Ich muss gehen«, sagte er, aber man sah ihm an, dass er darüber nicht glücklich war.

Hillary erkannte sein Zögern, und außerdem machte der Gedanke sie nervös, mit Darius allein zu sein. »Nein, bitte, bleiben Sie doch.«

Torran bedankte sich artig und setzte sich wieder hin. Darius blickte finster, sagte aber nichts. Hillary wollte die eisige Stimmung durchbrechen und fragte, wo Torran arbeitete.

»Die meiste Zeit arbeite ich hier.« Er sah sich um und nahm einen Schluck aus der Dose. Er sah Darius an, der kaum merklich nickte, dann fuhr der junge Mann fort: »Aber in den nächsten Wochen werde ich in den Caithness Glasfabriken ganz in der Nähe arbeiten und neue Lehrlinge ausbilden.«

»Ah, ja.« Hillary erinnerte sich, auf dem Weg vom Bahnhof in King's Lynn Hinweisschilder zu den Glasfabriken gesehen zu haben. »Und da Sie aus Caithness kommen, wissen Sie alles über Glasbläserei?«

»So ungefähr.« Torran lächelte. »Aber die Babys von Caithness werden nicht mit einem Blasrohr im Mund geboren. Ich musste vier Jahre lernen, und ich lerne immer noch.«

»Oh, entschuldigen Sie, ich wollte Ihnen nicht zu

nahe treten.« Sie wies zur Küche. »Ich möchte für eine Weile aus der Sonne. Darf ich den Herren etwas anbieten? Tee oder etwas Stärkeres?«

Beide Männer nickten und folgten ihr ins Haus. Darius wünschte sich Tee, während Torran seine Bierdose hoch hielt. »Danke, ich bin noch versorgt.«

Während sie darauf wartete, dass das Wasser kochte, betrachtete Hillary die beiden Männer am Küchentisch und fragte sich, welche Verbindung es zwischen ihnen gab. Beide hatten dunkle Haare und eine Haut, die auffällig dunkler war als üblich. Torran schien offener und freundlicher zu sein als Darius, aber Hillary ahnte auch, dass es bei ihm eine dunkle Seite gab, vor der sie sich fürchten sollte.

Darius war und blieb ein völliges Geheimnis für sie. Meist gab er sich ernst und finster, und nur selten ließ er sich zu einem Lächeln hinreißen. Sie spürte, dass es viele Rätsel um ihn gab. Wenn es nicht so abwegig wäre und wenn die Akzente nicht so unterschiedlich wären, hätten sie Vater und Sohn sein können.

Ermutigt durch Darius, erzählte Torran von seiner Jugend im kleinen schottischen Dorf und dem daraus bedingten Mangel an Erfahrungen mit dem weiblichen Geschlecht – sowohl in seinem Dorf wie in Harwood.

»Das ist einer der Nachteile, wenn man in einer so engen Gemeinschaft lebt«, meinte Darius. »Man kann die heimischen Mädchen nicht entjungfern und es geheimhalten wollen.«

Eine leichte Röte glitt über Hillarys Gesicht, aber Torran errötete noch mehr, und in diesem Moment begriff Hillary, dass seine Erfahrungen mit Mädchen bisher sehr beschränkt geblieben waren.

»Man braucht eine Sondergenehmigung des Papstes, um eine von ihnen zu küssen«, sagte Torran lachend und sah Hillary von der Seite an.

Ihre Blicke trafen sich, und plötzlich hatte sie das Gefühl, dass der Raum in den Hintergrund geriet – und Darius gleich mit. Sie sah nur noch Torrans haselnussbraune Augen vor sich. Die Iris sah aus wie die gedämpften Farben von gebrochenem Glas – Glas aus Caithness, dachte sie.

Hillary hatte einen Sarong um sich geschlungen, als sie das Haus betreten hatten, aber jetzt hatte sie das Gefühl, als behinderte der Stoff sie irgendwie, als engte er ihren Körper ein, wo sie sich doch nichts sehnsüchtiger wünschte, als sich die Kleider vom Leib zu reißen und mit Torran ungehemmt Liebe zu machen.

Urplötzlich verspürte sie den Drang, ihm zu zeigen, wie sehr eine richtige Frau den Sex genoss. Kleine Landmädchen waren gehemmt, gefangen in Ängsten und Traditionen.

Sie wusste, dass er es auch spürte und glaubte, ihre Gedanken lesen zu können. Dann fiel ihr Darius ein, der sie ebenfalls anstarrte, und mit einem Gefühl des Entsetzens und der Verlegenheit begriff sie, dass er ihr ansehen konnte, was sie gedacht hatte. Was immer Torran glaubte zu erkennen, wusste Darius mit Bestimmtheit.

Als ob er sie quälen wollte, streckte Darius eine Hand aus und fuhr mit einem Finger über ihren Unterarm. »Sie sind ziemlich braun geworden. Die Leute, die über einen Urlaub in Norfolk spotten, haben keine Ahnung, nicht wahr?«

Hillary, nicht in der Lage zu sprechen, nickte. Sie traute sich nicht, einen der beiden anzusehen. Darius' Finger hatte eine Hitzespur auf ihrer Haut hinterlassen.

»Sind Sie schon in Urlaub gewesen, Torran?«, fragte Hillary, als sie sich wieder gefangen hatte. Sie wollte die Unterhaltung unbedingt im Fluss halten.

»Nein, ich verbringe meinen Urlaub immer zu Hause.«

Hillary mochte es kaum glauben. »Sie sind noch nie im Ausland gewesen?«

Der junge Mann schüttelte den Kopf. Sein Mangel an Welterfahrenheit schien ihn nicht zu bekümmern. Hillary dachte an all die Länder, in die sie gereist war, aber dann fiel ihr ein, dass sie mit ihren Auslandsreisen erst begonnen hatte, als sie so alt war wie Torran jetzt.

»Nun ja, Sie haben auch noch Zeit«, murmelte sie. Darius hatte seine Hand wieder zurückgezogen und streichelte sie nicht mehr, worüber sie enttäuscht war.

Es entstand ein Schweigen, das mehrere Minuten anhielt, und wie aufs Stichwort schauten alle auf die Uhr. Hillary lachte nervös und fragte sich, wer wohl als Erster ging. Niemand rührte sich.

»Sollen wir wieder hinausgehen?«, fragte Hillary.

Darius und Torran erhoben sich und warteten darauf, dass sie vorausging. Sie fand einen weiteren Klappstuhl für Darius und legte sich wieder auf die Sonnenliege. Sie schraubte den Verschluss der Sonnenölflasche auf, ließ das Öl auf ihren Handteller tropfen und rieb sich ein. Beide Männer verfolgten ihre Bewegungen, aber sie sagten nichts, als ob sie ihren eigenen Gedanken nachhingen.

Ein paar Minuten später hörten sie das Auto im Hof. Hillary lauschte und sagte dann: »Hört sich nach Odile und Theo an. Sie haben eine Ballonfahrt gemacht.«

Als Odile durch die Küche auf die Terrasse trat, richtete sich Torran auf seinem Stuhl auf. Er hatte diese Frau noch nicht gesehen, dabei wusste er instinktiv, dass es sich lohnen würde, sie näher kennen zu lernen. Mit ihren langen roten Haaren sah sie wie die Mädchen in seinem Dorf aus, aber der große

Unterschied bestand darin, dass man ihr die Frau von Welt ansah. Torran stand auf und bot ihr seinen Platz an. Hillary lächelte angesichts seiner spontanen Höflichkeit und stellte sie einander vor.

»Chloe und Alicia haben mir schon gesagt, dass Sie gestern angekommen sind, aber ich war beschäftigt«, sagte Odile und errötete, was Hillary wieder lächeln ließ. Seit Theo eingetroffen war, hatte Odile kaum eine andere Beschäftigung gehabt als die Liebe.

In diesem Augenblick stand Theo in der Tür und hielt eine Flasche eines mexikanischen Biers in der Hand. »Möchte jemand ein Bier?« Er wedelte mit seiner Flasche und sah Torran an, der ihn offenen Mundes anstarrte

Hillary fragte sich, ob er schon mal jemanden gesehen hatte, der so auffällig anders aussah wie Theo. Es konnte nicht viele französische Schwarze in der Einsamkeit Schottlands geben. Odile übernahm die Vorstellung selbst. Weder Darius noch Torran hatten Theo bisher gesehen.

Nach zehn Minuten Geplauder erhob sich Darius. »Tut mir leid, dass ich die nette Unterhaltung beenden muss«, sagte er, »aber ich habe zu arbeiten. Bitte, entschuldigen Sie mich.«

Hillary schaute auf die Uhr und stellte fest, dass es fast fünf war. »Ich wusste nicht, dass es schon so spät ist. Chloe und Alicia müssen bald hier sein.«

Sie wusste nicht, ob es der Gedanke an Alicia und Chloe war, jedenfalls sprang Torran hastig auf. »Ich muss auch gehen. Ich habe einem Freund versprochen, ihn im Pub zu treffen.«

Hillary seufzte leise. Sie hatte sich in der Gesellschaft der beiden Männer wohl und erregt gefühlt, und jetzt waren sie weg. Die Aussicht, einen Abend im Haus zu verbringen, erfüllte sie mit Entsetzen. Einen Moment lang war sie versucht,

Torran zu fragen, ob sie sich ihm anschließen könnte. Sie schaute auf, aber er schritt schon durch den Gemüsegarten. Darius war nirgendwo zu sehen.

Wie sich herausstellte, war der Abend nicht so schlimm, wie Hillary befürchtet hatte. Wenn man bedachte, dass sie gezwungen gewesen waren, den ganzen Tag zusammen zu verbringen, waren Gus, Clive, Chloe und Alicia bester Stimmung. Sie hatten chinesisches Essen mitgebracht, und Hillary spürte plötzlich, wie hungrig sie war.

Vielleicht lag es daran, dass Gus und Clive am nächsten Morgen abreisen würden, jedenfalls befanden sich Chloe und Alicia in Hochform, sie waren witzig und flirteten mit ihren Männern.

Hillary sah sich am Tisch um. Odile und Theo waren schon auf ihr Zimmer gegangen: »Wer weiß, wann wir die nächste Gelegenheit einer gemeinsamen Nacht haben«, hatte Odile unter Tränen gesagt.

Die anderen Paare waren noch da, plauderten und nutzten jede Gelegenheit, Hillary ins Gespräch einzubeziehen. Nach dem Essen schlug Gus eine Runde Trivial Pursuit vor, und weil Hillary am meisten wusste, gewann sie.

»Du hast bestimmt gemogelt«, beschuldigte Gus sie und lehnte sich auf seinem Stuhl so weit zurück, dass Hillary befürchtete, er würde umkippen.

»Wie geht das denn?«, fragte sie lachend.

»Ganz einfach«, sagte er und setzte den Stuhl wieder auf seine vier Beine. »Du hast den ganzen Tag damit verbracht, die Fragen zu lesen und die Antworten auswendig zu lernen.«

»Du hast mich ertappt, Gus. Ich gebe es zu.«

»Es scheint bei Ihnen häufiger vorzukommen, dass Sie etwas zugeben müssen.« Im Zimmer war es plötzlich sehr still geworden, und Hillary sah auf, als sie die Stimme hörte. Es war Darius' Stimme.

»Ich bin einfach hereingekommen«, erklärte er und wies auf die offene Küchentür. »Es hörte sich so an, als wären Sie alle bester Stimmung, deshalb wollte ich nicht wirklich stören.«

»Unsinn, Sie sind uns willkommen.« Alicia flatterte um ihn herum wie ein Vogel im Paradies, wenn auch ein Vogel unter leichtem Alkoholeinfluss.

Während Alicia einen zusätzlichen Stuhl heranzog, beobachtete Hillary den unerwarteten Besucher über den Rand ihres Glases hinweg. Ihr Gesicht war noch rot von seiner Bemerkung, und sie hätte gern gewusst, wie er sie gemeint hatte.

Er sah in ihre Richtung, und ihre Blicke trafen sich. Sein lächelndes Gesicht wurde plötzlich ernst. Sie versuchte vergebens, seinem Blick standzuhalten und wich ihm aus. Die anderen waren wieder bei Witzen und Anekdoten, und ab und zu trug auch Darius einen Scherz bei. Nur Hillary sagte nichts. Es hatte keinen Sinn, ihn jetzt zu fragen, worauf er mit seiner Bemerkung angespielt hatte; sie musste warten, bis sie allein waren. Oh, verdammt! Ein seltsames Prickeln breitete sich in ihrem Bauch aus.

Sie wusste, dass sie zu viel trank, aber sie konnte sich nicht zurückhalten. In Darius' Gegenwart war sie immer nervös. Ab und zu blickte sie hoch, und dabei sahen sie sich einige Male in die Augen. Sie ertappte ihn einmal, wie er sie gierig anstarrte. Dann machte er wieder eine witzige Bemerkung und wurde von Chloe und Alicia angehimmelt.

»Ich habe übrigens Torran kennen gelernt«, platzte sie plötzlich heraus. Selbst in den eigenen Ohren hörte sich ihre Stimme laut an.

»Ach? Ist er nicht ein Schatz?« Chloe setzte sich neben sie und ignorierte die Verärgerung in Gus' Gesicht.

Hillary nahm einen kräftigen Schluck Wein. »Ja, ich

hätte ihn auch gern.« Sie kicherte so heftig, dass sie fast vom Stuhl gefallen wäre.

Darius schaute drein wie ein Donnerschlag. »Ich finde, der Junge braucht ein Mädchen seines Alters, meinen Sie nicht auch?«, fragte er Gus und Clive.

Alicia lachte kehlig. »Wir wissen genau, was er braucht«, versicherte sie.

Chloe schnaufte wild, und Hillary wurde rot. Jetzt wünschte sie, sie hätte Torran nicht erwähnt. Aber Chloe und Alicia erwärmten sich immer mehr an dem Thema und beschrieben ausführlich, was sie mit dem Jungen anstellen würden, wenn sie eine Gelegenheit dazu hätten.

Hillary traute sich nicht, Darius anzusehen, weil sie zu verlegen war. Sie bedauerte Gus und Clive. Ihre Gesichter drückten aus, dass ihre Ehefrauen bei ihnen nicht so ideenreich waren, wie sie es dem schottischen Jungen angedeihen lassen würden. Als ihre Fantasien zu derb und ausgefallen wurden, unterbrach Darius sie mitten im Satz.

»Nun, meine Damen – nein, Sie alle möchte ich ansprechen.« Er bezog Gus und Clive mit ein. »Ich bin gekommen, Sie zu einer Party einzuladen, oder genauer, um Sie vorzuwarnen. Meine Sekretärin wird Ihnen die offizielle Einladung noch zukommen lassen.«

Alicia und Chloe schauten sich grinsend an. Chloe klatschte in die Hände. »Oh, wunderbar! Ich liebe Partys! Wann steigt sie denn?«

»Nächsten Freitag. Sie wird hier stattfinden. Nun, nicht genau hier, sondern im Haupthaus«, fügte er rasch hinzu, als er Alicias aufgeregtes Gesicht bemerkte. »Jener Teil von Harwood Hall, der gewöhnlich für die Öffentlichkeit geschlossen bleibt.«

Trotz ihres trunkenen und verwirrten Zustands freute sich auch Hillary auf die Party. »Ich werde kommen«, sagte sie mit schwerer Zunge. Ihr Kopf sackte auf ihre Brust.

»Das freut uns alle.« Sarkasmus klang in Darius' Stimme durch.

Hillary schaute hoch. Zu ihrer Erleichterung stellte sie fest, dass Darius sie nicht mehr anstarrte.

Darius stand auf. »Ich muss gehen. Danke für die Drinks.« Er nickte Alicia und Chloe zu, die sich gegenseitig anstießen und kicherten, dann wandte er sich an Gus und Clive. »Ich hoffe, wir sehen uns auf der Party wieder. Ich weiß, dass Sie die Woche über in London arbeiten, aber da die Party am Freitag stattfindet ...«

»Wir werden da sein, Mann«, versicherte Gus, und auch ihm war der Alkoholkonsum anzusehen und anzuhören.

»Auf die Party!«, rief Clive und hob sein Glas.

Es kam Hillary so vor, als wäre mit Darius auch der Glanz des Abends gegangen. Sie starrte zerknirscht in ihr Weinglas und wünschte, sie wäre nicht so betrunken. Gus und Chloe stritten sich im Flur.

»Ich glaube, ich gehe ins Bett.« Hillary stand auf. Sie schwankte ein wenig und hielt sich am Stuhlrücken fest. Clive schloss die Hintertür ab, und Alicia schaltete das Licht aus. »Wir kümmern uns morgen um das Durcheinander.«

Hillary schaute zu ihrer Schwester und fragte sich, ob sie mit dem Durcheinander die Reste des chinesischen Essens ansprach oder das Durcheinander in ihrer Ehe, das durch ihre unbedachten Äußerungen über Torran wahrscheinlich noch größer geworden war.

»Ich werde dir helfen«, murmelte Hillary und schwankte zu ihrem Schlafzimmer. Es war besser, dass sie Alicias Antwort nicht mehr hörte.

Darius verfluchte sich wegen der unbedachten Bemerkung. Es passte überhaupt nicht zu ihm, seine Gefühle zu zeigen – Himmel, es passte ja nicht einmal zu ihm, Gefühle dieser Art zu haben.

Es war ein schlimmer Tag für ihn gewesen, was Hillary anbetraf. Zuerst hatte er sie auf der Terrasse vorgefunden; halb nackt hatte sie mit Torran geflirtet. Als wäre das nicht schon schlimm genug, waren ihm die Gerüchte aus dem Dorf zu Ohren gelangt. Er wusste jetzt, dass das Objekt seiner Begierde schon einen Geliebten gefunden hatte, den bemerkenswerten Norweger Haldane. Es war mehr, als Darius ertragen wollte.

Über eine Stunde lief er wütend und tobend in seinem Zimmer auf und ab, bis Ilona ihn aufforderte, damit aufzuhören. Schließlich brachte sie es fertig, dass er auf die Stimme der Vernunft hörte.

»Ich bin sicher, dass die Sache mit dem Norweger nur eine vorübergehende Schwärmerei ist. Du bist es, auf den sie wirklich wartet, Darius.«

Sie war es, die plötzlich die Idee der Party vorgebracht hatte. »Die Einzelheiten überlässt du mir. Du musst nur dafür sorgen, dass sie teilnimmt.«

Er nickte. Sein Gesichtsausdruck verbarg die innere Erregung, die in ihm pochte. Partys auf Harwood Hall hatten eine lange Tradition; eine der letzten, die sein Vater veranstaltet hatte, hatte zu Ilonas Stellung innerhalb der Familie geführt.

Darius betrachtete die ältere Frau nachdenklich und erinnerte sich an das folgenschwere Ereignis vor fast auf den Tag genau fünfundzwanzig Jahren. Sein Vater war damals schon alt gewesen, über sechzig, und er, Darius, hatte sich in dem besonders schwierigen Alter befunden zwischen Kindheit und Männlichkeit; voll im Griff der Pubertät, mitten im Wirbel der Gefühle. Ilona musste damals neunzehn oder zwanzig

Jahre gewesen sein – etwa so alt wie Fearn heute, aber viel, viel erfahrener.

Ihm selbst war es nicht gestattet gewesen, an der Party teilzunehmen, aber er konnte die undefinierbare Spannung, die während der Vorbereitungen über dem ganzen Haus lag, nie vergessen. Am Abend selbst war er ins Arbeitszimmer seines Vaters geschlüpft. Er hatte die Vorhänge zurückgezogen, um in den klaren Nachthimmel zu starren, aber er sah kein Fenster, sondern eine Scheibe, die auf der anderen Seite wahrscheinlich ein Spiegel war. Durch diese Scheibe erhielt er an jenem Abend die Antworten auf alle Fragen, die ihn seit Monaten schon gequält hatten.

Die ganze Nacht über, während die Band spielte und die Fröhlichkeit der Gäste seine Ohren füllte, hatte er gebannt auf das Bett hinter der Scheibe gestarrt und auf die Szenen, die sich dort abgespielt hatten. Männer mit Frauen, Frauen mit Frauen, Männer mit Männern. Seine Einführung in die Mechanismen des Sex hätte umfassender nicht sein können.

Darius schüttelte den Kopf und berichtigte sich: Es war nur die zweitbeste Einführung in die Welt des Sex.

Die beste kam kurz darauf. Sein Vater hatte Ilona befohlen, Darius zu unterrichten. Sie waren gerade aus den Flitterwochen gekommen – obwohl sein Vater und Ilona nie geheiratet hatten –, als Ilona Darius auf ihr Zimmer bestellte.

Ein Dienstmädchen hatte ihn vorbereitet ... Er schüttelte sich, als er sich an die Einzelheiten jener Nacht so deutlich erinnerte, als wären sie gestern erst geschehen. Sein Penis streckte sich. Er blickte zu Ilona, die aus dem Fenster starrte, und für einen Moment stellte er sich vor, wieder der unerfahrene Junge zu sein. Es war Zeit, die Erinnerungen aufzufrischen.

Achtes Kapitel

Es war nicht wirklich überraschend, dass Hillary am nächsten Morgen mit einem entsetzlichen Kater und dem Gefühl aufwachte, etwas gesagt oder getan zu haben, was sie bereuen würde. Allmählich spulten sich die Geschehnisse des Abends wie ein Videofilm in ihrem Kopf ab. Sie hielt den Film an, als sie Darius das zweite Mal an diesem Tag gesehen hatte.

Sie spielte die Szene immer wieder in ihrem Kopf durch. Was hatte er mit seiner seltsamen Bemerkung gemeint? Hatte sie etwas mit ihren sexuellen Erlebnissen zu tun? Nun, dann konnte er ihr gestohlen bleiben, dieser arrogante Bastard. Was gingen ihn ihre sexuellen Erlebnisse an?

Ihr Ärger gab ihr neue Kraft. Sie sprang aus dem Bett, duschte und entschied sich erneut für einen Bikini und einen Sarong, diesmal in Schwarz und Weiß.

Alicia und Chloe saßen missmutig in der Küche. Daraus schloss Hillary, dass Gus und Clive schon nach London zurückgekehrt waren.

Sie holte sich eine Tasse Kaffee und setzte sich neben ihre Schwester. »Kopf hoch, Alix, nächstes Wochenende ist er doch wieder da.«

»Ich weiß. Deshalb geht es mir ja so schlecht.« Alicia lächelte, und Hillary grinste zurück.

Chloe sagte: »Es geht uns besonders schlecht, weil sie uns breitgeschlagen haben, dass wir uns Mitte der Woche auch noch einmal treffen.«

»Ach? Wieso?«

»Es ist das verdammte Pferd«, erklärte Alicia. »In einem Anfall vorübergehender Umnachtung haben Chloe und ich zugestimmt, uns den Gaul anzusehen.

Er steht irgendwo in der Nähe von Newmarket im Stall, und Gus und Clive wollen uns da am Mittwoch treffen.«

»Oh«, sagte Hillary überrascht. Sie wusste, dass Alicias Kenntnisse von Pferden sich darauf beschränkten, was sie beim schnellen Durchblättern einer Reiterzeitschrift aufgeschnappt hatte.

»Nun, wir haben auch noch ein winzig kleines anderes Motiv«, räumte Chloe ein.

Hillary lachte. »Ich dachte mir schon, dass etwas anderes dahinter steckt. Also, was ist es?«

»Nun ja«, begann Alicia und lächelte breit. »Erinnerst du dich, dass die Jungs davon sprachen, ihnen gehörte nur die Hälfte des Pferdes?«

»Ja, die andere Hälfte gehört zwei Brüdern.«

»Ja, stimmt«, bestätigte Alicia. Es entstand eine kurze Pause, ehe sie fort fuhr: »Und so sehen sie aus.«

Sie legte ein Foto auf den Küchentisch und schob es zu Hillary. Sie beugte sich über das Bild und betrachtete es genauer. Auf dem Bild waren ein beeindruckendes Pferd und zwei Männer zu bewundern, die wie argentinische Polospieler aussahen. Sie trugen enge weiße Breeches, die der Phantasie nicht viel überließen.

Hillary wischte sich mit einer Hand die eingebildeten Schweißtropfen von den Augenbrauen. »Puh, das ist ein großartiges Foto.«

»Genau meine Rede«, rief Chloe, griff zum Foto und hielt es sich dicht vor die Augen. »Und das Pferd sieht auch gut aus.«

»Ding-dong!«, riefen alle gemeinsam.

»Du musst zugeben, dass die beiden hinreißend sind, stimmt's?« Alicia sah ihre Schwester herausfordernd an.

Hillary nickte begeistert und nahm das Foto in die Hand. »Sind sie Polospieler?«

»Nicht, dass wir wissen. Ich glaube, sie mögen sich einfach in dieser Kluft.«

»Das kann ich gut verstehen, denn mir gefallen sie auch darin. Ich kann es kaum erwarten, sie ohne Kleider zu sehen.« Chloe war es todernst.

»Ich wette, du kannst es bis zum nächsten Mittwoch kaum erwarten«, sagte Hillary.

Alicia grinste sie an, dann schien ihr ein Gedanke zu kommen. »Warum fährst du nicht mit uns, Hills? Das wird eine lustige Reise. Wir fahren mit meinem Auto, unterwegs halten wir an einer Raststätte und essen eine Kleinigkeit. Was sagst du dazu?«

»Ja, würde ich gern.«

Sie hatte Rennpferde bisher nur im Fernsehen erlebt. Auf die beiden Brüder war sie nicht erpicht; sie schienen sehr von sich eingenommen zu sein, und außerdem hatte sie mit Haldane und Darius schon zwei Eisen im Feuer.

»Sie sind übrigens Italiener«, sagte Alicia und deutete auf das Foto. »Keine Argentinier. Sie heißen Carlo und Guido, wenn ich das richtig behalten habe.«

Plötzlich hörten sie Schritte auf der Terrasse. Die hintere Tür der Küche wurde geöffnet, und Torrans Kopf tauchte in der schmalen Öffnung auf.

Alicia und Chloe waren sofort in heller Aufregung über den unerwarteten Besuch. Sie zogen auffällig ihre Morgenmäntel zusammen und fuhren mit gespreizten Fingern durch ihre zerzausten Haare – Hillary war die einzige, die schon geduscht und angezogen war.

Torran lächelte entwaffnend. »Tut mir leid, Sie zu stören, Ladys, ich wollte nur fragen, ob Sie etwas aus dem Dorf benötigen. Ich fahre jetzt nämlich hin.«

Hillary antwortete für alle. »Nein, danke. Ich glaube, wir haben alles, was wir brauchen, aber Ihre Anfrage ist sehr freundlich.«

»Dann bis später.«

Es war unglaublich, wie locker und entspannt er im Unterschied zum Vortag war. Sobald er gegangen war, fanden Alicia und Chloe ihre Stimmen wieder.

»Ist er nicht niedlich?«

»Hast du diesen Knackarsch gesehen?«

»Und diese vollen Haare …«

»Und seine hübschen dunklen Augen.«

Hillary ließ sie eine Weile schwärmen, dann hüstelte sie höflich.

»Oh, entschuldige, Hillary, wir waren meilenweit weg.« Alicia nippte an ihrem kalten Kaffee. »Pfui, der schmeckt ja widerlich. Ich braue uns einen frischen.«

Chloe schaute auf ihre Uhr. »Keine Zeit, Liebling. Odile wird jede Minute zurück sein, und dann erwartet sie, dass wir bereit sind.«

»Bereit? Wozu?«

»Wir gehen aus, Hills. Und bleiben den ganzen Tag. Wir haben Urlaub, erinnerst du dich?« Alicia redete mit ihr wie mit einem kleinen Kind.

»Bin ich eingeladen?«

»Natürlich, warum denn nicht?« Alicia sah sie an, überrascht, dass sie sich nicht eingeschlossen fühlen könnte.

»Nun ja, bisher hat niemand mit mir darüber gesprochen.«

»Ach, wirklich?« Alicia schüttelte den Kopf. »Ich dachte, wir hätten das gestern Abend diskutiert.«

Hillary grinste verlegen. »Kann schon sein, dass ich das dann nicht mitbekommen habe. Ich stand gestern Abend ein bisschen neben mir.«

»Das stimmt allerdings«, warf Chloe ein. »Was sollte eigentlich die Bemerkung von Darius?«

»Ich weiß nicht, welche du meinst …«, sagte Hillary lahm.

Zu ihrer großen Erleichterung traf Odile genau in

diesem Augenblick ein. Sie hatte Theo zum Bahnhof gebracht und freute sich jetzt auf den gemeinsamen Tag.

»Ihr seid wirklich Schlafmützen«, schalt sie, als sie sah, dass Alicia und Chloe noch in ihren Bademänteln am Tisch saßen. »Beeilt euch endlich.«

»Es dauert nur zwei Sekunden, Odile, ehrlich.« Alicia lief aus der Küche, gefolgt von einer schuldbewusst grinsenden Chloe.

Odile setzte sich an den Tisch, und Hillary schenkte ihr eine Tasse Kaffee ein.

»Danke, der Kaffee tut jetzt gut.«

»War Theos Zug pünktlich?«, fragte Hillary und war sich nicht sicher, ob es nicht leichtsinnig war, überhaupt seinen Namen zu erwähnen.

»Ja.« Odile stieß einen Seufzer aus. »Ich vermisse ihn jetzt schon schrecklich. Aber ...«, fügte sie strahlend hinzu, »ich werde ihn bald in Paris besuchen, und dann werden wir eine herrliche Zeit verleben.«

Hillary lächelte sehnsüchtig. Es war schön, zwei Menschen zu sehen, die glücklich miteinander waren.

Es war kaum zu glauben, aber Alicia und Chloe waren fertig, noch bevor Odile den Kaffee ausgetrunken hatte.

»Kommst du mit, Hillary?«, fragte Odile.

»Ich weiß gar nicht, was ihr geplant habt.«

»Einkaufen in King's Lynn oder Norwich, danach Kino, danach Essen, danach ... wer weiß ...« Chloe zählte die einzelnen Punkte an den Fingern auf.

»Das hört sich hektisch an«, sagte Hillary lächelnd. »Ich glaube, ich bleibe lieber hier.«

»Wird es dir auf Dauer mit deiner Gesellschaft allein nicht langweilig?«, fragte Chloe verdutzt.

Odile zwinkerte ihr zu. »Ich nehme an, dass Hillary hofft, nicht lange allein zu bleiben.«

»Oh, du sprichst von dem großen Wikinger.« Alicias Ton klang absichtlich herablassend. »Nun, tue nichts, was ich nicht schon versucht habe.«

So sehr sie ihre Schwester liebte – Hillary atmete erleichtert auf, als sie und Chloe endlich gegangen waren, obwohl sie sich gewünscht hätte, dass Odile bei ihr geblieben wäre. Im Haus war es plötzlich still geworden, und sie hätte gern die Gelegenheit gehabt, Odile besser kennen zu lernen. Instinktiv spürte sie, dass sie mit ihr vieles gemeinsam hatte.

Als ob sie den gestrigen Tag noch einmal aufleben lassen wollte, bereitete sie wieder einen Fruchtsaft mit einem Schuss Champagner zu. Diesmal nahm sie zwei Gläser mit auf die Terrasse. Nur für den Fall, sagte sie sich. Sie ging in Alicias Zimmer und lieh sich ein paar Zeitschriften aus.

Bevor sie sich hinlegte, schaute sie sich um. Insgeheim hoffte sie, Torran irgendwo zu sehen, aber dann erinnerte sie sich, dass er ins Dorf gefahren war. Sie rollte sich auf den Bauch und öffnete den Bikiniverschluss im Rücken. Mutig zog sie das Top aus und ließ es auf die Bodenplatten fallen.

Als Torran zurückkehrte, fand er sie auf dem Bauch liegend vor. Sie versuchte gerade, den Rücken mit Sonnenöl einzureiben.

»Lassen Sie mich das für Sie tun.«

Hillary fuhr überrascht hoch, erinnerte sich, dass sie oben ohne da lag und drückte sich so tief es ging gegen die Matratze. Sie hörte seine Schritte, dann nahm er die Flasche aus ihrer zitternden Hand, ließ Öl auf seine Handfläche träufeln und fing an, über ihre heiße Haut zu reiben.

Für einen unerfahrenen Jungen vom Lande hatte er eine sanfte Art, sie zu massieren, dachte sie verträumt. Sie hatte Mühe, ein Stöhnen zu unterdrücken, als er einige Male über eine besonders empfindliche Stelle rieb. Als er sich dem Nacken näherte, hielt er mit der anderen Hand ihre Haare hoch. Sie hob die Hände und fasste die Haare auf dem Kopf zusammen.

Endlich fand sie ihre Stimme wieder. »Haben Sie das schon oft gemacht?«

»Was? Eine wunderschöne Frau mit Öl eingerieben? Nein, das habe ich noch nie getan.«

Sie hörte seinen starken Akzent, und sie fragte sich, ob er nervöser war, als er zu sein schien.

»Nun, Sie machen Ihre Arbeit hervorragend.«

Sie streckte sich ausgiebig, als er das Öl in ihre Schultern einmassierte. Sie wandte den Kopf zu einer Seite, damit sie ihn dabei beobachten konnte. Statt der dunklen, seriösen Kleidung, die er gestern getragen hatte, trug er jetzt schwarze Jeans und ein weißes Baumwollshirt. Als er noch ein wenig Öl auf die Handfläche träufelte, fiel Hillary auf, dass er am Mittelfinger der rechten Hand einen Ring mit einer eingravierten zusammengerollten Schlange trug.

»Ich habe gesehen, dass Ihre Freundinnen heute alle zu Hause sind«, sagte er, und wieder wunderte sich Hillary über die lockere Art, die er über Nacht angenommen zu haben schien.

»Ja, ich meine nein.« Im Gegensatz zu ihm hatte sie mehr Mühe, ihre Gedanken zu ordnen.

»Kann ich mir eine Antwort aussuchen? Ja oder nein?« Er knetete die verspannten Muskeln ihres Nackens, und wie von Zauberhand verschwanden die letzten Überreste ihres Katers.

»Oh, ja, das ist viel, viel besser«, stöhnte sie und fügte hinzu: »Um Ihre Frage zu beantworten, sie waren alle da, aber jetzt sind sie alle weg.«

»Ich verstehe.«

Er massierte sie noch ein paar Minuten schweigend weiter, dann drehte er den Verschluss der Flasche zu. Hillary war ein wenig enttäuscht, dass er schon aufhörte.

»Möchten Sie etwas trinken?« Sie deutete auf den Tisch mit dem Krug.

Er bemerkte die zwei Gläser, aber er sagte nichts und schenkte in beide Gläser ein. Jetzt hatte sie ein Problem. Sie wollte an ihrem Glas nippen, aber dazu musste sie sich aufsetzen. Ein paar Augenblicke tastete sie blind nach dem Oberteil auf dem Boden herum, aber dann sah sie zu ihrem Entsetzen, dass es über seinem Stuhlrücken hing. Er musste es aufgehoben haben, als er die Terrasse betreten hatte. Es blieb ihr nichts anderes übrig als aufzustehen.

Sie hoffte, dass sie ganz lässig und natürlich wirkte, als sie sich mit den Armen hoch drückte und sich umdrehte. Sie blickte in seine Augen. Es gab keinen Zweifel, dass ihre plötzliche Bewegung eine Wirkung auf ihn hatte – sein dunkles Gesicht wurde rot, und er bemühte sich, den Blick oberhalb ihrer Schulter zu halten.

Sie langte über den Tisch und griff ihr Glas. Sie hörte ihn tief einatmen. Sie nippte am Cocktail und überlegte sich eine harmlose Bemerkung.

»Darius … ich meine Mr. Harwood, kam gestern Abend noch vorbei, um uns zu einer Party einzuladen. Werden Sie auch da sein?«

»Er ist scharf auf Sie«, sagte Torran.

»Was?« Die Aussage kam so unerwartet, dass sie den nächsten Schluck in den falschen Hals bekam. Sie würgte, und ihre Brüste hüpften bei ihrem Ringen nach Luft. Sie rechnete es Torran hoch an, dass er auch jetzt nicht auf ihre Brüste starrte.

Mit einem nicht zu deutenden Gesichtsausdruck wiederholte er seine Aussage. »Darius. Er ist scharf auf Sie. Das kann doch jeder sehen.«

Hillary errötete. Sie fühlte sich ausgesprochen gut und spürte ein vertrautes Kribbeln im Bauch.

»Nun ja, ich kann es ihm nicht verübeln«, fuhr

Torran fort. Er war kühner geworden. »Sie sind eine gut aussehende Frau.« Endlich traute er sich, auf die herrlich gebräunten nackten Halbkugeln ihrer Brüste zu schauen, und von dort wanderten die Blicke weiter.

Sie sah an ihrem Körper hinab. Sie wollte sich so sehen, wie er sie sah. Gebräunt, schlank, lange Beine. Sie öffnete den Mund, um etwas zu sagen, aber in diesem Moment erscholl Fearns forsche Stimme über den Hof zwischen den beiden Flügeln des Hauses.

Torran erhob sich hastig und verschüttete ein wenig von seinem Drink. »Ich gehe besser.«

Hillary nickte und sah ihm nachdenklich nach, bis er im Garten verschwunden war. Obwohl sie den ganzen Tag auf ihn wartete, kehrte er nicht zurück.

Schließlich ging sie ins Haus. Sie freute sich schon auf die Dusche, um sich abzukühlen und Öl und Schweiß von der Haut zu waschen. Sie streifte das Bikinihöschen ab und wollte das Wasser aufdrehen – aber nichts geschah. Fluchend drehte sie den Hahn zu und wieder auf. Kein Wasser.

»Das hat mir gerade noch gefehlt«, murmelte sie ärgerlich.

Sie schlang ein Handtuch um sich und probierte Alicias Dusche, danach Chloes und Odiles. Sie funktionierten alle nicht.

»Verdammt.« Sie sah sich ratlos um. Was konnte sie denn noch unternehmen?

Sie wählte die Nummer, die Darius ihr für solche Notfälle gegeben hatte. Er war nicht erreichbar, aber seine Sekretärin meinte, es könnte sich nur um einen kurzfristigen Ausfall handeln. »Kann sein, dass zufällig an der Leitung in Ihrem Flügel was repariert wird und die übrigen Gebäudeteile keine Probleme haben.«

Hillary dankte und legte den Hörer auf. Wenn die Sekretärin Recht hatte, funktionierten die Duschen im Haupthaus. Schnell entschlossen griff Hillary ihre

Kosmetiktasche und schritt den Korridor entlang, dem Haupthaus entgegen. Sie drückte die Schwingtüren auf, die beide Gebäudeteile verband.

Ihr fiel auf, dass es überall im Haus totenstill war. Keine Musik, keine menschliche Stimme, kein Schnurren von Fearns Staubsauger. Hillary öffnete die erste Tür, die sie sah, und blickte in einen völlig leeren Raum. Auch hinter der zweiten und dritten Tür sah sie nur gähnende Leere.

»Hallo.« Zuerst rief sie leise, dann lauter: »Torran! Fearn! Ist hier einer?«

Sie schritt weiter den Korridor entlang und versuchte noch eine Menge Türen, ehe sie ein Zimmer fand, das ähnlich eingerichtet war wie ihres. Torran saß allein in einem Sessel und sah sich ein Tennisspiel im Fernsehen an.

Wenn er überrascht war, sie nur mit einem Handtuch bekleidet in seinem Zimmer zu sehen, zeigte er das nicht. »Suchen Sie etwas?«

»Wo sind denn die anderen?«

Torran stand auf und blieb vor ihr stehen. Er hob die Schultern. »Was ist los, Hillary? Kann ich helfen?«

Es war das erste Mal, dass er ihren Namen nannte. Er klang ganz anders, wenn er mit seinem schottischen Akzent ausgesprochen wurde. Plötzlich war sie verlegen und musste um Fassung ringen. Sie hielt ihre Duschtasche hoch.

»Bei uns gibt es kein Wasser. Funktioniert die Dusche bei Ihnen?«

Er lächelte, und um seine haselnussbraunen Augen bildeten sich eine Menge Fältchen. »Sehen wir nach.«

Er ging voraus ins Bad, griff in die Duschkabine hinein und drehte den Hahn auf. Sofort prasselte Wasser aus dem Duschkopf.

»Hier gibt es kein Problem«, sagte er und schüttelte Wassertropfen von seinem nackten Arm.

»Darf ich denn?«, fragte Hillary und schaute sehnsüchtig zur Dusche. Das prasselnde Wasser sah so verlockend aus, dass sie ihre Hemmungen verdrängte.

Torran trat zur Seite. »Ja, natürlich – bitte.«

Sie wartete, aber er schien es nicht so eilig zu haben, das Bad zu verlassen. Schließlich sah sie ihn an, eine Augenbraue hochgezogen. »Darf ich denn?«, fragte sie wieder.

Er drehte sich um und ging verlegen hinaus. Hillary drückte die Tür zu und bemerkte, dass das Türschloss beschädigt war. Sie zögerte einen Augenblick, dann ließ sie das Handtuch fallen und trat in die Kabine. Sie hielt den Atem an, als die scharfen Wasserstrahlen ihren nackten Körper massierten.

Während sie sich einseifte und leise vor sich hin summte, dachte sie, wie froh sie über Alicias Einladung zu diesem Urlaub war. Flüchtig fiel ihr die Schule ein, aber die lag in ganz weiter Ferne, als ob Unterricht und London zu einem anderen Leben gehörten.

Ihre Gedanken wurden von einem lauten Klopfen gegen die Tür unterbrochen. Sie stellte rasch das Wasser ab und hielt beschützend die Arme vor ihre Brüste. Sie brauchte nicht zu rätseln, wer da klopfte.

»Möchten Sie etwas trinken?«, hörte sie Torrans Stimme.

»Ja, bitte«, rief sie zurück. »Einen Wein, wenn das möglich ist.«

»Wird gemacht.«

Ein paar Momente später hörte sie ihn zurückkommen; sie hatte die Dusche beendet und spülte sich den Conditioner aus den Haaren. Die Dusche hatte Hillary belebt, sie fühlte sich glücklich und entspannt. Sie glühte am ganzen Körper und war mehr als nur ein bisschen erregt.

»Warum bringen Sie mir den Wein nicht?«, rief sie

mit provozierender Stimme, als Torran das zweite Mal an die Tür klopfte.

Sie ahnte, dass er zögerte und seinen ganzen Mut sammelte, bevor er eintrat. Seine Neugier war größer als seine Schüchternheit. Es war Hillary bewusst, dass er vielleicht gar nicht direkt an ihr interessiert war – ihm ging es um Frauen allgemein. Sie fragte sich, ob er überhaupt schon einmal mit einer Frau geschlafen hatte.

Sie blieb in der Dusche, als sich langsam die Tür öffnete. Sie lauschte den Schritten auf den Fliesen und hörte, wie er ein Glas auf der Fensterbank absetzte. Hillary öffnete die Kabinentür einen Spalt weit und sah ihn über die nackte Schulter an. Er stand da, eine Mischung aus Erwartung und Angst auf dem jungen Gesicht. Plötzlich kam sie sich sehr alt vor. Sie atmete tief ein und lächelte. »Komm her, Torran.«

Er schritt auf sie zu, und sie drehte sich um, öffnete die Tür ganz und zeigte ihm ihren nackten Körper, auf dem die Wassertropfen perlten. Torran sog zischend Luft in die Lungen und starrte sie an, musterte sie von oben bis unten und nahm jeden Quadratzentimeter Haut in sich auf. Er wollte etwas sagen, aber sie legte einen Zeigefinger über seine Lippen. »Pst, nichts sagen«, raunte sie.

Mit einer flotten Bewegung packte sie sein T-Shirt und zog es ihm über den Kopf, dann kniete sie sich hin und knöpfte seine Jeans auf, ohne den direkten Blickkontakt zu unterbrechen. Sie zog den Reißverschluss auf und rieb eine Hand über die härter werdende Erektion.

Jetzt war es an ihr, die Luft anzuhalten. Kein Zweifel, er begehrte sie. Sie zog den harten Baumwollstoff über seine Hüften und stellte überrascht fest, dass er keine Unterhose trug.

Er half ihr, die Jeans abzustreifen und trat noch

einen Schritt näher auf sie zu. Zum Glück war er barfuß, deshalb konnte er problemlos in die Duschwanne treten. Sie schloss die Kabinentür wieder, blieb aber auf ihren Knien. Sie wollte ihn in den Mund nehmen, ihn auf jede erdenkliche Art erregen. Jetzt war sie wieder die Lehrerin, und sie wollte, dass ihr Schüler mit fliegenden Fahnen bestand. Mit der einen Hand drückte sie seine Testikel, mit der anderen führte sie die Eichel zu ihren vollen Lippen.

Das Wasser aus der Dusche hielt ihn feucht, während sie mit der Zunge über den Schaft fuhr, ehe sie ihn mit den Lippen umschloss. Während sie ihn mit der Zunge koste, wurde ihr klar, dass er diese Behandlung nicht lange aushalten würde. Er griff in ihre Haare, und sie spürte seine zitternde Leidenschaft. Sie wandte im letzten Moment den Kopf zur Seite, und sein Samen wurde von den Fluten der Dusche erfasst.

Sie blickte hoch und lächelte ihn an. Erstaunt sah sie, dass er eher enttäuscht zu sein schien. Hastig sagte sie: »Das war noch nicht alles, Torran.« Sie umspielte die Eichel mit der Zunge, bis sich der Schaft wieder härtete.

Mit einem erleichterten Seufzer ließ er ihre nassen Haare los und fuhr eine Weile streichelnd über ihren Kopf.

Hillary erhob sich und ließ die Hände über seinen Leib gleiten. Er hatte einen schönen, muskulösen Körper, obwohl er hager wirkte. Unwillkürlich musste sie an den kräftigen Körper Haldanes denken, doch gleich schalt sie sich – dies war nicht der Moment, an verflossene Liebhaber zu denken, und zu denen gehörte jetzt auch Haldane, denn sie hatte schon seit Tagen nichts mehr von ihm gehört.

Die Gegenwart holte sie rasch wieder ein. Torran streichelte ihre Brüste und beschäftigte sich in kindlicher Neugier mit ihren steifen Nippeln. Immer wieder strichen seine Finger um die Aureolen.

»Gefallen dir meine Brüste, Torran?«

Seine Antwort bestand darin, dass er die beiden Nippel abwechselnd in den Mund nahm.

Heiße Erregung durchflutete sie jedes Mal, wenn er einen Nippel tief in den Mund einsog. Stöhnend gestand sie: »Oh, ja, das ist wunderbar.«

Sie seufzte voller Lust und fuhr mit beiden Händen durch sein volles Haar. Es war nass und kraus geworden. Sie legte eine Hand unter sein Kinn und stellte sich auf die Zehenspitzen. Sie schlang die Arme um seinen Nacken und küsste ihn, erforschte seinen Mund mit der Zunge. Sie spürte, wie sein harter Penis gegen ihren Bauch drückte.

Vor Lust wurde ihr fast schwarz vor Augen.

Sie ahnte, dass er mehr Führung benötigte, deshalb nahm sie seine Hand und legte sie auf ihr Geschlecht. Mit den Fingern teilte sie die Labien und ermutigte seine forschenden Finger zum Zentrum ihrer Erregung.

Er war ein williger und schnell lernender Schüler. Innerhalb von Sekunden rieb und streichelte er über die pochende Knospe ihrer Klitoris. Es würde nicht lange bis zu ihrem Orgasmus dauern. Dann aber bemerkte sie enttäuscht, dass er die Hand zurückzog und wieder über die Brüste streichelte.

Sie genoss die Neuheit der Lust unter dem prasselnden Wasser, aber dann stellte sie fest, dass die Dusche nicht der geeignete Ort für das erste Mal war – falls es für ihn das erste Mal war. War er eine männliche Jungfrau?

»Gehen wir ins Schlafzimmer«, murmelte sie.

Sie küssten sich noch einige Male, dann drehte Hillary fast widerwillig das Wasser ab und trat aus der Dusche.

Darius kehrte in die Harwood Hall zurück, setzte sich in den Ledersessel und schaltete die Monitore just in dem Augenblick an, als Torran und Hillary nackt aus dem Bad traten. Darius zuckte, verwundert darüber, dass der geile junge Kerl endlich eine Frau gefunden hatte, aber dann schaute er genauer hin und sah, wer die Frau war. Er wurde blass und rief nach Ilona.

Sie trat ein, und Darius zeigte wortlos auf den Monitor, während Ilona sich neben ihn setzte. Sie beugten sich beide vor, um besser sehen zu können, beide gefangen in ihren unterschiedlichen Gefühlen, als sie die Szene verfolgten, die sich vor ihren Augen abspielte.

Hillary und Torran liefen Hand in Hand über den dicken flauschigen Teppich des Schlafzimmers, blieben stehen und rubbelten sich gegenseitig mit dicken weißen Badetüchern trocken, bevor sie sich gemeinsam aufs Bett fallen ließen. Dieses Mal war es Torran, der das Geschehen bestimmte.

Er streichelte jeden Teil ihres Körpers. Seine quälenden Hände glitten tiefer und tiefer, bis sie ihn beinahe anflehte, die Stelle zwischen den Schenkeln zu berühren. Sie spreizte sie weit und ruckte mit den Hüften auf und ab, bis ihre weichen krausen Schamhaare unter sein Kinn strichen.

Beharrlich ignorierte er ihre Anstrengungen und fuhr fort, über ihren Nabel zu lecken und über den gesamten Bereich des gespannten Bauchs. Sie versuchte, sich aufzurichten, um ihn wenigstens auch zu streicheln, aber er drückte sie behutsam aufs Bett zurück.

»Ich will dich erforschen, lass mir Zeit«, raunte er leise.

So lag sie da, stöhnend und sich hin und her windend, und spürte die Erregungskurve ansteigen, während er sie erkundete, gründlich und umsichtig,

Vorder- und Rückseite. Als er damit fertig war, und erst dann, gestattete er seinen Fingern, leicht über ihren Unterleib zu fahren. Er legte eine heiße Spur vom Nabel durch ihre kurz geschorenen Schamhaare und in die natürliche Spalte zwischen den weichen pinkfarbenen Lippen ihres Geschlechts.

Er kniete sich auf den Boden, drückte ihre Schenkel noch weiter auseinander und schob die Hände unter ihren Po. Er zog sie näher zu sich heran, bis ihre Backen auf dem Bettrand lagen, und er einen idealen Blick auf sie hatte.

Sie hielt den Atem an und wartete. Sie wusste, dass er seinen Blick auf ihr Geschlecht gerichtet hatte, aber sie wollte ihn spüren, sie lechzte nach seinen Berührungen. Die Minuten verrannen, und sie begann mit ihren Nippeln zu spielen, verzweifelt um ihre Erlösung bemüht.

Dann, so leicht, dass sie zuerst glaubte, es sei ein Windhauch, der durchs offene Fenster hereingeweht wäre, fühlte sie etwas über die äußere Vagina streicheln. Sie spannte die Muskeln ihrer Schenkel an, bis sie zitterte. Ihr ganzer Körper stand in Flammen. Sie wollte ihn anschreien: »Berühre mich endlich, verdammt!« Aber er ließ sich alle Zeit der Welt.

Plötzlich spürte sie einen Finger, dann zwei. Ganz langsam wurde sie gefüllt. Sie mahlte mit den Hüften, während er genussvoll in sie hineinstieß. Sie spürte, wie sie immer nasser wurde, wie sie sich weitete, um für ihn bereit zu sein. Ihre bebende Klitoris glühte und pochte. Er hatte sie dort noch nicht berührt, seit sie aus der Dusche waren, und am liebsten würde sie schreien, bis er die Lust in ihr auslöste, die sich in der letzten Stunde in ihr aufgebaut hatte.

Es war seltsam, aber sie wusste nicht genau, wie sie ihm ihr Problem mitteilen sollte. Sie bezweifelte, ob er je Cunnilingus praktiziert hatte. Dann fiel ihr ein, dass sie die Lehrerin sein sollte – es lag an ihr, ihm zu zeigen, wie man eine Frau verwöhnte.

Mit einiger Mühe richtete sie sich auf. Sie schob sanft die Hand zwischen ihren Beinen weg.

Torran sah sie verletzt an. »Habe ich es nicht richtig gemacht?«

Sie lächelte. »Doch, doch, es war wunderbar. Aber es gibt noch andere Möglichkeiten, eine Frau zu erregen. Willst du sie kennen lernen?«

Er nickte eifrig. »Ja, ich will alles kennen lernen.«

Sie klopfte neben sich aufs Bett, und als er neben ihr saß, drückte sie ihn sanft nach hinten, bis er flach auf dem Rücken lag. Sein Glied wies bebend zur Zimmerdecke.

»Erinnerst du dich, was ich in der Dusche gemacht habe?« Um seine Erinnerung aufzufrischen, nahm sie seinen Penis zwischen die Lippen und leckte mit der Zunge an der Eichel, als wäre sie ein süß schmeckender Lutscher.

Er nickte. Seine Augen blickten glasig.

»Nun«, sagte sie und richtete sich wieder auf, »das kannst du auch bei einer Frau machen.« Mit uncharakteristischer Kühnheit schwang sie sich über ihn, das Geschlecht über seinem Mund, und teilte die Labien. »Ganz langsam lecken«, sagte sie leise. »Ja, so ist es gut. Auf und ab, ja, ja.« Sie spürte, wie sich der Orgasmus rasch näherte – es war ein unvergleichliches Erlebnis, einem Mann zu sagen, was genau man von ihm wollte.

Er hörte auf und blickte hoch zu ihr, als die erste Welle ihrer Ekstase anrollte.

»Mache ich es gut? Ich habe das Gefühl, dass du dich nicht wohl fühlst.«

Sie schüttelte heftig den Kopf. »Nein, nein, Torran, du machst das großartig. Hör nicht wieder auf – erst, wenn ich es dir sage. Bloß nicht vorher aufhören!«

Sie konnte ihr Glück kaum glauben. Sie hatte es mit einem jungen, lernbegierigen und unverdorbenen Mann zu tun, der jeden ihrer Wünsche zu erfüllen bereit war. Als er bemerkt hatte, bei welchen Berührungen sie am heftigsten reagierte, strich er mit der rauen Zunge immer wieder über den pochenden Kopf der Klitoris. Schließlich musste sie seinen Eifer ein wenig bremsen.

»Torran, es ist einmalig schön, aber es wird spät. Meine Schwester und ihre Freundinnen werden bald nach Hause kommen, und es kann sein, dass sie durchs Haus laufen, um mich zu suchen.«

Wenn sie ehrlich war, konnte sie sich nicht vorstellen, dass es dazu kommen würde, aber sie wollte kein Risiko eingehen. Sie würde Alicias schwesterliche Besorgnis in diesem Fall nicht ertragen können.

Torran stützte sich mit dem Ellenbogen auf, den Kopf auf der Hand. Er sah sie lange und ernst an und fragte: »Willst du mir sagen, dass du gehen musst?«

»Nein, überhaupt nicht«, sagte sie und sah am Fenster hinaus. Es begann zu dunkeln. Sie schwieg eine Weile, ehe sie ihm in die Augen schaute und sagte: »Ich will, dass wir Liebe machen.«

Er sah sie verwirrt an. »Haben wir das nicht die ganze Zeit schon getan?«

Sie konnte nicht glauben, dass er so unbedarft war. »Hast du Kondome, Torran?«

Er nickte. »Ein Freund hat mir einige gegeben, bevor ich abgeholt wurde. Er konnte sich nicht vorstellen, dass ich noch nicht zum Schuss gekommen war. Er sagte, die Mädchen aus dem Süden seien forscher. Ich glaube, er hat Recht.« Er grinste, stand auf und ging an einen Schrank. Er kramte in einer Schublade, bis er das Päckchen gefunden hatte. »Ich weiß aber nicht, wie man sie benutzt und so.« Er hob entschuldigend die Schultern und sah sie lächelnd an.

Hillary ahnte, dass er seine Unschuld übertrieb. »Wenn ich herausfinde, dass du mich mit deiner Unerfahrenheit auf den Arm nimmst, dann … dann …« Sie musste so lachen, dass sie Mühe hatte, die Folie aufzureißen.

»Dann wirst du was?«, fragte er. »Mir deine Gunst entziehen? Ha, dafür ist zu spät.« Bevor sie sich eine passende Replik einfallen lassen konnte, wälzte er sich auf den Rücken, streifte sich das Kondom über und stieß in sie hinein. Bei jedem Stoß penetrierte er sie ein bisschen tiefer. Die ganze Zeit über wisperte er in ihr Ohr: »Du hast es genossen, meine Lehrerin zu sein, gib es zu. Hast du wirklich geglaubt, dass ich in meinem Alter noch unschuldig bin?«

Hillary wusste nicht, ob sie schreien oder lachen sollte. Er war so sehr von sich überzeugt, so eingebildet, so schwanzgesteuert. Eins stand aber auch fest, dachte sie, bevor ihre Sinne im überwältigenden Orgasmus badeten – er war verdammt gut im Bett.

Die ganze Zeit über schauten Darius und Ilona den ruckenden, zuckenden, verschwitzten Körpern zu, beide gefangen in ihren eigenen Gedanken und Erinnerungen.

»Jetzt habe ich sie wirklich verloren, Ilona.« Darius seufzte verzagt, was alles andere als typisch für ihn war.

»Unsinn«, sagte die ältere Frau mit harscher Stimme, obwohl sie insgeheim die feine Technik ihres Sohnes bewunderte, eine Frau zu verwöhnen.

Sie sahen, wie Hillary und Torran sich voneinander lösten. Hillary legte sich glücklich lächelnd und erschöpft auf den Rücken, die Hände über dem Kopf ausgestreckt, die Haut noch gerötet von den Nachwehen ihres Orgasmus.

»Vielleicht sollte man eine Generation überspringen, und Torran sollte den nächsten Erben von Harwood zeugen.« Gegen seinen Willen konnte sich Darius nicht von den Bildern auf dem Schirm lösen. Sein Blick war auf Hillarys Geschlecht gerichtet, dick, rot und geschwollen. Es schien ihn magisch anzuziehen. »Ganz egal, wie es ausgeht, ich muss sie einmal haben. Wenigstens einmal.«

Er sah Ilona von der Seite an und erwartete, dass sich ihr Gesichtsausdruck veränderte, aber der blieb unergründlich.

Innerlich kochte Ilona. Innerlich schrie sie der jungen, schönen Frau Worte des Hasses und des Abscheus entgegen, jener Frau, die ihren Sohn und ihren Geliebten gestohlen hatte. Dafür würde sie büßen. Irgendwie würde sie dafür sorgen, dass Darius sie nicht mehr begehren würde. Die Party am Freitag kam ihr sehr, sehr gelegen …

Neuntes Kapitel

Stunden später verließ Hillary nur widerwillig den kuscheligen Platz an Torrans Seite und huschte zurück in ihr Zimmer – gerade noch rechtzeitig. Kaum war sie im Schlafzimmer, hörte sie die quietschenden Reifen auf dem Hof. Die Stille, die wie eine nasse Decke über Harwood Hall gelegen hatte, wurde von Alicias und Chloes schrillen Stimmen durchbrochen.

Rasch tauchte Hillary unter die Decke und gab vor zu schlafen. Wie nicht anders zu erwarten, hörte sie bald auf dem Flur lautes, ausgelassenes Kichern. Ihre Tür wurde einen Spalt weit geöffnet, dann hörte sie Alicias Stimme: »Pst! Hillary schläft!«

Als die Tür sich wieder schloss, grinste Hillary vor sich hin. Ihre Gedanken wanderten zurück zu Torran, der jetzt auch in seinem Bett lag und vielleicht an sie dachte, immer noch verschwitzt von ihrem exzessiven Erlebnis.

Behutsam fuhr sie mit einer Hand zwischen die Beine und verzog das Gesicht, als sie ihre wunden, geschundenen Schamlippen berührte. Sie wusste immer noch nicht, wie viel Torran über Sex wusste, wie groß sein Erfahrungsschatz war, aber sie wusste, dass er sie bis zur totalen Erschöpfung befriedigt hatte. Stundenlang lag sie wach und erlebte die köstlichen Szenen des Abends nach, bis sie mit einem glücklichen Lächeln auf dem Gesicht einschlief.

Der folgende Morgen unterschied sich kaum von den vorherigen.

Odile und Hillary waren zuerst auf den Beinen, später folgten Alicia und Chloe und saßen schlecht gelaunt am Küchentisch. Sie tranken Kaffee und diskutierten die Pläne für den Tag.

»Nun, nach gestern will ich heute nichts mehr unternehmen, was Energie kostet«, erklärte Chloe.

»Ach? Hast du dich beim Einkaufen so anstrengen müssen?«, fragte Hillary. »Wo seid ihr überhaupt gewesen?«

»Ob du es glaubst oder nicht, aber weiter als King's Lynn haben wir es nicht geschafft. Wir haben eingekauft, uns ein paar Sehenswürdigkeiten angesehen, zu Mittag gegessen, ein Glas getrunken, noch ein Glas …«

»Ich sehe das Bild genau vor mir«, sagte Hillary lächelnd. »Einkaufen kann sehr ermüdend sein. Deshalb sollten wir uns heute am Strand erholen.«

Alicia stöhnte. »Ich hätte nie gedacht, dass ich das je sagen würde, aber der Strand geht mir allmählich auf den Geist.«

Wie aufs Stichwort stöhnten auch die anderen drei Frauen in gespieltem Entsetzen.

»Das kann nicht dein Ernst sein!«, rief Odile.

»Du hast gut reden«, klagte Chloe. »Du hast die letzten Tage mit Mister Universum hinter verschlossenen Türen verbracht. Kein Wunder, dass du endlich mal an die frische Luft willst.«

Odile schmollte. »Das ist nicht fair. Außerdem waren wir beim Ballonfahren.«

Chloe lehnte sich über den Tisch. »Sage mir ehrlich, ob du es mit ihm auch im Ballon getrieben hast.«

Die junge Frau schwieg verlegen. Chloe sah die anderen triumphierend an.

»Also gut, ja, wir haben es getan«, sagte Odile schließlich, und mit einem gurgelnden Lächeln fügte sie hinzu: »Aber nur einmal.«

»Um deinen Freund zu zitieren: ›Quelle horreur‹.«

Hillary schnaufte, und Alicia sah die Freundin

stirnrunzelnd an. »Himmel, Chloe, lass Odile in Ruhe. Du bist doch nur neidisch.«

»Stimmt.« Chloe beschäftigte sich mit ihren Fingernägeln. »Gus und ich haben es das ganze Wochenende nur einmal getan. Könnt ihr euch das vorstellen?«

Odile schüttelte den Kopf; Hillary zeigte Mitgefühl, und Alicia wischte das Jammern der Freundin mit einer verächtlichen Handbewegung vom Tisch. »Clive und ich haben es zweimal geschafft, aber ...« Sie hob eine Hand, um die Freundin an einer Erwiderung zu hindern. »Aber beide Male waren so schnell vorüber, dass ich kaum Zeit hatte, das Buch beiseite zu legen, in dem ich gelesen habe.«

Hillary sah die Schwester entsetzt an. »Willst du sagen, du hast während des Vorspiels gelesen?«

Alicia nickte. »Ja. Ich meine, wenn du das ein Vorspiel nennen willst. Wenn Clive je lernt, mich anständig zu erregen, kaufe ich ein Lesezeichen als Erinnerung.«

Odile sah Hillary an und schüttelte unauffällig den Kopf. Es sah so aus, dachte Hillary, dass sie und Odile zu den Glücklichen gehörten. Es stimmte sie traurig, dass Alicia und Chloe ein miserables Sexleben hatten und es als naturgegeben hinnahmen, als ob der Sex mit Ehemännern von vornherein ungenießbar sein müsste.

Odile erklärte Hillary später, sie hätte es aufgegeben, mit Chloe über das Thema zu reden, wie sie es anstellen sollte, mit Gus befriedigenden Sex zu haben.

»Und hier sitze ich mit mehr Sex, als ich vertragen kann«, gestand Hillary.

»Oh, komm, erzähle mehr darüber.« Odile zeigte spontane Neugier, aber Alicia unterbrach sie.

»Chloe und ich warten auf euch.«

Sie hatten schließlich doch entschieden, wieder an

den Strand zu gehen, aber diesmal würden sie sich an den Nudistenstrand legen. Das war Chloes Vorschlag. Außerdem beschlossen sie, ein Taxi zu nehmen, da Alicia darüber klagte, dass sie immer fahren und deshalb nüchtern bleiben müsste. Da keine der anderen sich anbot, riefen sie ein Taxi an, das sie an ihrem Stammplatz im Waldstück absetzte. Sie sprachen mit dem Fahrer ab, er sollte sie an dieser Stelle um drei Uhr am Nachmittag abholen.

Sie nahmen den Pfad, der links am Wald vorbei zum FKK-Strand führte, und schon gleich hinter der ersten Biegung blieben sie sprachlos stehen. Männer, Frauen in jedem Alter sowie viele Kinder lagen, standen und schwammen in völliger Nacktheit. So locker und erfahren die drei Frauen auch waren, sie wussten nicht, wohin sie sehen sollten und senkten die Blicke, als sie an den ersten Nudisten vorbei gingen.

»Ich kann nicht glauben, wie gut bestückt einige der Kerle sind«, flüsterte Chloe.

Hillary sah Odile an, die ein Kichern zu unterdrücken versuchte. Hillary blieb stehen und sah sich um. »Das ist der ideale Platz für uns«, behauptete sie.

Mit einem erleichterten Seufzer ließen sie ihre Taschen fallen und schauten sich interessiert ihre Umgebung an. In der Nähe spielte ein älteres Paar Frisbee, und ein Kind baute emsig an einer Sandburg – sonst waren sie an diesem Fleck allein.

Alicia breitete die Strandtücher aus, während Chloe (das war immer ihre erste Aufgabe) in der Kühlbox nach einer Flasche Wein und einem Korkenzieher griff. Sie halfen sich gegenseitig beim Eincremen, und Chloe schenkte Wein ein.

»Ist es nicht ein bisschen unpassend, hier im Bikini zu sitzen?«

Alle schauten Hillary an, von der diese Frage gekommen war.

Es war Alicia, die darauf antwortete. »Ja, es wirkt ein wenig prüde, nicht wahr?« Mit einem Ausdruck der Tollkühnheit langte sie hinter sich und hakte das Oberteil des Bikinis auf.

Langsam folgten ihr Chloe, Hillary und Odile. Ein paar Minuten sahen sie sich schweigend an, dann sagte Chloe: »Wer hat denn nun wirklich Mut?« Die anderen Frauen starrten sie errötend an.

Chloe schlängelte sich aus dem Bikinihöschen und saß steif und aufrecht auf ihrem Tuch, die Schenkel fest zusammen, und starrte hinaus aufs Meer. Nach ein paar Sekunden sagte sie zwischen aufeinander gebissenen Zähnen: »Nun macht schon, ich will nicht allein alles zeigen.«

Hillary sah sich um. Auch jetzt war im Umkreis von hundert Schritten niemand zu sehen. Rasch zog sie das Höschen aus, und danach gaben sich auch Alicia und Odile mutig. Als hätten sie einen Schwarm von Gaffern und ein Fernsehteam erwartet, atmeten sie jetzt erleichtert auf. Selbst als gelegentlich jemand vorbei kam, bemerkten sie nur ein kurzes Schauen oder ein freundliches Nicken.

Allmählich entspannten sich die Frauen. Sie begannen das seltene Gefühl zu genießen, dass die Sonnenstrahlen ihren ganzen Körper streichelten. Hillary legte sich auf den Bauch und bat Alicia, ihren Rücken einzucremen. Ihre Hemmungen lockerten sich, wozu auch der Wein beitrug, und nach einer Weile gestanden sie sich, dass Wein, Sonne und Nacktheit zu ihrer Erregung beitrugen.

»Was würde ich dafür geben, wenn jetzt eine Gruppe gut gebauter Jungs zu uns käme«, stöhnte Alicia.

Chloe errötete. »Weißt du, wer mir nicht mehr aus dem Kopf geht?«

»Komm, sage es uns«, drängte Odile.

»Dieser Junge, Fearns Bruder. Hast du ihn in Jeans gesehen? Er hat einen Hintern, sage ich dir ...«

Hillary lag auf ihrem Tuch und starrte in den blauen Himmel. Sie konnte nicht länger ignorieren, dass sich ihre Nippel aufgerichtet hatten. Sie spürte, wie sie immer erregter wurde, als ihre Gedanken zu Torran gelenkt wurden. Oh, wie gut sie Chloe verstehen konnte!

»Ich könnte dem Jungen noch das eine oder andere beibringen«, behauptete Alicia.

»Das bezweifle ich«, platzte es aus Hillary heraus. Sie bedauerte ihren Fehler sofort, denn die anderen drei Frauen setzten sich auf und sahen sie fragend an.

»Gibt es da etwas, was wir wissen sollten, Hills?« Alicias Stimme klang leise und beherrscht.

Hillary schluckte. Dies war eine Gelegenheit, die sich ihre Schwester nicht entgehen lassen würde.

»Okay, ich werde es euch erzählen. Aber ihr müsst mir versprechen, dass ihr Torran nichts darüber sagt«, fügte sie noch lahm hinzu. Sie blickte ins strenge Gesicht der älteren Schwester und fühlte sich wieder wie eine Sechsjährige.

»Ja, ja, versprochen.« Chloe war ungeduldig. »Wir wollen wissen, was zwischen dir und Torran gelaufen ist. Es ist doch was gelaufen?«

Hillary nickte und grinste. »Ja, gestern, als ihr alle weggefahren seid. Unsere Duschen waren defekt, deshalb bin ich ins Haupthaus gegangen. Darius und Fearn waren auch nicht da, aber dafür habe ich ...«

» ...hast du Torran getroffen, der nur darauf gewartet hat, dass jemand mit ihm spielt«, beendete Alicia den Satz. Man hörte den Neid in ihrer Stimme.

Hillary nickte wieder und fragte sich, warum sie sich schuldig fühlen sollte. Mit neuem Selbstbewusstsein schaute sie fast trotzig in die Runde. »Wir haben stundenlang Sex gehabt, und es war wirklich fantastisch. Ich hoffe, wir werden noch einmal die Gelegenheit haben.«

»Nun«, sagte Alicia nach einer Weile, die sie alle brauchten, um das zu verdauen, was Hillary ihnen gestanden hatte, »ich hoffe, ich werde auch eine Gelegenheit mit ihm haben.« Sie warf den Kopf in den Nacken und lachte herzhaft, und die anderen fielen in das Lachen ein.

Natürlich gaben sie erst Ruhe, nachdem Hillary ihnen alle Einzelheiten geschildert hatte, und dann wollten sie auch noch wissen, wie es mit Haldane gewesen war.

»Gibt es sonst noch jemanden?«, fragte Chloe.

»Bis jetzt noch nicht.«

Chloe kreischte. »Habt ihr gehört, was sie gesagt hat? Himmel, ich komme mir wie eine Nonne vor.« Wieder brachen alle in ausgelassenes Gelächter aus.

»Den Damen scheint es sehr gut zu gehen.«

Die dunkle Stimme traf sie völlig unerwartet. Sie hörte sich vertraut an, und Hillary blickte neugierig auf. Es war Haldane. Auch er war nackt und sah noch beeindruckender aus, als sie ihn in Erinnerung hatte.

Chloe und Alicia wurden vor Verlegenheit knallrot, als sie ihn sahen, aber Odile grinste fröhlich und hielt eine Flasche Wein hoch. »Möchtest du einen Schluck?«

Er nickte und setzte sich auf den Rand von Hillarys Strandtuch. Hillary bemerkte, dass Chloe ihren Blick nicht von Haldanes Penis wenden konnte, und nach ein paar Minuten trat sie gegen ihren Knöchel.

»Autsch! Oh, entschuldige, Hilly.« Chloe zog eine Schnute und rieb sich den Knöchel.

»Was hast du in den letzten Tagen alles angestellt?«, fragte Haldane.

Es war eine rhetorische Frage, aber Hillary errötete schuldbewusst und stammelte: »Ich ... bin meistens im Haus geblieben, habe auf der Terrasse gelegen und so ...«

Chloe schnaufte grinsend und bemühte sich erst um eine neutrale Miene, als sie Hillarys strafenden Blick auffing.

Haldane nippte am Wein und lächelte Hillary an, die immer noch rot war. »Ich wollte dich nicht kontrollieren.«

Sie saßen plaudernd in der Runde und labten sich am Wein, bis Haldane einen kurzen Spaziergang vorschlug. So sehr sie ihn auch mochten – Alicia und Chloe lehnten dankend ab. Sie waren nicht bereit, splitternackt am Strand zu paradieren.

Odile war nicht verlegen, aber sie ahnte, dass Hillary es vorziehen würde, allein mit Haldane zu gehen. »Geht ihr nur, wir bleiben hier und lassen uns braten.«

Haldane nahm Hillarys Hand. Eine halbe Meile lang gingen sie schweigend nebeneinander, dann blieb er plötzlich stehen. Er sah sie mit ernstem Ausdruck an. »Wäre es die lieber, wenn wir uns nicht mehr sehen, Hillary?«

»Nein.« Sie schüttelte den Kopf. »Ganz und gar nicht. Ich wollte nur nicht den Eindruck abgeben, mich an dich klammern zu wollen oder dich unter einen bestimmten Druck zu setzen.«

Er nickte, immer noch ernst. »Das ist sehr rücksichtsvoll von dir, Hillary.« Er starrte eine Weile hinaus aufs Meer und legte eine Hand schützend über die Augen. »Es stimmt, dass ich mich nicht gebunden fühlen will. Ich bin ein freier Mann.«

»Ich weiß das, Haldane. Ich suche auch nichts Festes. Nur ein bisschen Spaß.«

»Ich weiß, welcher Spaß dir am besten gefällt. Erinnerst du dich?«

Er fuhr mit einem Finger leicht über ihr Rückgrat

bis hinunter zum Po, und sie erschauerte. Ihre Klitoris regte sich, als wäre sie seit Monaten nicht mehr gestreichelt worden. Hillary schaute sich am Strand um. Sie waren von anderen Strandbesuchern umgeben.

»Komm«, sagte Haldane, nahm ihre Hand und ging hinauf in die Dünen.

Sie stapften mühsam mehrere hundert Meter durch die Dünen, dann erreichten sie eine Stelle, wo sich der Sand türmte. Sie kletterten hoch, Haldane mit einer Hand auf ihrem Po, um ihr den Hügel hoch zu helfen.

Hillary lächelte. Er war ein Gentleman; ein Gentleman, der keine Gelegenheit ausließ, sie anzufassen.

Als sie oben angelangt waren, nahm Haldane sie gleich in die Arme und küsste sie ein paar Minuten lang. Er fuhr mit beiden Händen über ihren Körper; ein fiebriger Versuch, ihre steigende Lust zu stillen. Hillary sah sich verstohlen um. Ihr Versteck war ideal. Sie standen in einer kleinen Mulde und waren weder vom Wald noch vom Strand zu sehen.

Plötzlich schob sich eine dunkle Wolke vor die Sonne, und Hillary zitterte. Sie fühlte, wie ihre Brustwarzen hart wurden. Sie kam sich wie ein Naturkind vor, nackt und abgeschieden von allen anderen, und sie konnte sich dem überwältigenden Drang nicht widersetzen, ihn jetzt und hier zu besitzen.

Ein Blick auf Haldane verriet ihr, dass er auch so empfand. Sie wussten beide, dass sie keine Zeit für ein langes Vorspiel hatten; in der Ferne konnten sie Stimmen hören.

Er streichelte mit einer Hand über ihren Bauch, und plötzlich tauchte die Hand zwischen ihre Schenkel. Seine Finger fühlten sich kühl an, als sie sich gegen ihr heißes Fleisch drückten. Er rieb gefühlvoll, dann schob er zwei Finger in sie hinein, und Hillary stöhnte auf.

Während er sie weiter rieb, langte Hillary zwischen ihre heißen nackten Körper, nahm seinen Schaft in beide Hände und drückte kräftig zu. Sie fuhr mit den Fingern an ihm entlang und glitt mit dem Daumenballen über seine feuchte Eichel.

Die Mulde wurde an der Rückseite von einer hüfthohen Düne begrenzt. Haldane drehte Hillary herum und drückte ihren Oberkörper nach unten. Sie stöhnte auf, als Bauch und Brüste den heißen Sand berührten, und dann schrie sie auf, als Haldane in sie eindrang. Er hielt sie an den Hüften gepackt und schob den Schaft rhythmisch in sie hinein, ein Lächeln im Gesicht, als er ihre leidenschaftliche Schreie hörte, die von der Brandung und vom Kreischen der Möwen verschluckt wurden.

Nun hielt auch ihn nichts mehr, und ihre Körper explodierten in einem herrlichen Orgasmus.

Danach sank Hillary auf den Boden der Mulde, schlaff wie eine Stoffpuppe. Ihr Atem hechelte noch. Es kostete sie Mühe, den Kopf zu wenden, um Haldane anzusehen. Auch er saß da, den Rücken zur höheren Düne.

»Jetzt weiß ich, was bei dir so anders ist, Haldane«, sagte sie, als sich ihr Atem wieder einigermaßen beruhigt hatte.

»Ja?«

»Wenn ich glaube, es könnte zwischen uns nicht mehr besser werden, wird es noch schöner.« Sie brach ab, weil er nicht glauben sollte, sie leitete daraus irgendeinen Anspruch ab. Deshalb sagte sie rasch: »Ich will nichts von dir, Haldane. Ich hoffe nur, wir können das noch einige Male erleben.«

Ohne zu antworten richtete er sich auf und zog sie auch hoch. Er sah ihr ernst in die Augen. »Ich habe dir schon gesagt, ich bin ein freier Mann, Hillary.«

»Ich weiß. Ich habe auch nicht gemeint ...«

Er brachte sie mit einem knappen Kopfschütteln zum Schweigen. »Keine Sorge. Ich will, dass du auch zu einer freien Frau wirst. Ich will, dass du mit mir nach Norwegen kommst. Da können wir auch eine schöne Zeit erleben, das verspreche ich dir. Ein kleines Abenteuer für uns beide«, fügte er lächelnd hinzu.

Hillary war sprachlos. Damit hätte sie am wenigsten gerechnet. Sie wollte ihm erklären, dass sie ihn sehr mochte und wie verrückt begehrte – aber mit ihm nach Norwegen gehen? Sie würde ihr ganzes Leben über den Haufen werfen, und weil sie ihn erst ein paar Tage kannte, war ihr das zu unsicher. Sie hatten nicht einmal eine Nacht zusammen verbracht.

Sie erklärte es ihm so behutsam es ging und fügte hinzu, dass sie diesen Vorschlag trotz aller Bedenken riesig fand. Sie würde gern eine Weile darüber nachdenken.

»Natürlich.« Er nickte ernst. »Ich verstehe deine Einwände, aber ich habe vor, Ende nächster Woche zurückzugehen. Entweder kommst du mit, oder wir verabschieden uns.«

Sie stiegen aus der Mulde und gingen schweigend an den Strand zurück. Sie hingen beide ihren schweren Gedanken nach. Es war fast drei Uhr, als sie wieder zu Alicia, Chloe und Odile stießen. Die Frauen hatten die Sachen schon gepackt und warteten auf Hillary, die verstimmt aussah. Alicia warf Hillary den Bikini zu.

»Tut mir leid, dass ich auf den letzten Drücker zurück bin«, entschuldigte sich Hillary.

Haldane flüsterte etwas in ihr Ohr, und sie nickte. Er wandte sich an die anderen. »Bye, bis zum nächsten Mal.«

Sie winkten ihm nach, dann wandte sich Chloe an Hillary. »Und? Habt ihr es getan? Ich meine, während ihr spazieren wart?«

Hillary seufzte und stieg in ihr Höschen, dann knüpfte sie die Bänder des Oberteils im Nacken zusammen. Sie war konfus und wurde der Freundinnen überdrüssig, die mangels eigener Erlebnisse an ihrem Sexleben Anteil haben wollten. »Während des Spazierengehens nicht«, gab sie spröde zurück.

Chloe verzog ihr Gesicht, und Odile schüttelte kaum merklich den Kopf, als wollte sie sagen: »Lass sie in Ruhe.«

Die ältere Frau hob die Schultern, hob ein paar Taschen auf und stieg die Dünen hoch Richtung Parkplatz. Die anderen Frauen folgten schweigend. Nach zehn Minuten Fußweg erreichten sie den Wald und schmiedeten Pläne für den Abend. Sie bestanden eigentlich nur darin, viel zu essen und viel zu trinken.

Auf dem Nachhauseweg ließen sie den Taxifahrer vor einem Geschäft anhalten, und sie deckten sich mit Wein, Brot, Käse, Pasteten, Salat und Obst ein. Noch bevor sie Harwood Hall erreicht hatten, waren alle wieder in ausgelassener Stimmung.

Sie trafen sich, wie abgesprochen, auf der Terrasse. Bei vier Sonnenliegen wurde der Platz schon ein wenig knapp. Sie zogen sich wieder aus, ölten sich ein und streckten sich unter den brennenden Strahlen der Sonne.

»Findest du es in Ordnung, dass wir hier nackt herumliegen?«, fragte Hillary und blickte sich nervös um.

Alicia lachte nur. »Stell dich nicht so an, Hilly. Es ist noch niemand da. Fearn ist den ganzen Tag in Cromer, und Darius wird nicht kommen. Seine Sekretärin hat uns gesagt, dass er an einer Versteigerung in Suffolk teilnimmt. Und Fearns Bruder arbeitet in King's Lynn.«

Hillary war beeindruckt. »Hast du die Tagespläne aller Leute von Harwood Hall im Kopf?«

Ihre Schwester nickte fröhlich. »Man braucht einige Übung darin, und es kostet ein wenig Mühe, Liebes. Aber inzwischen sind solche Überwachungsmethoden zu meiner zweiten Natur geworden. Ich wende sie bei Clive an.«

Hillary lachte. Danach waren sie alle damit beschäftigt, ihre Bräune zu vertiefen. Die wärmende Sonne und der Alkohol versetzten sie bald in einen glückseligen, verträumten Zustand, in dem es ihnen nicht auffiel, dass sie beobachtet wurden.

Der Voyeur war Torran, der früher zur Hall zurückgekehrt war. Einer der Lehrlinge hatte jedes Gefühl für den Beruf vermissen lassen, und im gegenseitigen Einvernehmen hatte man sich getrennt. Da an diesem Tag kein anderer anzulernen war, hatte Torran keinen Sinn darin gesehen, bis zum Ende der Schicht zu bleiben.

Das Telefon klingelte, als er in die Eingangshalle trat. Fearn war am Apparat und teilte mit, dass sie die Nacht über in Cromer bleiben würde. Torran hob die Schultern. Er hatte kein enges Verhältnis zu seiner Schwester, deshalb berührte ihn ihre Abwesenheit nicht. Er versprach, ihre Nachricht an Darius und die Mutter weiterzugeben, dann zog er seine Arbeitskleidung aus, duschte und zog sich blaue Shorts an. Er machte sich ein Sandwich, öffnete eine Bierdose und schaltete den Fernseher ein. Das Tennisspiel, das übertragen wurde, würde höchstens noch zehn Minuten dauern.

Während er dem Hin und Her des Balles zusah, dachte er flüchtig an Hillary und fragte sich, womit sie im Augenblick beschäftigt war. Obwohl ihm nichts lieber wäre, als ihre gestrige Begegnung zu wiederholen, bezweifelte er, ob er noch einmal eine Gelegenheit dazu haben würde. Nicht, wenn Darius jeden seiner Schritte überwachte.

Er hatte sich damit abgefunden, dass sein Halbbruder ein seltsamer Mensch war, der auch nicht vor Gewalt und Grausamkeiten zurückschreckte, um seine Ziele zu erreichen; deshalb sorgte es Torran, dass Darius sich so intensiv um Hillary bemühte, denn trotz ihrer Erfahrung war sie im Grunde eine Frau mit einer naiven Denkweise. Sie war zu gutgläubig für einen wie Darius.

Vielleicht sollte er mit seiner Mutter darüber sprechen, dachte er. Sie könnte sich vielleicht einschalten, denn sie hatte einen bestimmten Einfluss auf Darius.

Er zwang sich, alle Gedanken an Darius und die ganze Familie zu verdrängen. Er spürte, dass die berauschende Verbindung eines so schönen Tages und den Träumen von einer so schönen Frau wie Hillary ihn scharf machte. Nachdenklich schaute er auf die Uhr. Es war noch zu früh, in den Pub zu gehen, also blieb ihm Zeit, sich auf der Terrasse zu sonnen.

Er holte eine zweite Bierdose aus dem Kühlschrank, öffnete die hintere Tür der Küche und trat hinaus. Er blieb eine Weile stehen und atmete den Duft der Kräuter ein, die gleich neben der Küche ihr eigenes Beet hatten.

Er ging weiter, der Terrasse entgegen, auf der er Hillary gestern getroffen hatte, und dann wäre er fast am nächsten Schluck Bier erstickt. Hillary lag mit den übrigen drei Frauen da – und das Beste war, sie waren alle splitternackt.

Er zögerte und war unsicher, wie er sich verhalten sollte. Das Bild, das sich ihm bot, war die Erfüllung der Gebete eines jeden Mannes, und doch war es ihm unangenehm, so einfach hereinzuplatzen. Was sollte er denn tun, unauffällig durch den Garten schlendern und ›hallo‹ sagen? Er wusste, dass er diesen Mumm nicht hatte. Er setzte sich wieder die Bierdose an den Mund und überlegte. Allmählich formten seine Gedanken einen Plan.

Unglücklicherweise – oder auch nicht – erhielt er nie die Gelegenheit, seinen Plan in die Tat umzusetzen. Während er noch an den Kräuterbeeten stand, öffnete Chloe ein Auge, sah ihn und schrie. Sofort schreckten die anderen drei hoch. Hillary entdeckte Torran, dessen Gesicht sich ebenso tiefrot färbte wie die Gesichter von Alicia und Chloe.

Hillary winkte und rief ihn heran. »Hallo! Möchten Sie was trinken?«

»Hillary!« Alicia zischte ihr Entsetzen, aber Torran schritt schon zielstrebig der Terrasse entgegen.

Die unübersehbare Verlegenheit der Frauen bewirkte eine unerwartete Kühnheit in ihm. Er betrachtete sie der Reihe nach, und schließlich blieb sein Blick auf Hillarys vergnügtem Gesicht haften.

»Das muss mein Glückstag sein.« Er lächelte und setzte sich auf den Klappstuhl an der Mauer. Er dankte Hillary für den Wein und schenkte sich ein, dann teilte er den Rest in der Flasche auf. »Auf das, was wir lieben.« Er grinste und ließ seine Blicke über die nackten Körper der Frauen schweifen.

Im Haus klingelte das Telefon. Odile sprang auf. »Das wird Theo sein, er hat versprochen, anzurufen.«

Wenn Torran enttäuscht war, dass die junge Frau so schnell die Flucht ergriff, dann zeigte er es nicht. Alicia rollte sich auf den Bauch, als Torran sie zu lange betrachtete, aber jetzt hatte sie ein Problem: Wie sollte sie sich den Rücken einölen? Hillary wollte gerade ihre Hilfe anbieten, aber Torran hatte sich schon neben Alicias Liege gekniet und nahm ihr die Flasche aus der Hand. »Bitte, lassen Sie mich das tun.«

Er ließ einige Tropfen auf seine Hand fallen und begann, ihre Schultern zu massieren. Er verstärkte den Druck seiner Hände, bis Alicia wohlig stöhnte.

Torran warf einen Blick auf Hillary, die sein Lächeln erwiderte, obwohl sie sich ein wenig zurückgesetzt fühlte; am Tag zuvor war sie es gewesen, die Torrans ungeteilte Aufmerksamkeit genossen hatte.

Chloe beobachtete Torrans geschickte Hände und konnte ihren Neid nicht verbergen. »Ich bin die Nächste, ja?« Sie zog einen Schmollmund.

»Ihr Wunsch ist mir Befehl«, sagte Torran grinsend. He, Mann, diese Minuten würde er bis zur Neige auskosten!

Als er Alicia und Chloe mit Öl eingerieben hatte, war seine Erregung unübersehbar. Chloe hatte darauf bestanden, dass er ihre Vorder- und Rückseite massierte, und Torran hatte große Schwierigkeiten gehabt, sich zu beherrschen, als er sanft und sinnlich ihre Brüste gestreichelt hatte.

Jetzt wartete Hillary darauf, dass er auch sie einölte, aber er wusste, wenn er über ihre vertrauten Kurven und Rundungen strich, würde er endgültig verloren sein. Er nahm einen großen Schluck Wein, als ob er sich damit stärken wollte. »Ich …« Er zögerte.

»Bitte, Torran.«

Sie lag so verlockend da, dass er sie am liebsten gemalt hätte. Mit fast übermenschlicher Beherrschung kniete er sich neben sie und begann, ihre straffe Haut zu massieren. Er spürte, dass sie ebenso erregt war wie er. Sie stieß den Atem in kurzen, hechelnden Stößen aus, und ihre Nippel waren geschwollen und hart wie Patronen.

Er strich mit den Fingern leicht über die Innenseiten ihrer Schenkel. Ihm war bewusst, dass die beiden anderen Frauen ihn nicht aus den Augen ließen. Aus der Unterhaltung wusste er nun, wer Chloe und wer Alicia war, und er hatte auch mitbekommen, dass Alicia die ältere Schwester Hillarys war. Das störte ihn ein wenig, und noch mehr störte ihn, dass Chloe und Alicia verheiratet waren.

Plötzlich spürte er eine Hand zwischen seinen Beinen, und dann legten sich Finger um seinen Penis. Das war Chloe. Er schluckte hart und hielt seinen

Atem an, als sie für einen Moment die Hand zurückzog, einen Arm um seine Hüften legte und mit den Fingern an den Knöpfen der Shorts fummelte.

»Verdammt, jetzt weiß ich, warum man den Reißverschluss erfunden hat«, rief Chloe, als sie sich an den Knöpfen einen Fingernagel angebrochen hatte.

Hillary kicherte. »Keine Rosen ohne Dornen, Chloe.« Es überraschte sie, dass sie keine Eifersucht empfand. Torran hatte ein Einsehen und zog seine Shorts aus. Auch diesmal trug er nichts darunter, stellte Hillary fest. Sie warf einen Blick auf ihre Schwester, die fasziniert auf Torran und Chloe starrte. Chloe kniete sich jetzt vor Torran hin und neckte sein Glied mit den Lippen.

»Ich wusste gar nicht, dass du weißt, wie das geht, Chloe«, murmelte Alicia.

Chloe stieß einige Laute aus; ihr Mund war zum Sprechen zu voll.

Alicia ging hinüber zu dem Paar und küsste Torran auf den Mund. Er nahm ihre kleinen Brüste in die Hände und reizte die Nippel mit den Daumen, bis sie so hart und geschwollen wie Hillarys waren. Hillary konnte nur zuschauen und sich fragen, wohin das führen sollte.

Plötzlich stand Odile in der Küchentür. Sie hatte sich angezogen, trug eine weiße Hose und ein T-Shirt. »Möchte jemand was essen?«

Chloe blickte hoch, küsste Torrans Penisspitze und lächelte ihn an. »Später, Liebling. Ich sterbe vor Hunger.«

Hillary stand auch auf und wusste nicht so recht, was sie tun sollte. Torran und Alicia knutschten so heftig wie ausgehungerte Teenager. Schließlich hob Hillary die Schultern und ging in die Küche. Sie sah sich noch einmal um. Torran drückte Alicia zurück auf ihre Liege.

Odile hatte den Tisch wunderbar gedeckt, und trotz

ihrer inneren Unruhe fühlte sich Hillary plötzlich hungrig. Ein paar Minuten aßen sie schweigend, dann lächelte Chloe und wies mit dem Kopf zur hinteren Tür. »Es fällt uns nicht schwer zu raten, was die beiden draußen treiben.«

Odile bemerkte die krause Stirn Hillarys und fragte: »Macht es dir etwas aus, Hillary? Ich meine, du kennst Torran ja kaum.«

Hillary schüttelte den Kopf. »Es ist mir egal, dass Torran es mit einer anderen treibt; es ist nur, dass diese andere meine Schwester ist.«

Odile nickte. »Ich weiß, was du meinst.«

Chloe wusste es offenbar nicht. »Dann stört es dich nicht, wenn ich ihn mir nach Alix vorknöpfe?«

Hillary lachte und schüttelte den Kopf. »Nein, Chloe, du kannst tun und lassen, was du willst.« Dann sah sie Odile an. »Und du? Hast du vor, dich an der Orgie zu beteiligen?«

Die junge Frau schüttelte den Kopf. »Das könnte ich nicht. Theo bedeutet mir sehr viel, und außerdem …« Sie brach mitten im Satz ab.

Hillary wollte sie bitten, weiter zu sprechen, aber dann sah sie Torran in der Tür stehen. »Komm herein und iss was. Du musst dich stärken.«

Er hörte den leichten Sarkasmus in der Stimme und nickte. »Ja, ich kann's wirklich gebrauchen, danke.« Er setzte sich an den Tisch und griff nach Käse und ein paar Salatblättern.

Alicia drückte sich verstohlen in die Küche. Alle sahen sie erwartungsvoll an, aber sie huschte auf ihr Zimmer. Ein paar Minuten später kam sie zurück und trug ein kurzes rotes Sommerkleid. Rot war Alicias Lieblingsfarbe.

»Mir wurde ein wenig kalt«, erklärte sie.

»Oh.« Chloe sah Hillary an. »Jetzt fühle ich mich doppelt so nackt, du auch, Hills?«

Hillary nickte, und dann liefen sie beide aus der Küche, warfen sich was über und kehrten an den Tisch zurück. Auch sie trugen kurze Kleidchen, Hillary ein weißes, Chloe ein beigefarbenes. Wegen des tief gebräunten Körpers sah Chloe immer noch nackt aus.

Nach dem Essen gingen sie zurück auf die Terrasse, sprachen weiter dem Wein zu und genossen den stillen, warmen Sommerabend. Nur Odile zog sich zurück, sie sagte, sie wolle Theo einen Brief schreiben.

»Aber du hast ihn eben erst am Telefon gesprochen.« Chloe schüttelte den Kopf.

Statt auf seinem Klappstuhl zu sitzen, hatte sich Torran neben Hillary auf die Liege gesetzt. Er lehnte sich bequem zurück und legte einen Arm um ihre Schultern. Seine Fingerspitzen berührten ihre Brüste. Einen Augenblick später spürte sie eine Berührung auf dem Oberschenkel. Sie öffnete die Augen und sah, dass sich Chloe ans Ende der Liege gesetzt hatte, die Arme um Torran geschlungen, und seinen Rücken küsste.

Hillary war ein wenig verärgert über die Störung, aber sie sagte nichts, stand auf und ging ins Haus.

Es stellte sich heraus, dass der Abend erheblich zahmer verlief als der Nachmittag. Chloe und Torran ließen sich nach einer knappen Stunde wieder blicken; Chloe sah entspannter und zufriedener aus, als Hillary sie je erlebt hatte. Inzwischen hatten sie den Wein ausgetrunken, und Odile und Hillary hatten eine große Kaffeekanne gefüllt und brachten sie in den Salon. Dort saßen sie alle beisammen, hörten Musik, plauderten und spielten Scrabble. Hillary fand, es war die seltsamste Orgie, die sie je erlebt hatte – aber dann fiel ihr ein, dass sie bisher an keiner anderen teilgenommen hatte.

Kurz vor Mitternacht schaute Alicia auf die Uhr und erinnerte sie daran, dass sie am anderen Morgen nach Newmarket aufbrechen würden. »Wir müssen zeitig losfahren«, warnte sie.

Hillary lachte. »Was nennst du zeitig, Alix?« Sie wusste genau, dass ihre Schwester daran glaubte, die Welt existierte nicht vor acht Uhr.

»Spotte nur, meine Liebe, aber ich möchte, dass wir alle spätestens um neun fertig sind.«

»Oh, dann gehen wir jetzt besser zu Bett.« Es war Hillary bewusst, dass sie unnötig sarkastisch war, aber sie konnte sich den Satz nicht verkneifen: »Aber du weißt, dass wir nur nach Newmarket fahren und nicht zum Nordpol, Alix?«

»Ja, ja, ich weiß. Aber vielleicht verfahren wir uns. Ich habe den Jungs gesagt, dass wir zum Mittagessen bei ihnen sind.«

Hillary seufzte. Der Gedanke, mit Chloe und Alicia in einem Auto eingesperrt zu sein, war alles andere als verheißungsvoll, aber es würde noch viel schlimmer werden, wenn Alicia den Weg nicht kannte.

Sie überlegte, ob sie morgen früh Kopfschmerzen vortäuschen sollte, als sie Torran den Weg zum Haupthaus zeigte. Sie geleitete ihn zu den Schwingtüren, dann kehrte sie in den Salon zurück und wünschte allen eine gute Nacht. Ihr fiel auf, dass Chloe noch keine Anstalten machte, zu Bett zu gehen, deshalb überraschte es sie auch nicht, als sie später die Schwingtüren hörte …

Zehntes Kapitel

Hillary wachte auf und fühlte sich wunderbar, was Chloe nicht von sich behaupten konnte. Nach dem dritten Klopfen stolperte sie aus ihrem Zimmer und sah aus, als hätte man sie an den Haaren rückwärts durch eine Hecke gezogen.

Alicia betrachtete sie misstrauisch. »Hast du die ganze Nacht nicht geschlafen?«

Chloe saß am Küchentisch, den Kopf in beide Hände gestützt. In diesem Moment kam Odile herein, frisch und fröhlich wie jeden Morgen. Chloe sah auf und starrte ihre Freundin an. »Ich glaube, ich hasse dich.«

»Was ist denn mit unserer Powerfrau los?«, fragte Odile. Sie nahm eine Tasse aus dem Schrank und sah Hillary fragend an. Hillary deutete grinsend zur Terrasse, zeigte mit einem Finger auf ihren Schoß und simulierte ein Gähnen. Odile nickte; sie hatten verstanden.

Alicia machte es nicht so kompliziert. »Sie hat diesen Schotten die ganze Nacht gevögelt. Von mir kann sie kein Mitgefühl erwarten.«

Odile und Hillary sahen sich an. Hillary lachte und kämpfte gegen die Versuchung an, das auszusprechen, was sie beide dachten: Alicia war eifersüchtig.

Trotz Chloes leidendem Zustand schafften sie es, um halb zehn reisefertig zu sein, ein wenig später als geplant, aber viel früher, als Hillary gedacht hatte. Die Fahrt verlief unspektakulär, Alicia fuhr, und Chloe las die Straßenkarte. Odile und Hillary saßen hinten und schauten aus dem Fenster.

Bald erreichten sie die Grafschaft Suffolk, und eine halbe Stunde später fuhren sie durch die Randgebiete von Newmarket. Alicia schlug vor, dass sie in die Stadt fuhren und eine Teestube suchten.

Obwohl Hillary sich nichts aus Pferden machte, gefiel ihr Newmarket sehr. Es war eine idyllische alte Stadt mit vielen kleinen schmucken Häusern, umgeben von knorrigen uralten Bäumen und hügeligem Heideland.

Als sie sich der Stadtmitte näherten, wurden die Häuser größer und eindrucksvoller. Und überall sah man Pferde; schon in der Heide hatten sie verschiedene Reiter bewundert. In der Stadt standen die Pferdeboxen in Reih und Glied, Lastwagen transportierten den Pferdedung hinaus aufs Land, andere Lastwagen fuhren mit hoch beladenen Strohballen in die Stadt hinein.

Während Alicia nach einem Parkplatz Ausschau hielt, sah sich Hillary eifrig um. Die Geschäfte waren so ganz anders als diejenigen, die sie kannte. Jedes dritte Geschäft hatte etwas mit Pferden zu tun. Reiterbekleidung, Reiterzubehör. Buchhandlungen, die sich auf Pferdeliteratur spezialisiert hatten. Versicherungsagenturen, die Gesundheit und Leben von Pferden versicherten. Die halbe Stadt schien von den Pferderennen zu leben, dachte Hillary.

Zum Glück gab es auch eine große Auswahl an Cafés und Teestuben, und bald saßen sie gemütlich in einer Ecke, vor sich mehrere Teekannen und sündig große getoastete Teekuchen mit geschmolzener Butter, und gingen ihrer Lieblingsbeschäftigung nach – Leute beobachten.

Der erste Eindruck Hillarys bestätigte sich. Fast jeder zweite der vor dem Fenster vorbeigehenden Menschen trug die lokale Uniform aus engen Jodhpurs und langen, glänzenden Lederstiefeln; die Männer sahen in ihnen nicht minder gut aus als die Frauen. Die meisten Reiter waren sehr jung, kaum einer war über zwanzig, und fast alle waren klein, wie es sich für Jockeys gehört.

»Wir sollten uns langsam auf den Weg begeben.« Alicia schaute nervös auf ihre Uhr.

Hillary sah, dass es halb zwölf war. Sie warf ein paar Pfundnoten auf die Tischmitte, erhob sich und strich über die Falten ihres Rocks. Sie hatte nicht genau gewusst, was sie zu dieser Gelegenheit anziehen sollte, deshalb hatte sie sich vom Wetter leiten lassen und sich für ein luftiges, kurzes blaues Kleid entschieden, dazu hellbraune Ledersandalen. Sie blickte spöttisch auf Chloes Fußbekleidung – wie konnte sie nur auf den Gedanken kommen, dass hochhackige Schuhe für einen Stallbesuch angemessen waren?

Alicia hob die Pfundnoten auf, die jede auf die Tischmitte gelegt hatte, und ging zur Theke, um die Rechnung zu begleichen. Als sie zurückkam, grinste sie breit.

»Jetzt habe ich eine genaue Wegbeschreibung. Kommt, Mädchen, wir sind bald da.«

Tatsächlich dauerte es nur zehn Minuten, bis sie ihren Mercedes auf eine lange asphaltierte Zufahrt lenkte, die von erstklassig gepflegtem Rasen gesäumt wurde.

Chloe lächelte. »Ich muss schon sagen, so etwas habe ich nicht erwartet. Es erinnert mich an die Seifenoper, die wir uns immer gern angeschaut haben, Alix. Weißt du, die mit den exklusiv aussehenden Ranches und den knackigen Kerlen.«

Alicia tat so, als wüsste sie nicht, wovon Chloe redete. Hillary musste grinsen. Ihre Schwester würde nicht zugeben, dass sie sich im Fernsehen etwas anderes ansah als die Nachrichten und Dokumentarfilme. Sie konnte sich nicht zu einer soap opera bekennen.

Ein Holzschild zeigte zum Besucherparkplatz. Sie fuhren an einigen leeren Ställen vorbei. Bisher hatten sie noch keine Menschenseele gesehen, aber als sie ausstiegen, kam ihnen eine stämmige, rotwangige Frau entgegen.

Hillary musste sich bezwingen, die Frau nicht allzu auffällig anzustarren, denn sie trug eine ungewöhnliche Zusammenstellung von Kleidungsstücken. Angefangen mit der aus grellen Farben gestrickten Mütze mit Bommel über die malvenfarbenen Leggings bis zu den rosa Pantoffeln, sah sie wie eine Schlampe mit dem Hang zum Exzessiven aus.

Alicia wich verdutzt zurück, als die Frau einen Arm ausstreckte, um ihr die Hand zu drücken. »Schön, euch kennen zu lernen. Habt ihr eine gute Reise gehabt?«

Alicia verrenkte den Hals nach allen Seiten, um nach Gus und Clive Ausschau zu halten. »Wir sollten hier unsere Ehemänner treffen«, murmelte sie.

Chloe stolperte mit ihren hohen Absätzen über den unebenen Boden. »Ja, wir wollten unser Pferd sehen. Es wird hier trainiert.« Auch sie sah sich um. Aber sie konnte nicht nur ihren Mann nicht entdecken, sie sah auch kein einziges Pferd.

»Vielleicht sind wir hier falsch«, warf Odile ein.

»Nein, ich bin genau der Beschreibung des Mannes aus der Teestube gefolgt«, brauste Alicia auf, »außerdem – erinnert ihr euch an das Schild hinter der Zufahrt? Nein, nein, hier sind wir richtig.«

»Ich hätte mich Ihnen vorstellen sollen«, sagte die Frau. »Ich bin Mrs. Houghton-Sewell. Ich bin Besitzerin dieser Anlage, was manchmal eine Strafe ist.« Sie ließ ein bedauerndes Grinsen und ein schlecht sitzendes Gebiss sehen.

Chloe und Alicia schauten sich ratlos an, als die Frau sie nach dem Namen des Pferdes fragte. Niemand hatte den Namen je gehört, auch Hillary und Odile nicht.

»Oh, wie dumm von mir«, stammelte Alicia verlegen. »Aber ich weiß den Namen nicht.«

Genau in dem Moment wurden sie vom Geräusch klappernder Hufe unterbrochen, und die Frauen drehten sich um und sahen sich mit etwa dreißig Pferden und Reitern konfrontiert. Nach und nach stiegen die Reiter ab und führten die Pferde zu den Ställen, und plötzlich brummte es vor Aktivitäten.

Ein paar Minuten später fuhren zwei Range Rover vor und hielten dicht vor den Frauen an. In einem der beiden Fahrzeuge saßen Gus und Clive, stellte Alicia erleichtert fest.

Mrs. Houghton-Sewell trat an den anderen Land Rover und wechselte ein paar Worte mit dem Fahrer, der kurz nickte. Viel lauter gab sie den Stalljungen, die herumstanden und guckten und rauchten, einige harsche Anweisungen. Die Raucher knipsten ihre Zigaretten aus und liefen davon, um ihre Aufträge zu erledigen.

Hillary hatte das Geschehen aufmerksam verfolgt. Trotz ihrer seltsamen Erscheinung war Mrs. Houghton-Sewell eine Größe, mit der man rechnen musste. Später erfuhr Hillary, dass sie eine der besten Trainerinnen und mehrfache Millionärin war.

Das ahnten Alicia und Chloe natürlich nicht. Sie ignorierten die Besitzerin, und als Gus und Clive aus dem Fahrzeug stiegen, hakten sich die Frauen bei ihnen ein und bestanden darauf, sofort zum Rennpferd geführt zu werden. Zu ihrer Verärgerung schaltete sich Mrs. Houghton-Sewell ein.

»Sie sind leider an einem Trainingsmorgen gekommen«, sagte sie. »Alle Pferde werden geritten und sind in der Heide unterwegs. Ihre Ehemänner waren aber dabei, als das Pferd in einen scharfen Galopp genommen wurde.«

Sie sah Gus und Clive an und erwartete offenbar,

dass sie ihre Aussage bestätigten. Die Männer nickten dann auch.

Clive meinte: »Ich bin ja noch kein Experte, was Rennpferde angeht, aber unser Pferd hat mich sehr beeindruckt.«

»Welches ist es?«, fragte Mrs. Houghton-Sewell.

»Hang Seng«, antwortet Gus. Der Name schien ihn irgendwie in Verlegenheit zu bringen.

Die Trainerin sah ihn von der Seite an. »Sie arbeiten in der Stadt, was?«

Gus nickte. »Ja, wir beide. Aber das Pferd hatte bereits seinen Namen, als wir es kauften.«

»Wir haben unsere Hälfte von einem japanischen Händler gekauft, vielleicht erinnern Sie sich an ihn«, fügte Clive hinzu.

In diesem Moment traf eine andere Gruppe ein; die Reiter sahen erschöpft aus. Odile machte eine entsprechende Bemerkung, und Mrs. Houghton-Sewell lächelte freundlich über das gute Auge der jungen Frau.

»Sie haben jedes Recht der Welt, müde auszusehen. Es geht morgens um halb sechs los, und wehe, jemand verschläft.«

Chloe stieß einen anerkennenden Pfiff aus. »Himmel, um halb sechs! Also, letzte Nacht habe ich …« Sie brach rasch ab, aber es war nicht rasch genug, denn Gus warf ihr einen kritischen Blick zu.

Hillary wollte für eine Ablenkung sorgen. »Gehört uns denn eines dieser Pferde?«

Mrs. Houghton-Sewell nickte. »Sehen Sie den Grauen ziemlich am Ende? Der Reiter überprüft gerade seine Hufe.«

Sie alle streckten sich und nickten dann. Alicia und Chloe sahen sich an wie zwei Katzen, denen man gerade einen Sahneteller vorgesetzt hatte. Gott sei Dank, dass das arme Tier ihren Beifall fand, dachte Hillary.

Eine Weile standen sie noch da und schauten zu, wie das Fohlen von einem Stalljungen, der sich als Mädchen erwies, trocken gerieben, gestriegelt und danach in den Stall geführt wurde.

Das Mädchen lächelte Gus und Clive zu. »Er hat eine Menge Potenzial«, sagte sie mit Kennermiene.

Die beiden Neubesitzer hörten die Einschätzung des Mädchens mit Dankbarkeit. Sie hatten dem Besuch ihrer Ehefrauen mit Magengrimmen entgegen gesehen, und jede positive Aussage würde das Donnerwetter mildern, das während des Mittagessens über sie kommen würde, ahnten die Männer.

Alicia und Chloe fühlten sich offenbar schon gelangweilt, und auch Hillary musste zugeben, dass sie lieber in einem Landgasthaus sitzen würde, als in der brennenden Mittagshitze neben einem Haufen Pferdedung zu stehen.

Dann trafen zwei Männer ein, die identisch in engen weißen Jodhpurs und roten Poloshirts gekleidet waren. Alicia stieß Hillary hart gegen den Oberschenkel und zischte, obwohl das wirklich überflüssig war: »Das sind die beiden auf dem Foto.«

Hillary hielt unwillkürlich die Luft an. Sie musste sich eingestehen, dass sie einen umwerfenden Eindruck hinterließen. Sie sahen noch besser aus als auf dem Foto.

Gus stellte sie vor. »Leute, das sind Carlo und Guido, unsere Komplizen.«

Derjenige, der sich später als Carlo herausstellen sollte, sah sich in gespieltem Entsetzen um. »Bitte«, flüsterte er, »es gibt schon so viele Bösewichter im Rennsport, dass man damit nicht scherzen sollte.«

»Und«, fügte Guido hinzu, »es gibt immer mehr, die glauben, dass alle Rennsportsyndikate von der Mafia gesteuert sind, und bei unserer nicht zu übersehenden Abstammung – nun, muss ich mehr sagen?«

Die vier Frauen standen offenen Mundes da und starrten. Mit ihrem italienischen guten Aussehen und dem prägnanten Londoner Akzent hätte man sie leicht für Ganoven halten können, wenn auch für ausgesprochen schöne Ganoven.

Überraschenderweise war es Chloe, die mehr an ihrer Armbanduhr interessiert war als an den beiden Männern, die vor ihr standen. »Gus, Liebling, ich habe Hunger bis unter die Arme, und es ist schon eins vorbei, schau.« Sie hielt ihm ihren Arm dicht vors Gesicht.

Guido schaute seinen Bruder an, und der nickte, ehe er sich an die Gruppe wandte. »Bitte, Carlo und ich möchten Sie gern zum Mittagessen einladen. Einer unserer Cousins hat ganz in der Nähe ein Restaurant. Ich hoffe, Sie mögen italienisches Essen?«

Chloe meldete sich kokett. »Oh, wie lieben es, nicht wahr, Alix?«

Alicia nickte begeistert. Hillary und Odile schlossen sich an.

»Also abgemacht.« Guido lächelte zufrieden. Er wandte sich an Clive. »Wenn du und Gus eure Ehefrauen mitnehmt, würden Carlo und ich allzu gern diese hübschen junger Dinger in unser Auto einladen.«

Es dauerte ein paar Sekunden, ehe Hillary und Odile begriffen hatten, dass sie gemeint waren. Sie tauschten einen wissenden Blick und unterdrückten ein Lächeln. Trotzdem – der Vorschlag schien eine vernünftige Lösung zu sein. Sie gingen zurück zum Parkplatz, und Carlo schritt zum zweiten Land Rover, öffnete die Türen und trat galant zurück, damit Hillary und Odile einsteigen konnten.

Es war ein hoher Einstieg, und Hillary spürte die Blicke auf ihren Beinen, als sie den Rock hochzog. Guido ging auf die andere Seite und sprang auf den Beifahrersitz, während Carlo sich hinter das Lenkrad setzte. Kurz danach fuhren sie die Straße nach Newmarket zurück.

Hillary hatte zunächst ihre Zweifel gehabt, aber nun musste sie feststellen, dass die beiden Brüder perfekte Plauderer waren, in deren Begleitung sie sich wohl fühlte. Während der Fahrt und später während des Essens hielten sie das hohe Tempo ihrer Scherze durch, sie gaben sich Stichworte, und schon wurden die Zuhörer mit lustigen, gekonnt erzählten Geschichten unterhalten.

Beim Essen warf Hillary immer mal wieder einen Blick auf die beiden. Guido hatte gesagt, dass er genau ein Jahr und einen Monat älter war als Carlo, aber in Wirklichkeit sahen sie wie Zwillinge aus. Und so, wie man sich Italiener vorstellte. Der Teint war auffällig dunkel. Stark ausgeprägte Nasen und tiefe schwarze Teiche, die ihre Augen waren.

Sie hatte schon Gelegenheit gehabt, ihre drahtigen Körper zu bewundern. Hillary suchte nach Attributen. Schlank, groß und hart trafen am besten zu. Man sah ihnen an, dass sie hart trainierten und täglich ausritten. Sie waren zu groß, um Jockeys zu sein, aber Guido erzählte, dass Carlo und er oft Jagden zu Pferde veranstalteten und Polo spielten.

Hillary saß lächelnd da und nickte ab und zu, aber die meiste Zeit hatte sie keine Ahnung, wovon gesprochen wurde. Die Reiter hatten ihre eigene Sprache.

Was sie aber mitbekam, war die Menge Wein, die am Tisch konsumiert wurde. Der Cousin, dem das Restaurant gehörte, überschlug sich fast, um den Brüdern und ihren Gästen jeden Wunsch zu erfüllen, noch bevor er ausgesprochen war. Nur Carlo hielt sich mit dem Trinken zurück; er war der Fahrer.

Gleich nach dem Hauptgang entschuldigte sich Odile. Sie wollte sich die Stadt ansehen und vielleicht eine Kleinigkeit einkaufen. Spätestens um sechs, so verabredeten sie, würde sie wieder auf dem Trainingsgelände sein.

Es sollte noch zwei Stunden dauern, ehe der Rest der Party aufbruchbereit war. Zwei Stunden mit viel Wein.

Zuerst hatte sich Hillary bemüht, relativ nüchtern zu bleiben. Sie hatte oft eine Hand über ihr Glas gehalten, wenn jemand nachfüllen wollte. Aber dann erwies es sich als zu aufwendig, vernünftig zu bleiben, und bald hatte sie keinen Überblick mehr über die Menge, die sie getrunken hatte.

So lange sie am Tisch saßen, fühlte sie sich nüchtern und gut, aber sobald sie aufstand, schwankte sie. Guido streckte einen Arm aus, um sie festzuhalten, und sie griff mit beiden Händen danach. Sie lächelte Guido dankbar an und fühlte sich in seinen Blicken gefangen. Sie sah etwas in seinen Augen, das sie die ganze Zeit zu ignorieren versucht hatte – blanke Lust.

Ob sie sich von Anfang an zu ihm hingezogen gefühlt hatte, spielte jetzt keine Rolle mehr. Für sie war es ein gewaltiges Empfinden, wenn ein Mann so unverhohlen seine Lust und sein Interesse an ihr zeigte. Beunruhigend war nur, dass Carlo sie so lüstern anschaute wie schon beim Einsteigen in den Land Rover. Sie sagte sich zwar, dass sie Brüder waren, aber trotzdem fragte sich Hillary, wieso sie sich auf einen Schlag zu zwei Männern hingezogen fühlen konnte.

Als sie aus dem Restaurant an die frische Luft trat, spürte sie die Wirkung des Alkohols wie einen Blitzschlag. Es bedurfte ihrer ganzen Kraft, aufrecht sitzen zu bleiben, als sie zurück zum Trainingsgelände fuhren.

Sie bogen auf den Parkplatz ein und wurden von Mrs. Houghton-Sewell erwartet. Sie stand mit verschränkten Armen da, das Gesicht in einem noch tieferen Rot als zuvor. Aber wenigstens hatte sie bei dieser Hitze ihre Strickmütze ausgezogen.

»Ich dachte, es wäre eine gute Idee, wenn ihr mit ins Haus kommt. Da können wir beim Tee über die Geschäfte reden«, sagte sie.

Hillary stöhnte beim Gedanken an Tee und Kuchen, aber Chloe, Alicia, Gus und Clive stimmten sofort zu.

»Wenn ihr nichts dagegen habt, bleibe ich an der frischen Luft«, ließ Hillary die anderen wissen. Sie lehnte sich gegen die niedrige Mauer und setzte sich darauf.

Carlo und Guido schauten sich an. Carlo sprach für beide. »Keine Sorge um die junge Frau, Mrs. Houghton-Sewell. Wir kümmern uns um sie.« Sie setzten sich ebenfalls auf die Mauer und nahmen Hillary in die Mitte.

Mrs. Houghton-Sewell schnaufte. »Jetzt mache ich mir wirklich Sorgen um sie.« In ihrer Stimme klang ein amüsiertes Lachen durch, das auch Alicias Besorgnis über die Schwester schwinden ließ.

Als die anderen außer Hörweite waren, wandte sich Guido an Hillary. »Möchten Sie eine Führung durchs Gelände?« Er sah Hillarys skeptischen Ausdruck und fügte schnell hinzu: »Sie werden bald bemerken, dass es Ihnen auf dem Spaziergang besser gehen wird.«

Trotz ihres benebelten Zustands sah Hillary den Sinn des Vorschlags ein. Unsicher sprang sie auf die Füße. »Haben Sie was dagegen, wenn ich mich bei Ihnen festhalte?« Die beiden grinsten und legten einen Arm um ihre Taille.

Überrascht stellte Hillary fest, dass Guidos Voraussage eintraf; bald schon fühlte sie sich besser und fröhlich entspannt. Aber warum sollte sie die Brüder das wissen lassen? Sie gab vor, über die eigenen Füße zu stolpern und lächelte vor sich hin, als

Carlo und Guido ihre Griffe verstärkten. Nein, jetzt fühlte sie sich nicht mehr schlecht, sie fühlte sich sexy.

Nach etwa einer halben Stunden fragte Guido, ob sie genug gesehen hätte. Um ehrlich zu sein, hatte sie das schon nach fünf Minuten sagen wollen. Sie schürzte die Lippen und nickte. Ja, eigentlich schon. Gab es in der Nähe einen schattigen Platz? Sie würde sich gern etwas ausruhen.

Carlo wies auf eine langgestreckte Scheune in einiger Entfernung von den Ställen.

»Da drüben kann man gemütlich sitzen, und außerdem wären wir im Schatten. Dort wird das frische Heu gelagert.«

In der Scheune war es schattig und kühl. Hillary ließ sich mit einem Seufzer auf einem Heuballen nieder. Sie fächerte sich Luft zu, zog den Kleidausschnitt vom Körper weg und blies hinein.

»Puh, ich hätte nie gedacht, dass es in England so heiß werden kann.« Sie sah an sich hinunter. Ihr Kleidersaum war nach oben gerutscht, und sie erwischte Carlo dabei, wie er auf ihre nackten Schenkel starrte.

Voller Erwartung lief ein Schauer über ihren Rücken. Ihr Magen zog sich zusammen. Irgend etwas geschah zwischen ihnen, und sie war sicher, dass sie es geschehen lassen würde.

Seit sie ihren Spaziergang aufgenommen hatten, hatte sie über diese Möglichkeit nachgedacht. Sie sagte sich zwar, dass Haldane und Torran mehr als genug für sie waren, aber gleichzeitig räsonierte sie, dass die beiden im Augenblick nicht zur Verfügung standen – im Gegensatz zu Carlo und Guido.

Sie legte sich zurück auf den Heuballen und starrte auf das Dach der Scheune. Ja, wenn die beiden etwas mit ihr begannen, würde sie sich nicht zur Wehr setzen. Sie schmunzelte in Vorfreude.

Eine Viertelstunde später war sie zu der Überzeugung gelangt, dass nichts geschehen würde. Aus einem der Ställe drang Lärm, und Carlo und Guido rannten hinaus. Sie wollten sehen, ob es ein Problem gab.

Hillary bewegte sich rastlos auf dem Heu. Sie fühlte sich immer noch sehr erhitzt. Sie öffnete ein paar Knöpfe ihres Kleids, nach wenigen Minuten noch ein paar.

Als Carlo und Guido zurückkehrten, war Hillary eingeschlafen. Eine Brust war fast ganz aus dem Kleid gerutscht und bot sich den Blicken der Brüder halb nackt dar, und Hillarys Schenkel waren im Schlaf leicht geöffnet, so dass ein Schimmer ihres weißen Spitzenhöschens am Ende der braunen Schenkel zu sehen war. Die beiden Italiener sogen zischend die Luft ein. Hillary lag wie ein Gottesopfer da, ausgestreckt auf dem Altar aus Heu.

Hillary spürte ihre Rückkehr mehr im Unterbewusstsein; die Tür zur Scheune quietschte, und die Schritte der Brüder klangen laut auf dem festen Boden. Dann hörte sie das geräuschvolle Luftholen.

Sie wollte nicht aufwachen. Sie wollte sehen, was sich aus der Situation ergab, und sie würde es in aller Unschuld über sich ergehen lassen.

Eine Zeitlang geschah gar nichts; jedenfalls fühlte sie keine Berührungen. Sie zwang sich, gleichmäßig zu atmen und widerstand der Versuchung, die Augen nur ein klein wenig zu öffnen. Weder Carlo noch Guido sagten ein Wort. Hillary hatte schon vorher bemerkt, dass sie in der Lage waren, sich nur durch Blicke und Gesten zu verständigen.

Tatsächlich standen die Männer da und betrachteten sie ausgiebig. Ihr Schweigen erhöhte noch das erotisierende Element der Situation. Erst als die Schatten, ausgelöst durch die Sonnenstrahlen, die durch die Ritzen der Scheunentür fielen, länger wurden, erinnerten sich die Brüder an den schwindenden Nachmittag und daran, dass ihnen nicht mehr viel Zeit blieb.

Die erste Berührung ist immer die süßeste, dachte Hillary poetisch, eine Aussage, die sie vor ein paar Jahren in einem Lied gehört hatte. Sie wusste nicht, wessen Finger sie berührten; wahrscheinlich ließen sich beide Männer die Gelegenheit nicht entgehen. Ein sanftes Streicheln über ihre fast nackte Brust fiel zusammen mit einer gleitenden Fingerkuppe über ihre Schenkel. Beide waren behutsam, und beide lösten wunderbare Gefühle in ihrem Körper aus.

Ihre Nippel wurden härter, ihre Klitoris pochte, und ein Nässeschwall quoll aus ihrer Vagina. Sie konnte sich nicht länger reglos verhalten und bewegte sich ein wenig. Die Berührungen brachen sofort ab, aber nur einen Moment lang, bis sie die beiden überzeugt hatte, dass sie weiter schlief. Die Männer nahmen die Berührungen wieder auf.

Von Zeit zu Zeit bewegte sie sich leicht, oder sie stöhnte leise, gerade genug, um die Männer in Sicherheit zu wiegen. Sie ließen sich nicht mehr unterbrechen; es schien ihnen jetzt auch egal zu sein, und sie vermuteten wohl, dass Hillary das auch so sehen würde, wenn sie aufwachen sollte.

Jemand zog ihr Höschen aus und bewegte es vorsichtig über ihre Hüften. Sie stimmte ihre Lageveränderung so ab, dass sie ihnen dabei half, ohne es allzu offensichtlich zu machen. Zugleich wurden die restlichen Knöpfe ihres Kleids geöffnet, bis jemand die beiden Seiten zur Seite schieben konnte und die beiden Männer einen ungehinderten Blick auf ihren nackten Körper hatten.

In diesem Moment wäre Hillary beinahe schwach geworden und hätte am liebsten die Augen geöffnet.

Sie genoss es, die Blicke zu sehen, wenn sie sich einem Mann das erste Mal in ihrer ganzen Nacktheit zeigte. Das war einer der größten Reize bei einer neuer Beziehung, aber auf den musste sie diesmal verzichten, wenn sie die erregende Illusion der schlafenden Unschuld aufrecht erhalten wollte.

Weiches seidiges Haar streifte über ihre nackte Haut, über ihre Brüste und über das Schenkeldreieck. Einige wenige Strähnen kitzelten ihren Bauch. Die Männer berührten sie jetzt überall; zwanzig vorwitzige Finger streichelten und forschten, öffneten sie wie eine Blume, stimulierten die empfindsamen Teile ihres Körpers.

Sie wusste, dass ihre Blicke jetzt nicht auf ihr Gesicht gerichtet waren, deshalb traute sie sich, die Lider ein wenig zu heben. Wie sie sich gedacht hatte; der eine Bruder streichelte und küsste ihre Brüste, der andere erkundete ihre intimste Stelle. Aus ihrem Blickwinkel konnte sie die beiden nicht voneinander unterscheiden.

Sie ahnte, dass sie die Täuschung nicht viel länger würde durchstehen können; ihre Erregung wurde übermächtig, und es wurde immer schwieriger, den Gesichtsausdruck ihrer Ekstase zu verheimlichen.

Guido und Carlo flüsterten jetzt miteinander. Sanfte Finger teilten die feuchten, geschwollenen Labien, und der eine raunte dem anderen zu: »Schau mal.«

Eine Hand löste sich von ihren Brüsten und schob sich über den Bauch hinunter zum Dreieck. Finger öffneten ihr Geschlecht weiter, während andere Finger rieben und zupften, streichelten und eindrangen.

Hilflos unter den süßen Manipulationen der beiden Männer wurde aus ihr ein sich windendes, zuckendes, stöhnendes Wesen, das um Erleichterung rang. Plötzlich war eine Hand wieder auf ihren Brüsten und zwirbelte die Warze, gerade in dem Augenblick, in dem die Härte abzunehmen begonnen hatte. Hillary keuchte, als die Finger zwickten. Dem Schmerz folgte sofort die Lust, als er sich den anderen Nippel vornahm. Sie bäumte sich auf und presste ihre Brüste den quälenden Händen entgegen.

Andere Finger lösten die zuckende Klitoris aus der kleinen Hautfalte, die sie umgab, und im nächsten Moment spürte sie dort eine feuchte, warme, streichelnde Zunge, und Hillary war völlig verloren.

Während der schwüle Nachmittag fortschritt, wurde ihrem Körper eine allumfassende, permanente Erlösung zuteil, als sollte sie für eine besondere Liebestat belohnt werden. Bisher hatte sie noch keinen der Männer berührt, und sie hatten auch noch nicht versucht, in sie einzudringen; sie ließen sich Zeit mit ihrem eigenen Orgasmus.

Aber dann blieb ihnen keine Zeit mehr. Sie hörten Schritte und Stimmen, die sich der Scheune näherten, und so wurde die Vereinigung zwischen ihnen nie vollzogen. Die Finger, die sie so geschickt erregt hatten, waren jetzt ebenso geschickt, ihr Kleid zuzuknöpfen. Hastig sahen sich die Brüder nach Hillarys Höschen um.

Es stellte sich heraus, dass die Schritte und Stimmen vorbei gingen und sich bald verloren, aber alle drei begriffen, dass der Zauber gebrochen war.

Hillary öffnete gemächlich die Augen und lächelte die Brüder an. Ohne ein Wort richteten sie sich auf, und Guido streckte eine Hand aus und half Hillary auf die Füße. Ihre Beine zitterten noch ein wenig, aber sie wusste, dass diesmal der Wein nichts damit zu tun hatte.

Sie erwartete, dass die beiden etwas über das Geschehen sagten, aber sie taten so, als wären sie gerade erst in die Scheune gekommen und als hätte das erotische Erlebnis nie stattgefunden. Hillary machte bei der Scharade mit und sagte auch nichts; sie schritt zwischen ihnen zum Haus.

Sie waren nur noch wenige Schritte vom Haus entfernt, als Clive, Alicia, Gus und Chloe herauskamen. Sie hatten sich gerade von Mrs. Houghton-Sewell verabschiedet und sprachen davon, dass sich ihre Wege nun wieder trennten. Wie aufs Stichwort traf Odile mit einem Taxi ein und zog wenigstens ein Dutzend Einkaufstaschen aus dem Inneren des Autos.

Hillary wandte sich bedauernd an die beiden Italiener. »Es sieht so aus, als reisten wir schon ab«, sagte sie achselzuckend. Sie hoffte, dass jemand einen Drink in einem nahegelegenen Pub vorschlug. Ihr war, als ließe sie eine unvollendete Aufgabe zurück. Fast gleichzeitig schauten die selbstlosen Brüder auf ihre Uhren.

»Wir müssen auch gehen«, sagten sie. »Wir sind in zehn Minuten mit einigen Partnern in der Stadt verabredet.«

Clive und Alicia, Gus und Chloe standen ein wenig abseits und verabschiedeten sich voneinander. Die Männer hatten schon erklärt, dass sie morgen im Büro sein müssten, deshalb war es nicht möglich, sie nach Norfolk zu begleiten. Sie könnten erst am Samstag wieder nach Harwood Hall reisen.

Alicia klagte, dass sie dann Darius' Party am Freitagabend verpassten, aber Chloe schien darüber nicht allzu unglücklich zu sein. Entweder dachte sie an eine Wiederholung mit Torran, oder sie hatte Darius im Visier, dachte Hillary finster.

Nach einem letzten Blick auf Hang Seng stiegen sie in ihre Autos. Clive und Gus unterhielten sich kurz mit Guido und Carlo, bevor die Brüder hastig zu ihrer Verabredung fuhren, dann winkten die Ehemänner ihren Frauen nach. Alicia gab Gas, und bald waren sie auf der Straße nach Norfolk. Die Frauen schwiegen eine Weile, jede mit ihren eigenen Gedanken beschäftigt.

Chloe gähnte.

»Fang damit nicht an, sonst kenne ich kein Aufhören«, klagte Odile.

Chloe drehte sich auf dem Vordersitz herum und schaute Odile an. »Ich nehme an, du hast dich bis zum Umfallen in den Geschäften ausgetobt.«

»Ja, so ungefähr.« Die junge Frau lachte. »Ihr könnt euch nicht vorstellen, wie viele interessante Dinge ich gefunden habe. Und die meisten habe ich gekauft. Sogar zwei Seidenhemden für Theo.«

»Oho! Du kaufst ihm schon seine Hemden? Das muss wahre Liebe sein«, sagte Chloe spöttisch.

Hillary schüttelte kaum merklich den Kopf. Chloe schaffte es, eine wunderbare menschliche Geste so darzustellen, als handelte es sich um eine ansteckende Krankheit. Aber Odile ließ sich nicht beeinflussen. Sie lächelte nur und nickte glücklich. Sie schloss die Augen, um sich weitere Gehässigkeiten ihrer Freundin zu ersparen.

Alicia fing Hillarys Blick im Innenspiegel auf. »Was hast du eigentlich unternommen, während wir zum Tee bei Mrs. Houghton-Sewell waren?«

Hillary war absichtlich vage. »Oh, nicht viel«, sagte sie. »Ich bin mit Carlo und Guido über die Trainingsplätze gegangen, und die beiden haben mir eine Menge Geschichten erzählt. Irgendwann bin ich sogar eingeschlafen«, fügte sie hinzu und lächelte verlegen.

Alicia ließ sich nicht so einfach abspeisen. »Ich habe gesehen, dass du bei den Italienern warst, als wir aus dem Haus kamen. Haben sie dich irgendwie belästigt, Hilly?«

»Oh, nein, natürlich nicht.« Hillary hätte sie gegen jede Anschuldigung heftig verteidigt, wenn ihr auch auffiel, dass ihre Antwort ein wenig zu schnell gekommen war.

»Ich habe den Einruck, dass an diesem Nachmittag mehr geschehen ist, als du uns verraten willst«, bemerkte Chloe.

»Nein, warum denn auch? Wir haben nett geplaudert. Die beiden sind prächtige Burschen.«

Zu Hillarys Erleichterung schienen sich Alicia und Chloe damit zufrieden zu geben, nur Odile warf ihr einen wissenden Blick zu, als die beiden anderen nicht zuschauten. Hillary errötete und sah aus dem Fenster. Es trat wieder ein Schweigen ein, das bis Harwood Hall anhielt.

Sobald Alicia geparkt hatte, rannte Chloe die Treppe zum Portal hoch und drückte die schwere Tür zum Haupthaus auf. Angeblich wollte sie Fearn bitten, ihr ein paar Kleinigkeiten zu bügeln. Als sie zurückkam, sah sie verärgert aus.

»Ist Torran nicht da?«, fragte Alicia grinsend.

Chloe bedachte sie mit einem giftigen Blick. »Ich habe Fearn gesucht.«

Alicia nickte. »Natürlich hast du das. Und? Ist er da?«

»Nein.« Chloe warf sich in den nächsten Sessel und wirkte verzweifelt. »Was die Sache noch schlimmer macht, ist die Tatsache, dass Fearn mir sagte, ein Mädchen hätte ihn angerufen, und zehn Minuten später wäre er gegangen. Er träfe jemanden in Baker's Arms.«

»Das ist doch die Kneipe im Dorf, nicht wahr?«, fragte Odile.

Chloe nickte. »Ja, soviel ich weiß.« Sie stand auf. »Hat jemand Lust auf einen Drink im Pub?«

Alicia sah sie entgeistert an. »Das kann doch nicht dein Ernst sein, Chlo'.«

»Natürlich gehe ich hin. Warum soll ich denn nicht

in den Pub gehen, wenn ich Durst habe? Odile ist schon da gewesen, und sogar Hillary.«

Hillary wollte sie fragen, was sie mit ›sogar Hillary‹ meinte, aber Odile kam ihr zuvor.

»Ich habe nichts gegen einen Spaziergang ins Dorf. Und in Baker's Arms gibt es eine große Auswahl an Gerichten, habe ich gesehen.«

Die Erwähnung von Essen ließ Alicia schwanken, aber sie war immer noch skeptisch.

Schließlich nickte sie. »Also gut, gehen wir. Aber ich warne dich, Chloe. Wenn du uns blamierst, dann …« Die unausgesprochene Drohung hing noch über ihnen, als sie zum Fußmarsch ins Dorf aufbrachen.

Elftes Kapitel

Zuerst war Torran nirgendwo zu sehen, aber dann entdeckte Hillary ihn in eine Ecknische. Bei ihm saß ein hübsches, schlankes Mädchen mit langen blonden Haaren. Sie war noch sehr jung. Hillary wusste, dass Chloe alles andere als glücklich sein würde, wenn sie die Rivalin bemerkte, und als sie ein verräterisches Zischen in ihrem linken Ohr hörte, wusste sie, wie Recht sie hatte.

»Sieh ihn dir an, wie eng er bei ihr sitzt«, fauchte Chloe verbittert.

Hillary versuchte es mit einem versöhnlichen Tonfall; schließlich war sie zuerst mit Torran zusammen gewesen, deshalb hätte sie ebenso verärgert sein können. »Aber sie tun doch gar nichts, Chloe.«

Die ältere Frau ignorierte Hillary und sah sich mit herausfordernden Blicken am Tisch um. »Geht denn niemand die Drinks holen?«

Hillary seufzte. Chloe hatte sich offensichtlich nicht im Griff, und wenn sie das nicht änderte, würde sie sich zur kompletten Närrin machen und sie alle in peinliche Verlegenheit stürzen. In einem Versuch, die Lage zu entschärfen, nahm sie Chloe am Arm und führte sie an eine Seite des gemütlichen Tresens, wo ein Tisch gerade frei geworden war. Odile bot sich an, die Drinks zu holen und bat die junge Wirtin auch um ein paar Speisekarten.

»Mir ist der Appetit vergangen.« Chloe starrte blind auf die Speisekarte und zog einen Schmollmund.

Hillarys Finger zuckten. Am liebsten hätte sie Chloe eine Ohrfeige gegeben. »Wenn du dir keine Grundlage im Magen schaffst, wirst du früh betrunken sein. Und du willst doch nicht, dass Torran dich so sieht, oder?«

Es war das überzeugende Argument. Chloe reckte den Kopf, als wäre ein Ruck durch ihren Körper gegangen. Sie bestellte einen Salat mit Rindfleischstreifen, und Hillary und Odile schlossen sich an, während Alicia sich für eine Quiche aus Langusten entschied.

Während des Essens bemerkte Hillary, dass Torran und das Mädchen im Aufbruch waren. Chloe war gerade aufgestanden, um zur Toilette zu gehen, und Hillary betete, dass das junge Paar schon verschwunden war, ehe Chloe zurückkam. Gott musste im Tiefschlaf liegen, dachte Hillary voller Verzweiflung, als sie sah, wie Chloe mitten im Pub gegen das Paar stolperte.

Die drei Frauen am Tisch strengten ihre Ohren an, um möglichst viel von dem Gespräch aufzuschnappen. Zu ihrer Überraschung hörten sie keine schrillen Stimmen. Chloe schien seltsam gelöst und beherrscht zu sein.

Als sie sich wieder an den Tisch setzte, grinste sie von Ohr zu Ohr. Ohne Wort widmete sie sich ihrem Essen. Man sah ihr an, dass sie die Spannung genoss, für die sie verantwortlich war.

Schließlich hielt Alicia es nicht länger aus. »Und?«

Chloe grinste weiter, nahm die Serviette und tupfte langsam den Mund ab. Sie sah nacheinander in die Gesichter der erwartungsvollen Freundinnen. »Sie ist nur eine Auszubildende, das ist alles.«

Alicia stieß einen Seufzer aus. »Nun, dann ist ja alles in Ordnung, und wir können den Rest unseres Essens genießen.«

»Bist du verrückt?« Chloe stand auf. »Er hat mir gesagt, dass er uns in zehn Minuten in Harwood Hall erwartet.«

Wie sich herausstellen sollte, gelang es Chloe an diesem Abend nicht, Torran zu treffen. Als die Frauen im Landhaus eintrafen, stießen sie auf eine aufgeregte Fearn. Sie teilte Chloe mit, dass ihr Ehemann angerufen hätte. Es ginge um eine dringende Angelegenheit. Die Krise bestand darin, erfuhr Chloe, nachdem sie ihren Mann endlich erreicht hatte, dass er seine Lieblingskrawatte nicht finden konnte.

Inzwischen war es nach Mitternacht, und Torran lag längst im Bett. Obwohl Chloe am nächsten Morgen nichts sagte, vermutete Hillary, dass Chloe die ganze Nacht wach gelegen und vergebens auf Torran gewartet hatte.

Die Wettervorhersage versprach wieder einen heißen Tag und die Möglichkeit eines Gewitters am Abend. Alicia sagte, sie könnte einen weiteren Tag am Strand nicht ertragen, selbst nicht am FKK-Strand. Sie schlug eine Fahrt nach Norfolk vor. Chloe und Odile stimmten zu, aber Hillary schüttelte den Kopf. Sie wusste, dass auch dieser Trip zu einer Einkaufsorgie ausarten würde. Sie konnte den Gedanken an verstaubte Gehwege in der stickigen Stadt nicht ertragen.

»Oh, Hills, du bist wirklich eine Spielverderberin«, klagte Alicia. »Bis auf die Fahrt nach Newmarket hast du nichts anderes mitgemacht.«

Chloe biss in ihren Toast und sprach mit vollem Mund. »Du kannst es ihr nicht verdenken, Alix. Schließlich wird sie wissen, dass dieses Muskelpaket, der Wikinger, wahrscheinlich auf sie wartet.«

Alicia nickte zustimmend.

»Er ist kein Wikinger«, stellte Hillary klar, obwohl sie zugeben musste, dass Chloe nicht weit von der Wahrheit entfernt war. »Und übrigens – ich habe gar nicht vor, heute an den Strand zu gehen.«

»Nein? Nun ja, wenn du lange genug hier herumliegst, begegnest du bestimmt einem jungen Kerl, der dich ordentlich durchrammeln wird.«

»Du bist widerlich!«, rief Hillary aufbrausend und

sprang vom Stuhl auf. Sie war in den letzten Tagen einige Male versucht gewesen, Chloe eine zu klatschen, vielleicht war es jetzt an der Zeit.

Alicia legte eine besänftigende Hand auf ihre Schulter. »Beruhige dich, Hilly. Sie hat es nicht so gehässig gemeint, wie es geklungen hat.« Dann wandte sie sich an Chloe, ihr Ärger deutlich hörbar. »Das war völlig unnötig, Chloe. Ich glaube, du solltest dich bei meiner Schwester entschuldigen.«

Trotz der Wut, die in ihr sprudelte, musste Hillary lächeln, als Alicia die Formulierung ›meine Schwester‹ benutzte. Im Lauf der Jahre hatten sie sich häufig gestritten, aber jeder Versuch einer Person, die nicht zur Familie gehörte, jemanden anzugreifen, führte automatisch dazu, dass Hillary und Alicia ein festes Bündnis eingingen.

Chloe lächelte verlegen. »Es tut mir leid, Hilly. Ich glaube, ich bin nicht ganz zurechnungsfähig, wenn es um Torran geht.«

Hillary nickte. Genau so sah sie es auch. Sie ahnte, dass Chloe nicht die femme fatale war, als die sie sich so gerne sah. Sie konnte nicht ertragen, dass Torran nicht auf ihr stand. Hillary verstand Chloe nicht. Wer war schon Torran? Ein Erlebnis zwischendurch, gerade richtig für ein bisschen Lust. Mehr nicht.

Kurz darauf gingen die Frauen zum Ankleiden auf ihre Zimmer. Hillary war am schnellsten fertig, über dem Bikini trug sie wieder einen Sarong.

Sobald die anderen weg waren, ließ sich Hillary auf ihrem Liegestuhl auf der Terrasse nieder. Auf Odiles Bitte hin nahm sie das Telefon mit und stellte es neben sich auf den Tisch – für den Fall, dass Theo anrief und sagte, er könnte doch am Wochenende nach England kommen. Auf dem Tisch stand auch wieder ein Krug von Hillarys speziellem Fruchtsaft. Sie las in einem Buch, das sie in Alicias Zimmer gefunden hatte.

Zuerst war es sehr still. Im Haupthaus gab es niemanden an diesem Morgen; Torran arbeitete in der Glasbläserei, und Fearn war mit dem Taxi ins nahegelegene Hunstanton gefahren. Hillary las eine Weile in ihrem Buch, aber dann setzte ihr die Hitze zu sehr zu, sie legte das Buch weg, zog den Bikini aus, legte sich auf den Rücken und ließ sich braten.

Sie fiel in einen Halbschlaf und träumte davon, auf einer einsamen Insel gelandet zu sein, auf der sie von einem Stamm einheimischer junger Männer – sie sahen alle wie Italiener aus – nach Herzenslust verwöhnt wurde.

Das harsche Klingeln des Telefons riss sie aus ihren Träumen. Benommen streckte sie die Hand aus und hielt den Hörer ans Ohr.

»Wie kleiden Sie sich?«

Die Stimme klang weich und tief, so schwül wie die Luft, die sie umgab. Einen Moment lang überlegte sie, ob sie vielleicht noch in ihrem Traum gefangen war, aber der Anrufer wiederholte die Frage. Ihr Körper begann zu prickeln, als sie die Stimme identifizierte – es war Darius.

Die Situation erinnerte sie an eine Filmszene, in der eine junge Frau ihrem Geliebten am Telefon genau beschrieb, wie sie nackt im Sessel saß, und dabei spürte sie, wie sie sich zunehmend erregte. Hillary streckte sich lüstern und bemühte sich um ihre verführerischste Stimme.

»Meine Bekleidung ist im Moment ziemlich spärlich«, sagte sie. »Sie besteht nur aus einem knappen Höschen. Meine Brüste sind nackt, und ...«

Darius unterbrach sie, und plötzlich hörte er sich gar nicht mehr sinnlich an. »Ich glaube, Sie haben mich missverstanden. Ich spreche mit Hillary, nicht wahr?«

Hillary nickte; sie hatte für einen Augenblick die

Sprache verloren, dann bestätigte sie Darius' Vermutung.

»Ich habe es mir gedacht.«

»Was wollen Sie, Darius?«, gab Hillary scharf zurück.

»Ich wollte mich nur erkundigen, was Sie auf der Party tragen wollen. Ich halte es für fair, Sie wissen zu lassen, dass es eine elegante Gesellschaft sein wird, nur für den Fall, dass Sie und Ihre Freundinnen aus dem Süden der Meinung sind, die Leute in Norfolk seien nur Bauerntrampel ...«

»Ich ... wir haben nie ...«, stammelte Hillary, aber wieder wurde sie von Darius unterbrochen.

»Ich möchte nur vermeiden, dass Sie sich wie zu einer Strandparty oder einer Stadt-Disco kleiden. Sie würden sich nur selbst in Verlegenheit bringen.«

Er hat Angst, dass wir ihn in Verlegenheit bringen, dachte Hillary wütend. Was bildete der Kerl sich ein? Am liebsten hätte sie ihm geantwortet, wohin er sich seine Einladung stecken könnte, aber sie wusste, dass Alicia und Chloe ihr nie verziehen hätten.

Sie musste kämpfen, um höflich zu bleiben. »Ihre Besorgnis ist rührend, aber ich versichere Ihnen, dass wir durchaus in der Lage sind, uns entsprechend zu kleiden.«

»Gut. Dann freue ich mich, Sie morgen Abend zu sehen«, sagte Darius gepresst.

Hillary hielt das Gespräch schon für beendet, aber dann fügte Darius noch hinzu: »Ich hoffe, ich habe Sie nicht verärgert, Hillary.«

»Natürlich nicht«, antwortete sie steif. Verdammt. Aus irgendeinem unerklärlichen Grund war sie erleichtert, dass er das noch gesagt hatte.

Er entschuldigte sich noch einmal und auch dafür, sie gestört zu haben, dann unterbrach er die Verbindung und ließ Hillary mit einer Reihe widersprüchlicher Gefühle zurück. Auf der einen Seite war Darius Harwood ein gut aussehender, charmanter Mann, durchaus ansprechend und begehrenswert, und obwohl er das genaue Gegenteil von Haldane war, fühlte sich Hillary auch sexuell zu ihm hingezogen.

Auf der anderen Seite hatte er oft einen beleidigenden, überheblichen, gönnerhaften Ton an sich, der Hillary zur Weißglut brachte. Sie war froh, wenn sie nach ihrem Urlaub möglichst viele Meilen zwischen sich und Darius bringen konnte. Hoffentlich würde dann das alte Sprichwort zutreffen: Aus den Augen, aus dem Sinn.

Vor lauter Gedanken überhörte sie die Türglocke. Sie schrak erst auf, als sie schwere Schritte im Garten hörte. Sie legte eine Hand über die Augen, um gegen die Sonne schauen zu können und bedachte nicht, dass sie kaum die geeignete Kleidung trug, um einen Gast zu empfangen. Es war ein Mann, aber die gleißende Sonne sorgte dafür, dass sie sein Gesicht nicht ausmachen konnte. Rasch legte sie einen Arm über ihre nackten Brüste.

»Wer ist da?«, rief sie.

»Ich wollte mich noch einmal persönlich entschuldigen«, sagte Darius.

Er blieb ein paar Schritte vor ihr stehen. Sobald er die ersten Worte ausgesprochen hatte, erkannte sie ihn natürlich. Er setzte sich auf einen Gartenstuhl und betrachtete sie ungeniert.

Hillary spürte, wie ihr Mund trocken wurde. Ihre Wangen glühten vor Verlegenheit. Warum fühlte sie sich in seiner Gegenwart stets so verunsichert?

»Das war überflüssig«, sagte sie schließlich.

»Nein, das sehe ich anders«, antwortete er in einem Ton, der keinen Widerspruch zuließ. Dann bewegten sich seine Lippen zu einem frivolen Lächeln. »Als Sie mir am Telefon erzählten, wie wenig Sie anhaben, konnte ich der Versuchung nicht widerstehen, mich davon zu überzeugen.«

Obwohl sie es nicht verstehen konnte, fühlte Hillary, wie ihr Ärger verflog. Seine Worte und die Blicke, mit denen er sie anschaute, schickten kleine Wellen sexueller Lust durch ihren fast nackten Körper. Sie sah ihn an, senkte dann aber rasch den Blick. Seine Augen spiegelten ihre Gedanken wider.

Er erhob sich vom Stuhl und trat zwei Schritte auf sie zu, kniete sich vor sie hin und schob langsam den Arm nach unten, der ihre Brüste bedeckte. Als er sie entblößt hatte, gab er ein bewunderndes Murmeln von sich.

Hillary spürte die Hitze, die sie durchflutete, als er sie intensiv betrachtete.

»Sie haben einen wunderbaren Körper«, sagte er, »aber ich nehme an, das haben Ihnen schon viele Männer gesagt.«

Hillary seufzte und fragte sich, ob sie überempfindlich reagierte, als sie sich an dem langgezogenen Wort ›viele‹ störte. Sie erinnerte sich wieder an die Bemerkung, die er vor einigen Tagen in der Küche von sich gegeben hatte. War das nicht auch eine Anspielung auf sexuelle Exzesse gewesen? Mit wem und mit wie vielen sie schlief, hatte ihn nicht zu interessieren.

Sie wollte ihm das gerade sagen, als er sich erhob und über die Falten seiner Hose strich. Er könne nicht länger bleiben, sagte er, weil er in einer Baumschule einige neue Bäume abholen wollte. Hillary war enttäuscht. Er hatte es an sich, sie in eine sehnsüchtige Stimmung zu bringen, um sie dann unbefriedigt zurück zu lassen. Tränen der Frustration bildeten sich hinter den Augäpfeln. Sie traute sich nicht zu sprechen, deshalb nickte sie nur.

Nachdem er gegangen war, griff sie wieder zu ihrem Buch, entschlossen, keinen weiteren Gedanken an ihn zu verlieren. Aber gegen ihren Willen drängte sich sein Bild immer wieder in ihren Kopf und verfolgte sie, bis sie das Buch wütend zuklappte, sich auf den Bauch drehte und sich vornahm, ihren Kopf auszumisten. Bald darauf fiel sie in einen tiefen, traumlosen Schlaf.

Als Chloe, Alicia und Odile von ihrem Ausflug zurückkehrten, war sie längst wach; sie fühlte sich ausgeruht und erfrischt, hatte das Buch fast ausgelesen und war dabei, das Abendessen zu richten. Ein Spaziergang ins Dorf und das Einkaufen vieler leckerer Sachen hatten ihre Sinne neu belebt.

»Oh, was für eine herrliche Überraschung.« Alicia spähte in den Schmortopf, den Hillary gerade vom Herd genommen hatte. »Hühnerragout, mein Leibgericht.«

Hillary lächelte. Sie hatte sich vorgenommen, dieses spezielle Gericht als Dankeschön für ihre Schwester zuzubereiten, weil Alicia sie am Frühstückstisch gegen Chloes deftige Attacke in Schutz genommen hatte. Aber auch Chloe wollte offenbar Wiedergutmachung leisten – sie bot sich an, die Kartoffeln zu schälen, und Hillary wusste, dass sie diese Arbeit am meisten hasste.

So war es eine fröhliche Runde, die sich an diesem Abend um den Tisch setzte und die einfachen Gelüste des Lebens genoss – gutes Essen, guter Wein, gute Gespräche.

Odile beschrieb gerade, wie Alicia bei dem Versuch, an einer verzwickten Stelle zu parken, einem Polizisten fast über die Füße gefahren war, als der erste Blitz am Himmel zuckte. Einige Sekunden später erscholl ein dumpfes Grollen. Dicke Tropfen klatschten gegen die Scheiben.

»Gut, dass wir die Gartenmöbel reingebracht haben«, murmelte Alicia.

Chloe legte eine Hand auf den Kopf. »Bei Gewitter bekomme ich Kopfschmerzen.«

Nach ein paar Minuten kehrten sie zu ihrem Essen zurück, aber die ständigen Unterbrechungen durch Blitz und Donner ließen ein Gespräch nicht zu. Schweigend aßen sie zu Ende, dann zogen sie um in den Salon und spielten Scrabble.

»Es hat keinen Zweck, ich kann nicht klar denken.« Odile warf sich in den Sessel. Der Ausdruck auf ihrem Gesicht verriet, dass sie verzweifelt war. Sie hatte schon das zweite Mal ein einfaches Wort falsch abgelegt.

»Warum spielen wir nicht was anderes?« Hillary öffnete eine Tür des Sideboards und sah sich die Alternativen an. Trivial Pursuit, Monopoly oder Mensch ärgere dich nicht.

Alicia legte eine Hand auf Hillarys Arm. »Ich glaube, wir haben alle keine Lust mehr.«

Hillary nickte und half, die Scrabble-Steine einzusammeln, während Alicia und Chloe gähnten und fast gleichzeitig sagten, sie seien müde und wollten ins Bett.

Ohne aufzuschauen, nickte Hillary wieder, hob die letzten Buchstaben auf und legte den Deckel auf den Karton, denn ließ sie sich in den Sessel fallen, den Alicia freigegeben hatte. Sie gähnte auch und schaute verstohlen zu Odile. Die junge Frau war weiß wie die Wand.

»Ich hasse Gewitter, du auch?«, fragte Hillary. Das entsprach nicht der Wahrheit; sie liebte das ungestüme Toben der Elemente, aber sie konnte sehen, dass Odile Blut und Wasser schwitzte.

Odile nickte und zog die Beine unter sich. Sie machte sich ganz klein, als wollte sie zurück in

Mutters Schoß. Hillary griff nach dem Buch, das sie nicht ganz zu Ende gelesen hatte. Zuerst war Alicia ein wenig ungehalten gewesen, dass Hillary sich das Buch ausgeliehen hatte, schließlich hatte sie es selbst noch nicht gelesen, aber dann hatte sie sich einverstanden erklärt, weil sie in Norfolk ein anderes Buch gekauft hatte, das sie unbedingt lesen wollte.

Sie saßen schweigend da, bis etwa nach einer Stunde das Telefon klingelte. Hillary streckte einen Arm aus und nahm den Hörer auf. Der Anrufer war Torran. Er fragte nach Chloe.

Ein paar Minuten später steckte Chloe den Kopf durch den Türspalt. »So ein Pech«, sagte sie. »Torran hat angerufen, um mir zu sagen, dass er die Nacht über bei einem Freund bleibt. Bei diesem Wetter ist es viel zu gefährlich, sich auf die Straße zu wagen. Da kann man nichts machen.«

Hillary bewunderte, wie Chloe tickte. »Danke für die Mitteilung«, sagte sie sarkastisch. Offenbar waren Chloe und Torran jetzt ein Paar.

Odile stand auf. »Ich glaube, ich gehe ins Bett«, sagte sie mit wehklagender Stimme.

Das Buch konnte Hillarys Aufmerksamkeit noch etwa eine halbe Stunde halten, dann klappte sie es seufzend zu. Sie nahm es mit auf ihr Zimmer, zog sich aus, ging ins Bett und griff wieder nach dem Buch.

Sie blickte auf die Seite, konnte aber kein Wort identifizieren. Darius drängte sich wieder in ihre Gedanken. Schließlich gab Hillary auf, sie schaltete die Lampe neben dem Bett aus und starrte gegen die Decke. Allmählich fühlte sie, wie ihre Lider schwer wurden.

Kurz danach bemerkte sie, wie jemand neben sie ins Bett schlüpfte. Die Matratze sackte ein wenig, und dann hörte sie auch leise Atemgeräusche. Hillary hielt die Augen fest geschlossen und ging die verschiedenen Möglichkeiten durch. Träumte sie? War das Haus verhext? Oder hatte sich wirklich jemand neben sie gelegt?

Die erste Alternative war höchst unwahrscheinlich, und die beiden anderen waren eigentlich auch auszuschließen – oder? Während sie noch überlegte, was sie tun sollte, berührte eine Hand ihr Bein.

Sie richtete sich auf und drückte auf den Lichtschalter. Und schaute in Odiles verängstigtes Gesicht.

»Es tut mir leid. Ich weiß, es ist albern, aber ich habe Angst, und ich kann nicht einschlafen.« Dann fügte Odile noch hinzu: »Tut mir leid, ich wollte dich nicht wecken.«

Hillary atmete erleichtert auf. Sie schaltete das Licht wieder aus und legte sich hin. »Schon gut«, murmelte sie. »Ich habe mich nur erschrocken. Ich dachte, du wärst ein Gespenst.« Hillary grinste verlegen.

»Ich will versuchen, dich nicht zu stören«, versprach Odile und rutschte an den äußersten Bettrand.

Sie lagen ein paar Minuten reglos und stumm da. Hillary war entsetzlich angespannt. Sie redete sich ein, es läge daran, dass sie seit ihren Kindheitstagen nicht mehr mit einem Mädchen in einem Bett gelegen hatte. Damals hatten sie und Alicia in einem Bett schlafen müssen, wenn Verwandte zu Besuch gekommen waren.

Den wahren Grund für ihre Unruhe wollte sie sich nicht eingestehen, deshalb hoffte sie, bald einzuschlafen. Allmählich fluteten Bilder und Erinnerungen in ihr Gedächtnis, klar und deutlich, als spielten sie sich jetzt erst ab.

Da war das Bild, als die vier Frauen das erste Mal gemeinsam zum Strand gegangen waren. Sie hatten im Sand gelegen und über Männer und Sex gesprochen. Odile hatte gestanden, dass Theo erst ihr zweiter männlicher Liebhaber war – ein Bekenntnis ihrer Bisexualität. Damals hatte Hillary über die entsetzten Gesichter von Alicia und Chloe geschmunzelt, aber jetzt fühlte auch sie sich unbehaglich bei der Vorstellung, dass Odile andere Frauen als sexuell attraktiv empfand.

Hillary versuchte sich einzureden, dass Odile jetzt mit Theo liiert war; sie hatten ein intensives Wochenende miteinander verbracht. Hillary lachte still in sich hinein. Sie fiel auf das klassische Klischee hinein, wonach schwule oder bisexuelle Menschen sich auf alles und jeden stürzten, obwohl ihr Verstand ihr sagte, wie unsinnig das war.

Es war, als hätte Odile ihre Gedanken gelesen. »Ich habe nicht vor, dich zu verführen, Hillary.«

Hillary lachte laut, aber selbst in ihren eigenen Ohren hörte sich das Lachen falsch an. »Ich weiß. Das wollte ich auch nicht …« Sie brach verlegen ab.

Odile legte sich auf die Seite und sah sie an. »Du hast dich an das Gespräch am Strand erinnert.«

Unwillig sah Hillary in die blassgrünen Augen. »Ja. Es tut mir leid. Aber es stimmt, ich habe daran denken müssen.« Sie fühlte die Röte in ihre Wangen steigen.

»Willst du wissen, wie es ist, eine Frau zu lieben?«, fragte Odile leise.

Hillary schüttelte vehement den Kopf, schockiert darüber, dass Odile so etwas überhaupt in Erwägung ziehen konnte. Dann fühlte sie sich plötzlich entlarvt durch die Erkenntnis, dass Odile etwas aufgedeckt hatte, was sie sich selbst gegenüber nie zugeben würde.

»Ich weiß nicht«, sagte sie ehrlich. »Bewusst habe ich noch nie darüber nachgedacht, aber ich habe natürlich schon mal davon geträumt. Ich glaube, das geht jeder Frau so. Deshalb bin ich doch nicht lesbisch, oder.«

Sie wusste die Antwort auf ihre Frage, aber es war ihr dennoch wichtig, sie auszusprechen.

Odile lächelte. »Ich bin auch nicht lesbisch.« Sie lachte lauter. »Denk an Theo. Glaubst du, ein solcher Mann würde sich mit einer Frau abgeben, die nur auf Frauen steht?«

Hillary musste zugeben, dass sie darüber auch schon nachgedacht hatte. Sie starrte gegen die Wand und überlegte sich ihre Antwort. Aber Odile kam ihr zuvor.

»Du fühlst dich jetzt vielleicht ein bisschen allein, aber das solltest du nicht.«

»Wieso?« Die Stimme war nur ein heiseres Flüstern.

»Weil ich mich zu dir hingezogen fühle, deshalb.« Sie hatte ihr Geständnis hastig hervorgepresst. Jetzt stieß sie einen Seufzer aus. »Es wäre wohl besser, wenn ich zurück auf mein Zimmer ginge. Ich sollte mich schämen, dass ich unsere Freundschaft ruiniert habe.«

Hillary zitterte. Sie hatte instinktiv gewusst, welche Antwort Odile auf ihre geflüsterte Frage geben würde. Hatte sie darauf gehofft? Sie streckte einen Arm aus und berührte Odiles warme, weiche Haut.

»Geh nicht, Odile.«

Odile sagte nichts und bewegte sich nicht.

Hillary schloss die Augen und versuchte, nicht an die junge Frau zu denken, die in der Wärme des Doppelbetts neben ihr lag. Sie waren ganz allein, dachte sie, und draußen tobte ein schreckliches Gewitter.

Sie erinnerte sich an den Traum, den sie während des Sonnenbadens genossen hatte, bevor Darius ihre Sinne verwirrt hatte. Bei den Einheimischen, die sie verwöhnt hatten, waren Männer und Frauen gewesen. Ein junges Mädchen, schlank und langbeinig, hatte ihr die größte Lust beschert. Und wenn sie an Darius dachte – warum gab sie sich überhaupt mit Männern ab? Waren Lesbierinnen nicht die klügeren Frauen?

Hillary lächelte und sah Odile an. Ihr wurde bewusst, wie stark ihr Herz klopfte.

Odile setzte sich auf und zog ihr Nachthemd über den Kopf. Sie schüttelte die Haare und wartete auf Hillarys Reaktion. Odile sah ihr an, dass die Freundin beim Anblick des nackten Körpers schluckte. Odile blieb reglos sitzen und gestattete Hillary, ihre Neugier zu befriedigen. Obwohl sie schon gemeinsam nackt in der Sonne gelegen hatten, begriffen sie beide, dass dies hier etwas ganz anderes war.

Schließlich zog auch Hillary ihr Nachthemd aus, aber sie war peinlich berührt, nackt neben Odile zu sitzen. Unter den offenen Blicken der Freundin spannten sich Hillarys Nippel. Das kann nicht wirklich sein, dachte sie, das gehört alles noch zu meinem Traum. Aber in ihrem Traum hatte sie nicht das Flattern in ihrem Bauch gespürt, und auch nicht das aufregende Pochen zwischen den Beinen. Im Traum hatte sie ihre eigene Erregung nicht riechen können.

Als sie glaubte, dass Hillary bereit war, legte Odile eine zierliche, vollkommen manikürte Hand auf die Schulter der Freundin und fuhr mit den Fingern über ihren Arm. Auf der Höhe der Brüste schob Odile die Hand hinüber und streichelte über die sanften Hügeln.

Trotz ihrer Beklommenheit hörte sich Hillary stöhnen. Ihre Lust steigerte sich, als Odile mit dem Daumen leicht über einen Nippel rieb, dann fuhr sie mit der Hand zur anderen Brust und drückte den Nippel leicht. Hillary wartete; eine Hälfte von ihr genoss die Berührungen von Odiles Hand, die andere Hälfte fragte sich, wie sie sich verhalten sollte.

Schließlich überwand Neugier ihre Zurückhaltung. Zaghaft imitierte sie das, was Odile an ihr ausführte.

Sie berührte die Brust der anderen Frau mit zitternden Fingern, strich erst um die Halbkugeln herum, ehe sie sich traute, Odiles Nippel zu berühren. Es bereitete Hillary Vergnügen, als sie sah, dass sich die Nippel unter ihren Fingerspitzen aufrichteten; eine Reaktion, die viel wahrnehmbarer war als bei einem Mann.

Sie sah in Odiles Gesicht. Ihre Augen glänzten, sie hatte die Lippen ein wenig geöffnet, und dazwischen lugte eine rosige Zungenspitze hervor. Plötzlich fragte sich Hillary, wie sich diese Zunge wohl auf ihrem Körper anfühlen würde. Ein Schauer der erwartungsvollen Lust lief über ihren Rücken, als ihr bewusst wurde, dass es nicht mehr lange dauern würde, bis sie das herausfand.

Sie lagen beide auf der Seite und sahen sich an, und für eine lange Zeit gaben sich die beiden Frauen damit zufriedenen, die obere Hälfte des Körpers der anderen zu streicheln. Odile wollte ganz sicher sein, dass Hillary völlig entspannt und bereit für den nächsten Schritt war. Es bestand kein Grund zur Eile; sie hatten die ganze Nacht.

Odile streichelte jetzt über Hillarys Rücken, und langsam ließ sie die Finger tiefer gleiten, hinunter über die Kontur einer Hüfte. Hillary atmete tief ein. Jetzt geschah es. Die Erkenntnis, dass es jetzt kein Zurück mehr gab, befreite Hillary von allen noch vorhandenen Einwänden.

Kühn ließ sie ihre Hand noch ein bisschen weiter wandern und streichelte über die geschwungene Kurve von Odiles Pobacke. Sie spürte das Ziehen und Spannen der Muskeln unter ihren Fingerspitzen. Ein Finger glitt in die Kerbe zwischen den Backen. Der lange Nagel reizte die empfindliche Haut. Odile stöhnte laut, und trotz ihrer guten Vorsätze ruckte sie die Hüften vor, bis sie spürte, wie sich ihre und Hillarys Schamhaare berührten.

Hillary stutzte einen Moment lang, aber gleich darauf entspannte sie sich wieder. Es war ein schönes Gefühl. Sie ruckte mit ihrem Körper noch ein bisschen näher heran. Jetzt berührten sich auch ihre Brüste.

In diesem Moment schien es die natürlichste Sache der Welt zu sein, dass sie sich küssten – zwei weiche feminine Lippenpaare trafen sich das erste Mal. Es war erhebend. Der schönste Kuss, den sie je gehabt hatte, dachte Hillary. Als sie später über diese Momente nachdachte, wurde ihr bewusst, dass ihr die Sanftheit und die Zärtlichkeit ihrer Liebe am besten gefallen hatten.

Männer, dachte sie, konnten unnötig rau sein, auch wenn sie versuchten, rücksichtsvoll zu sein. Es musste nicht immer ihre Schuld sein, oft erkannten sie ihre eigene Kraft nicht. Und natürlich hatte eine Frau den unschätzbaren Vorteil, dass sie genau wusste, wie sie sich streichelte. Frauen folgten ihrem Instinkt, sie ahnten, was die Partnerin in diesem Augenblick gerade wollte und konnten diese Sehnsüchte besser als jeder Mann erfüllen.

Sie küssten sich noch einige Minuten, dann ließ sich Hillary entspannt in die Kissen fallen. Ihre Körpersprache schickte eine offene Einladung an Odile, sie weiter zu erforschen und ihr alle Verlockungen zu zeigen, die eine Frau der anderen zu bieten hatte. Sie schloss die Augen, um die neuen Gefühle, die in Wellen über sie hereinbrachen, intensiver erleben zu können.

Das erste, was Hillary wahrnahm, war das wohlige Streicheln von Odiles weichen seidigen Haaren. Die langen kastanienbraunen Locken der jungen Frau strichen über ihren Körper, während Odile anfing, Hillarys Hals, die Schultern, die Brust zu küssen. Sie saugte die Nippel abwechselnd in den Mund und leckte mit der Zunge an ihnen, als wären sie Bonbons.

Die Zunge wanderte tiefer, fuhr an den Rippen entlang und über den Bauch. Sie hinterließ eine feuchte Zickzackspur auf Hillarys Haut. Dann blieb sie eine Weile unterhalb des Bauchnabels, während Odile das zu Kopf steigende Aroma der Erregung ihrer Freundin einatmete. Erst dann wanderte Odile weiter, und die Zunge leckte sich durch die weichen krausen Schamhaare.

Hillary spürte, wie trocken ihr Mund wurde. Jedes Nervenende kribbelte und schickte dringliche Botschaften an ihr Gehirn, sie endlich von dieser Anspannung zu erlösen. Mit der Zunge teilte Odile die feuchten Labien und fuhr hinauf zum bebenden Kitzler. Als sie nur ein einziges Mal über den rosigen Kopf fuhr, war es, als hätte sie den Damm eines Sturzbaches gebrochen.

Stöhnend vergaß Hillary all ihre Hemmungen und spreizte die Beine weiter, um die Zunge der Freundin einzuladen, tiefer in ihre geheime Stelle einzudringen. Sie spürte Odiles heißen Atem auf den Innenseiten der Schenkel und versuchte, sich noch weiter zu spreizen.

Verzweifelt packte Hillary ihre eigenen Brüste und knetete sie. Sie drückte die stark angeschwollenen Nippel zwischen die Finger. Ihre Hüften flogen auf und ab.

Odile musste sie festhalten, nahm eine Backe in jede Hand und drückte sie aufs Bett. Sie presste den Mund auf Hillarys Vagina, als wäre sie ein goldener Kelch, mit köstlichem Nektar gefüllt. Sie leckte und saugte und trank, und wie aus weiter Ferne hörte sie die Schreie von Hillarys süßer Agonie.

Während der ganzen schwülen, sturmgepeitschten Nacht alternierten die Frauen zwischen ungehemmter Lust und glücklichem Schlaf. Sie fanden immer neue Wege, sich gegenseitig Lust zu bescheren. Hillary, die zunächst so zögerlich gewesen war, entdeckte zu ihrem großen Erstaunen, dass ihr ein neues Reich des sinnlichen, erotischen Vergnügens eröffnet worden war. Nie würde sie die Freude vergessen, das erste Mal eine Frau zu erforschen. Nichts würde dieses Erlebnis überbieten können. Mit zitternden Fingern hatte sie die fleischigen pinkfarbenen Labien der Freundin gespreizt, die harte Knospe der Klitoris freigelegt und den tiefen dunklen Tunnel der Vagina.

Viel später erst hatte sich Hillary getraut, in diese feuchte samtene Stelle vorzudringen, zuerst mit den Fingern und dann mit der Zunge. Am meisten war sie von Odiles süßem Geschmack überrascht. Es war ein delikater, saftiger Geschmack, ein Geschmack, von dem man nicht genug bekommen konnte.

Odile mahlte die Hüften zunächst noch zurückhaltend unter Hillarys behutsamen Forschungsreisen, dann aber, als die Freundin sich mehr traute, als die Berührungen sicherer wurden, wand sie sich in ihrer Ekstase, bäumte sich auf und stieß gehechelte Stöhnlaute aus.

Als die ersten Streifen des neuen Tageslichts durchs Fenster und auf ihre nackten, dösenden Körper fielen, sagte Odile, sie wollte zurück auf ihr Zimmer gehen.

»Ich glaube, Alicia und Chloe werden noch ein paar Stunden schlafen«, wandte Hillary ein. Tiefe Befriedigung leuchtete auf ihrem Gesicht.

»Trotzdem.« Odile blieb dabei, sie wollte weder sich noch Hillary in Verlegenheit bringen – und was wäre, wenn Theo davon erführe, dass sie untreu gewesen war?

Hillary bemerkte Odiles sorgenvolle Miene. »Was ist los?«

Odile schaute verlegen auf ihre Hände. »Hillary, versprich mir, dass du Theo nichts darüber erzählst, ja?«

»Nein, natürlich werde ich ihm nichts erzählen.

Keinem, wenn du es nicht möchtest.« Sie sah der Freundin in die Augen. »Du bereust doch nicht, was in dieser Nacht geschehen ist?« Es war fast verrückt, dass sie es war, die diese Frage stellte.

Odile schüttelte den Kopf und glättete die Falten in ihrem Seidennachthemd. »Nein, niemals. Ich will nur nicht, dass Theo etwas davon erfährt. Er könnte es als Verrat ansehen.«

Hillary nickte und sagte, sie verstünde, aber so ganz verstand sie es nicht. Sie war doch Theo nicht untreu geworden. »Er hat übrigens gestern nicht angerufen«, sagte sie.

Odile seufzte. »Ich habe es auch nicht wirklich erwartet, aber ich hatte gehofft ...« Sie hob die Schultern.

Hillary lächelte voller Mitgefühl, und plötzlich war wieder alles so, wie es vorher war. Odile vermisste Theo wie verrückt, und ihr spukte Darius wieder im Kopf herum.

Zwölftes Kapitel

Hillary starrte auf ihr Spiegelbild und konnte nur staunen, dass die Frau, die ihrem Blick so intensiv standhielt, kaum wiederzuerkennen war. Groß, elegant, gekonnt frisiert, eingehüllt in dünne weiße Seide.

Ein Bild von einer Frau. Sie wandte sich nach allen Seiten und sah bewundert, wie das Kleid ihren Körper umschmiegte, ihn zwar von den Schultern bis zu den Knöcheln bedeckte, aber doch alles enthüllte.

Das Kleid war Odiles Wahl gewesen. Sie hatte es aus ihrer Garderobe geholt und Hillary gegeben, eine großzügige Geste, die so typisch für sie war. Zuerst hatte Hillary gezweifelt. Obwohl sie Darius versichert hatte, dass sie genau wusste, wie man sich zu solchen Anlässen kleidete, hatte ein Blick in ihren Schrank bald ihre Ängste bestätigt, dass sie nichts mitgebracht hatte, um auf der Party glänzen zu können. Alicia und Chloe hatten sie beschimpft, weil sie nicht mit ihnen einkaufen gegangen war.

»Das hast du dir selbst zuzuschreiben«, hatte ihre Schwester rechthaberisch gesagt. »Wir haben dich eingeladen, aber du wolltest ja lieber nackt auf der Terrasse liegen.«

Hillary verschluckte eine bissige Replik; sie wusste, dass ihre Schwester nicht so schnell zum Schweigen zu bringen war. Schließlich stimmte sie – wenn auch zögernd – zu, mit den drei anderen Frauen den Schönheitssalon in King's Lynn aufzusuchen. Die Party war wichtig genug, befanden Alicia und Chloe, um eine Ganztages-Behandlung zu buchen. Dazu gehörten Sauna, Gesichtsmaske, Enthaarung von Beinen und der Bikini-Linie, Maniküre, Pediküre, komplettes

Make-up und schließlich als Krönung des Tages eine völlig neue Frisur.

Zu ihrer großen Überraschung empfand Hillary die Erfahrung alles andere als langweilig oder lästig; sie genoss jede Minute. Sie wurde verwöhnt und verhätschelt und hatte das Gefühl, für etwas Großartiges vorbereitet zu werden. Ihre trägen Gedanken erinnerten sich an einen Film, den sie vor langer Zeit gesehen hatte, in dem ein junges unschuldiges Mädchen auf die Hochzeit mit dem Prinzen eines exotischen Königreichs vorbereitet worden war. Die anderen Frauen des Harems hatten ihren Körper gereinigt, getrocknet und mit duftenden Ölen eingerieben, ehe sie dem Mädchen das kostbare Hochzeitsgewand angelegt hatten. Das ganze Ritual hatte nur den einen Sinn, dass sie für ihren zukünftigen Gatten so gut wie nie aussah.

Hillary fühlte sich fast genauso. In jedem Stadium ihrer Vorbereitungen schloss sie die Augen und malte sich die Wirkung all der Kosten und Mühen aus. Sie konnte Darius vor sich sehen und den Blick des Erstaunens auf dem dunklen Gesicht, wenn sie in die Halle schwebte, die Männer ihre Köpfe verdrehten und die Frauen in Neid erblassten.

Er würde natürlich direkt auf sie zugehen und das Flehen der anderen Frauen ignorieren; er würde mit ihr tanzen und den ganzen Abend nicht von ihrer Seite weichen, ihrem Gaumen mit erlesenen Leckerbissen schmeicheln, ihr Glas mit dem feinsten Champagner füllen und ihre Ohren mit köstlichen Worten der Leidenschaft verwöhnen. Zum Schluss würde sie ihrem eigenen Verlangen erliegen und ihn mit nach oben nehmen, weg von den anderen Menschen, weg vom Lärm, hin an einen Ort, wo sie ganz allein waren und sie einander mit schwelgerischer Lust erkunden konnten.

Alle, die mit ihr im Salon zu tun hatten, stellten dieselben Fragen. »Haben Sie was Großartiges vor?« »Theater?« »Party?« »Leben Sie hier?« »Wo sind Sie untergebracht?« Wenn sie die Antwort Harwood Hall gab, zeigten sich alle überrascht und beeindruckt. »Ist es so schön, wie alle sagen? Ich habe es bisher nur von außen gesehen. Findet die Party auf Harwood Hall statt?«

Identisch war fast immer auch die letzte Frage: »Kennen Sie Darius Harwood gut?«

Hillary musste schmunzeln. Was würden die Frauen wohl sagen, wenn sie wüssten, dass Darius sie an einen Baum gebunden und ihren Körper gestreichelt hatte? Und dass es ihre unumstößliche Absicht war, ihn noch viel besser kennen zu lernen, bevor der Abend vorüber war? Aber das war ihr Geheimnis.

Ihre turbulenten Gefühle wurden noch einmal durcheinander gewirbelt, als eine ältere Frau, die ihre Beine enthaarte, was sie mit einer wahren Begeisterung tat, über Harwood zu sprechen begann.

»Sie sind also Gast auf der Harwood-Party?«, fragte die Frau.

Hillary nickte und rutschte auf der Liege herum. Sie wollte in die richtige Position gelangen, um ihre Phantasien wieder aufzunehmen.

»Es heißt, dass die Frau wieder da ist«, sagte die Kosmetikerin, während sie geschickt den ersten Wachsstreifen anbrachte.

Hillary war in ihren Gedanken gerade dabei, in den großen Saal einzuschweben, aber ihr Gehirn registrierte die Aussage der Frau noch.

»Welche Frau?«

»Ilona heißt sie. Harwoods alte Geliebte.«

Hillary musste sich zwingen, vor Überraschung nicht aufzuspringen. »Haben Sie Geliebte gesagt?«

»Ja. Sie hat viele Jahre bei dem alten Mann verbracht, bis zu dem Tag, an dem er gestorben ist. Aber was man so hört, muss es sich für sie gelohnt haben.«

Voller Erleichterung stieß Hillary den angehaltenen Atem aus. »Sie meinen, sie war die Geliebte des alten Harwood?« Sie öffnete die Augen und sah die Frau nicken.

»Ja, das meine ich. Obwohl jeder weiß, dass sie auch den jungen Mr. Harwood verführt hat.« Sie legte eine Pause ein, in der sie den Wachstreifen von Hillarys Oberschenkel riss. »Und es gibt auch Leute, die sagen, dass Torran der Sohn von Mr. Darius ist, nicht sein Halbbruder. Obwohl das Mädchen ganz bestimmt nicht von ihm ist, dafür hat sie eine viel zu helle Haut.«

Ein oder zwei Sekunden lag Hillary wie gelähmt da, dann stieß sie einen Schrei aus, als die Frau den Wachsstreifen abriss. Ihre Gedanken überschlugen sich. Bisher hatte sie nicht einmal gewusst, dass Torran und Fearn mit Darius verwandt waren. Es dauerte eine Weile, bevor sie ihrer Stimme trauen konnte, dann sagte sie: »Ich wusste gar nicht, dass sie zur Familie gehören. Ich dachte, sie kämen aus Schottland.«

Die Frau nickte wieder und sagte, die Harwoods hätten überall auf der Insel Ländereien und ein besonders schönes Haus in Caithness in Schottland. »Das hat Ilona geerbt, als der alte Mann starb. Deshalb sagte ich ja, dass es sich für sie gelohnt hat. Und Torran und Fearn haben einen Teil von Harwood Hall geerbt.«

»Dann muss diese Frau Ilona in der Familie einen großen Einfluss haben«, murmelte Hillary.

Die Frau riss den letzten Wachsstreifen ab. »Es heißt, dass Mr. Harwood nichts ohne Ilona entscheiden kann.«

Als Hillary den Salon verließ, dachte sie über ihre neuen Erkenntnisse nach. Sie hatte alte Geschichten gehört, die man längst hätte begraben sollen. Darius fühlte sich verpflichtet, Torran und Fearn im Haus wohnen zu lassen, und natürlich würde ihre Mutter sie dort besuchen. Alles andere war typischer Dorfklatsch.

Sie beugte sich vor und inspizierte sich das xte Mal im Spiegel. Plötzlich sah sie Alicia hinter sich stehen.

»Du siehst wunderbar aus, Hills.« Alicia griff mit einer Hand an die dünnen Locken, die Hillarys Gesicht einrahmten. »Ich habe dir gesagt, es würde dir hier gefallen, nicht wahr?«

Hillary nickte und lächelte ihre Schwester an. »Aber ich weiß immer noch nicht, ob das wirklich ich bin in Odiles Kleid, und außerdem habe ich keine weißen Schuhe, die ich dazu tragen müsste.«

Alicia schüttelte den Kopf. »Im Umkreis dieses Salons gibt es drei Schuhgeschäfte, und wenn du dort nichts findest, kann ich dir ein Paar meiner Schuhe leihen, also hör auf zu jammern.« Sie sah in Hillarys unglückliches Gesicht. »Ich dachte, du freust dich auf die Party. Aber wenn man dich ansieht, sollte man glauben, du würdest zur Guillotine geführt.«

Hillary gelang ein Lächeln. »Ich bin nur ein wenig nervös, schätze ich. Im Gegensatz zu dir werde ich nicht oft zu großen Partys eingeladen.«

Sie akzeptierte die Erklärung ihrer Schwester und winkte plötzlich, als sie Chloe und Odile hinter sich sah. Sie sehen auch bezaubernd aus. Odile trug ihre langen Haare auf dem Kopf zusammengefasst, während Chloe mit ihren kurzen Haaren keine großen Veränderungen herbeiführen konnte, aber die blonden Haare sahen noch glänzender und seidiger aus als sonst.

Als die vier Frauen nach Harwood Hall zurückkehrten, beladen mit weiteren Einkaufstaschen, fühlte sich Hillary fast zu erschöpft, um ein Bad zu nehmen, von der Party ganz zu schweigen. Sie schaute auf das Kleid, das sie aufgehängt hatte, dann auf ihre neuen weißen Satinschuhe, die sie heute gekauft hatte, und schließlich wieder in den Spiegel.

Plötzlich war ihr, als würde ihr Körper aufgeladen; winzige Energiefunken schossen durch sie und ließen ihre Nervenenden vor Erregung prickeln. Es würde die Party ihres Lebens werden, sie würde phantastisch aussehen, und am Ende würde sie in Darius' Bett landen. Was konnte eine Frau sich sonst noch wünschen?

In der Einladung mit der geprägten fetten Schrift hieß es: ›Cocktails um sieben, danach Abendessen und Tanz‹. Hillary drehte die Karte nachdenklich in den Fingern. Es war ihr zuerst nicht aufgefallen, aber jetzt wusste sie, dass sich dieser Text von den Einladungen, die Alicia, Chloe und Odile erhalten hatten, unterschied. Dort hieß es: ›Sie sind herzlich eingeladen zu Cocktails auf Harwood Hall – von sieben bis neun.‹ Von Abendessen und Tanz war nicht die Rede.

Alicia betrachtete die vier Karten mit einem hochnäsigen Gesichtsausdruck. »Ich nehme an, es handelt sich um eine Verwechslung. Warum sollte er dir eine bevorzugte Behandlung zukommen lassen?« Sie sah Hillary an, die den Blick mit großen unschuldigen Augen erwiderte.

»Ich verstehe es ebenso wenig wie du, Alicia.«

Ihre Schwester rümpfte die Nase und bückte sich, um ihre Abendtasche vom Stuhl aufzuheben. »Gehen wir, dann werden wir es erfahren«, sagte sie. Sie öffnete die Haustür und trat hinaus in die warme Abendluft.

Es war ein ungewohntes Bild, so viele Autos auf

dem Hof und in der Zufahrt zu sehen, dachte Hillary, als sie die Porsches, BMWs und Mercedes', zwischendurch auch schon mal einen Rolls Royce, Ferrari oder Aston Martin, bewunderte. Sie musste grinsen, als sie die Blicke von Alicia und Chloe sah, eine Mischung aus Lust und Neid. Nichts erregte die beiden mehr als die offene Zurschaustellung von Reichtum.

Sie fühlte sich großartig, als sie die breite Treppe zum Hauptportal hinauf schritt. Beide Flügel standen weit auf und gaben den Blick frei auf die mit Marmor ausgelegte Eingangshalle. Sie blieb ein paar Sekunden auf der Schwelle stehen, um das Bild tief in sich aufzunehmen. Vor der breiten geschwungenen Treppe und unter dem gewaltigen Kristallleuchter drängten sich üppig mit Juwelen behangene Ladys in ihren kostbarsten Roben mit ihren Begleitern; Männer jeden Alters und jeder Größe, die überwiegende Mehrheit identisch mit Fracks gekleidet.

Obwohl der Abend warm war, hatten viele Frauen nicht auf ihren Pelz verzichtet. Wartende Arme einer kleinen Armee uniformierter Helfer nahmen die Mäntel und Jacken entgegen. Offenbar eine Auslese aus dem Dorf, dachte Hillary, denn einige Gesichter kamen ihr bekannt vor.

Chloe und Alicia starrten offenen Mundes auf die Szene, aber dann stürzten sie hinein in die Halle und mischten sich sofort unter die Gäste.

Eine lächelnde Odile berührte sie am Arm. »Sollen wir hineingehen, Hillary?«

Hillary zuckte zusammen. »Was?«

»Gehen wir zur Party«, sagte Odile und sah sich um. »Ich kann ihn nirgendwo entdecken. Du?«

Hillary errötete. Sie wusste sofort, dass Odile von Darius sprach. Sie schüttelte den Kopf. »Ich nehme an, er ist irgendwo drinnen, wo er die Gäste offiziell begrüßt, wie es sich für einen richtigen Gastgeber gehört.«

Sie fand bald heraus, dass sie Recht hatte. Als sie die Halle durchquerten und einen großen Raum auf der linken Seite betraten, bemerkte Hillary ihn sofort. Er lehnte lässig an einem gewaltigen Flügel und unterhielt sich mit einer Gruppe mittelalter Frauen, die an seinen Lippen zu hängen schienen. Als sie den Raum betrat, blickte er auf und sah sie an. Ihre Blicke trafen sich.

Es war nicht so, wie sie es sich in ihren Phantasien ausgedacht hatte, aber sie sah, wie er ihren Körper mit seinen Blicken abtastete und kaum merklich nickte. Gegen ihren Willen stellte Hillary fest, wie viel ihr seine Zustimmung bedeutete.

Wie aus großer Entfernung hörte sie Odiles Stimme, aber ihre Sinne waren mit ihm ausgefüllt. Er trug im Gegensatz zu den anderen Männern einen modisch geschnittenen grauen Seidenanzug mit einem Hemd in einem blasseren Grau, dazu eine Krawatte mit vielen verschiedenen Grau- und Pinktönen.

Selbst aus der Ferne füllte seine Stimme ihre Ohren. Tief und verführerisch hörte sie sich an, als er seinen Charme an die Frauen verschwendete, die ihn umlagerten. Mit den glänzenden Haaren und den lackierten Fingernägeln sahen die Frauen wie bunte Juwelen aus.

Sein Anblick hatte eine Benommenheit in Hillary ausgelöst. Ein Dunstschleier lag vor ihren Augen. Sie spürte, wie ihre Finger mit etwas Kaltem in Berührung kamen, riss den Blick gewaltsam von Darius los und sah auf das Kristallglas in ihrer Hand. Sie hob den Blick und schaute in Odiles sanftes Gesicht.

»Ist alles in Ordnung mit dir, Hillary? Du siehst aus, als wärst du vom Blitz getroffen.«

Hillary zwang ihre gefrorenen Lippen zu einem dünnen Lächeln. »Ja.« Sie versuchte, unauffällig an Odile vorbei zum Flügel zu schauen.

Darius stand nicht mehr da. Ein Pianist hatte seinen Platz eingenommen, um sich das Honorar für den Abend zu verdienen. Sie sah Odile wieder an und spürte ein Stück Normalität in ihren Körper zurückfließen. »Es geht mir gut. Sollen wir uns unter die Leute mischen?«

Die beiden Frauen schlenderten durch den Raum, blieben ab und zu am Rand einer Gruppe stehen, wenn das Gespräch interessant zu sein schien, was sich aber bald als ebenso langweilig herausstellte wie alle anderen. Häuser, Autos, Pferde, Geld. Wer hatte eine Affäre mit wem? Es gab nicht viele Themenvarianten unter Darius' Gästen.

Hillary und Odile hatten sich gerade ein frisches Glas Champagner vom Tablett eines vorbei schreitenden Kellners genommen, als ein Raunen durch den Raum ging. Der Geräuschpegel sank um einige Dezibels. Viele Gäste verrenkten sich den Hals und starrten auf eine Tür am hinteren Ende des Raums.

Hillary drückte sich in nicht gerade damenhafter Weise durch die Menge, die ihr die Sicht versperrte. Als sie ganz vorne stand, hielt sie überrascht den Atem an. Der Grund für das Interesse der Gäste waren Torran und Fearn, die gerade eingetreten waren, und eine Sekunde später bemerkte Hillary die Frau, die hinter ihnen stand.

Sie stand groß und majestätisch da und blickte mit der Selbstsicherheit der Besitzerin in den Raum. Ihre Haare sahen aus wie poliertes Kupfer und waren hochgesteckt.

Das musste Ilona sein, dachte Hillary.

Zu ihrer großen Verblüffung strahlten Ilonas Augen, als sie Hillary sah, und ging direkt auf sie zu.

Hillary konnte sich nicht verdrücken, weder nach rechts noch nach links ausweichen. Sie drückte die Hand, die Ilona anmutig ausstreckte. Ihre Haut war so blass, als wäre sie durchsichtig. Die Frau lächelte; in ihren tiefen grünen Augen blitzte Humor auf. »Willkommen auf Harwood Hall. Sie sind Hillary, nicht wahr?«

Hillary nickte. Einen Moment war sie sprachlos, während ihr Herz wie wild klopfte. Aus einem unerfindlichen Grund spürte Hillary, dass diese Frau eine große Bedrohung für sie war, obwohl Ilona ihr freundliches Lächeln beibehielt.

»Ich bin Ilona, die Mutter von Torran und Fearn.« Sie sprach ohne Modulation der Stimme, als läse sie den Text von einem Grabstein ab.

»Das habe ich schon vermutet«, sagte Hillary.

Ilona lachte. »Ich nehme an, dass sie den Klatsch im Dorf gehört haben. Ach, vergessen Sie's. Das muss Ihnen nicht peinlich sein«, fügte sie hinzu, als sie sah, wie die Röte in Hillarys Gesicht stieg. »Ich habe alle Variationen unzählige Male gehört.« Sie nahm ein Glas Champagner entgegen, das ein Kellner ihr reichte. »Ich bezweifle, dass aus der Gerüchteküche noch etwa Neues kommen kann.«

Hillary versuchte, das Thema zu wechseln. »Schottland muss in dieser Jahreszeit besonders schön sein«, sagte sie. Es war keine originelle Bemerkung, aber sie wusste nicht, welches Thema sie sonst bei Ilona anbringen konnte. Zu ihrem Schrecken sah sie aus den Augenwinkeln, dass Odile weiter gegangen war und sie deshalb bei der Konversation nicht unterstützen konnte.

Ilona schaute plötzlich auf die Uhr. »Oh, es ist fast neun. Die meisten Leute werden Gott sei Dank schon bald gehen.«

Die Bemerkung erinnerte Hillary an den unterschiedlichen Text auf den Einladungen. Sie sprach Ilona darauf an, die erklärte, dass die Cocktailpartys eine regelmäßige Veranstaltung auf Harwood Hall sei.

»Darius lädt jeden Monat dazu ein, aber heute ist sein Geburtstag, deshalb hat er einige spezielle Gäste gebeten, länger zu bleiben, um mit ihm zu feiern … Ich meine, auf eine etwas intimere Weise.« Dieser Nachsatz kam zögernd, und zu Hillarys Überraschung senkte Ilona verlegen den Kopf.

Hillary brach das Schweigen. »Ich wusste gar nicht, dass Darius heute Geburtstag hat. Ich habe ihm nichts mitgebracht.«

»Oh, doch«, murmelte die ältere Frau. »Sie selbst sind Geschenk genug für Darius, Hillary. Jetzt muss ich aber gehen. Ich will mich davon überzeugen, dass alles fürs Abendessen gerichtet ist.«

Sie verschwand im Gedränge, bevor Hillary noch etwas sagen konnte, und Sekunden später stand Alicia neben ihr, das Gesicht ein einziger Vorwurf.

»Offenbar sind wir nur zur Cocktailparty geladen. Kommst du mit uns, Hills? Wir wollen in die Stadt fahren und groß essen gehen, damit unsere Bemühungen nicht ganz umsonst waren.« Sie tupfte auf ihre Haare und strich über den schwarzen Samtrock.

Hillary schüttelte den Kopf, sehr zu Alicias Verärgerung. »Ich bin zum Essen eingeladen. Darius hat heute Geburtstag.«

»Ja, er wird neununddreißig. Das sieht man ihm nicht an, nicht wahr?« Das war Chloe, die ein wenig zerzaust aussah, als wäre sie in ein Handgemenge geraten.

Hillary überlegte rasch. Sie hatte geglaubt, dass Darius nicht älter als dreißig war. Mit seinen neununddreißig Jahren konnte er sehr wohl Torrans Vater sein. Aber diesen Gedanken verdrängte sie sofort wieder. Sie wandte sich an Chloe und sagte:

»Hast du dich in den letzten Minuten mal im Spiegel betrachtet?«

Chloe verstand die Anspielung nicht und starrte Hillary schulterzuckend an. Alicia erklärte, was Hillary gemeint hatte.

»Ach, das!« Chloe kicherte. »Ich bin Torran über den Weg gelaufen, und er hat sich gefreut, mich zu sehen.«

Wenigstens wird sie noch rot, dachte Hillary. Einen Moment lang dachte sie, sie hätte genug von der Party und von den Harwoods und sollte sich Alicia und den anderen anschließen, aber dann sah sie Darius, und ihre Blicke trafen sich. Sie schmolz dahin.

»Geht ihr und amüsiert euch. Wir sehen uns morgen.« Sie konnte kaum den Blick von Darius wenden, während sie ihrer Schwester einen Kuss auf die Wange gab. »Ihr habt bestimmt mehr Spaß als ich, aber es wäre unhöflich, wenn ich jetzt auch ginge.«

Alicia war nicht überzeugt, aber dann nahm sie Chloes Arm und zog sie mit sich zur Tür, wo Odile auf sie wartete. Die drei winkten Hillary noch einmal zu, und sie winkte zaghaft zurück. Der Raum war jetzt fast leer, und Hillary kam sich plötzlich sehr verletzlich vor.

Zum Glück tauchte Torran neben ihr auf. »Du siehst unglaublich schön aus, Hillary.« Er betrachtete ihren Körper ausgiebig und bewunderte die fließenden Kurven unter dem eng anliegenden Kleid.

Obwohl es sehr schlicht und einfach geschnitten war, floss die weiße Seide, von Spaghettiträgern gehalten, sanft über ihre Brüste und schmiegte sich an wie eine zweite Haut. Wie Hillary schon bei der ersten Anprobe festgestellt hatte, hätte alles, was sie darunter trug, den Effekt ruiniert. Deshalb hatte sie – mit einem erregenden Kribbeln über ihre eigene Schamlosigkeit – die Unterwäsche wieder in die Schublade gelegt.

So glitt das sinnliche Material über ihre nackte Haut, und dessen war sie sich bei jeder Körperbewegung bewusst. Außer dem Kleid trug sie nur noch fleischfarbene Strümpfe, ein Diamantenhalsband mit passenden Ohrringen und einen Gürtel um die Taille, in den ebenfalls drei winzige Diamanten eingelassen waren.

Zuerst war es recht ungewohnt gewesen, ohne Slip das Haus zu verlassen, aber bald hatte sie sich an das herrliche Gefühl gewöhnt, das die frische Luft zwischen den Schenkeln bescherte, und seit sie das Haupthaus betreten hatte, war in ihrem Kopf nur noch Platz für Darius.

Aber jetzt, da Torran neben ihr stand und seine Blicke den dünnen Stoff von ihrem Körper abstreiften, wurde sie sich wieder ihrer Nacktheit bewusst. Ihr Magen zog sich leicht zusammen. Sie sah ihn an, ein geheimnisvolles Lächeln um die Lippen. Zum Teufel mit Ilona und den möglichen familiären Verbindungen. Sie befand sich auf einer großartigen Party, sah so gut aus wie nie zuvor und konnte sich der Gesellschaft zweier gut aussehender Männer erfreuen – sie hatte sich nicht die Mühe gemacht, die anderen Männer auf der Party zu beachten. Nein, dies war nicht der Augenblick für Gewissensbisse. Sie würde sich treiben lassen und alles genießen, was sich ihr bot – was auch immer das sein mochte.

Als ob ihr Entschluss bekräftigt werden sollte, ertönte in diesem Moment ein kräftiger Gong, der alle verbliebenen Gäste ins Esszimmer rief.

Hillary sah sich um, weil sie nicht wusste, wohin sie gehen sollte, aber Torran führte sie bereits mit einer Hand am Ende ihres Rückens.

Die Wärme seiner Hand drang durch den dünnen Stoff, als wollte sie die empfindliche Haut darunter versengen. Sie drehte sich nach ihm um und lächelte ihn an, worauf er die Hand über ihre runden Backen kreisen ließ.

Als sie durch die Tür schritten, hielt Hillary die Luft an. Die Ausmaße des Esszimmers waren gewaltig; Speisesaal wäre die zutreffendere Bezeichnung gewesen. Er war fast so groß wie der Saal, den sie gerade verlassen hatten und wurde von einem langen, breiten Mahagonitisch beherrscht, der mit feinstem Porzellan, Silber und Kristall gedeckt war. Das Kristall spiegelte sich in der polierten Tischoberfläche.

Ilona stand hinter der Tür und begrüßte jeden Gast und wies ihm die Plätze zu. Darius' Platz befand sich in der Mitte der einen Längsreihe und nicht vor Kopf, und zu Hillarys Überraschung und Freude saß sie rechts neben ihm, und auf ihrer anderen Seite war Torran plaziert. Alle blieben stehen, bis der letzte Gast seinen Platz gefunden hatte, dann, auf ein kaum merkliches Zeichen von Ilona, zogen die Männer den Stuhl ihrer Tischnachbarin zurück, damit sie sich setzen konnten.

Torran hielt Hillarys Stuhl, und sie nickte dankend und bemerkte mit einer neuen Überraschung, dass Ilona nicht zu Darius' Linken saß, wie sie erwartet hatte, sondern ihm gegenüber.

Darius nahm als Letzter Platz und bedankte sich kurz bei seinen Gästen, dass sie gekommen waren. Seine durchdringenden Blicke bohrten sich in die Gesichter auf der anderen Tischseite, ehe er die Gäste auf seiner Seite der Reihe nach ansah. Die meisten lächelten, einige rutschten nervös auf ihrem Sitz herum. Es saßen etwa zwanzig Paare am Tisch.

Bisher war es Hillary nicht aufgefallen, aber jetzt war es nicht mehr zu übersehen – einige der Frauen am Tisch konnten unmöglich die Ehefrauen der neben ihnen sitzenden Männer sein. Als der erste Gang serviert wurde, teilte sie Torran ihre Vermutung mit.

Torran lachte laut auf, sah sich erschrocken um und flüsterte ihr dann zu, dass es sich bei den Frauen um Prostituierte handelte. Hillary starrte ihn entgeistert an. Die Frauen sahen nicht wie Prostituierte aus.

»Bist du sicher?«, raunte sie. »Woher weißt du das?«

»Oh, es ist ganz normal, dass Darius solche Dinge für seine Freunde arrangiert«, murmelte Torran und griff nach dem Rotweinglas. Er nahm einen Schluck und fuhr fort: »Du und meine Mutter seid wahrscheinlich die einzigen Frauen hier, die keine Huren sind.«

Wieder schaute sich Hillary am Tisch um und konzentrierte sich auf die Frauen. Nun, da Torran es erwähnt hatte, erkannte sie, dass die Frauen nicht diese natürliche Anmut hatten wie einige der Freundinnen und Ehefrauen, die an der Cocktailparty teilgenommen hatten. Sie nahm den letzten Löffel ihrer Suppe, tupfte sich den Mund mit der Serviette ab und setzte sich auf dem Stuhl zurück. Sie schlug die Beine übereinander. Der dehnbare Stoff ließ das durchaus zu.

Ob es die Bewegung selbst war oder das leise Geräusch der nylonbedeckten Beine, die kurz gegeneinander rieben, vermochte sie nicht zu sagen, aber Darius wandte sich ihr in diesem Augenblick das erste Mal zu, seit sie am Tisch saßen.

Hillary schluckte hart und hielt sich am Tischrand fest. Obwohl sie behutsam mit dem Alkohol umgegangen war, spürte sie plötzlich die Wirkung. Darius' bloße Gegenwart führte bei ihr zu einem leichten Schwindelgefühl, das sich in ihrem ganzen Körper ausbreitete; es war so gewaltig, als ob sie einen intensiven Orgasmus erlebte, es schwächte ihre Gliedmaßen, und wie von selbst glitten ihre Beine auseinander.

Sie spürte, wie ein leichter Windzug über ihr Geschlecht streifte, und im nächsten Augenblick lag eine Hand auf dem linken Schenkel und knetete das Fleisch oberhalb des Spitzensaums ihres Strumpfes.

Sie unterdrückte ein verlangendes Stöhnen und wandte den Kopf, um Darius anzusehen, aber er lächelte nur dünn, ehe er sich dem Mann zu seiner Linken zuwandte und ein Gespräch über Pferdezucht begann. Obwohl er sie nicht weiter beachtete, blieb seine Hand auf ihrem Schenkel, und ab und zu drückte er leicht zu.

Hillary versuchte, sich auf den zweiten Gang zu konzentrieren, der ihr gerade gereicht wurde; eine Delikatesse aus Lachsmousse, garniert mit Muscheln, Langusten und Kaviar. Sie blickte von ihrem Teller auf und bemerkte, dass Ilona sie anstarrte, keine Regung in ihrem Gesicht.

Mit zitternder Hand führte Hillary eine Gabel mit Mousse zum Mund. Darius' Finger wurden drängender und forscher, sie berührten die äußeren Begrenzungen der Labien. Hastig aß sie das Mousse, dann legte sie die Gabel zurück auf den Teller und strich das Tischtuch glatt, wobei sie es weiter über ihren Schoß zog. Jetzt konnte nur ihr Ausdruck verraten, dass ihr nicht nur kulinarische Genüsse geboten wurden.

Mit einem entschlossenen Finger zwang sich Darius einen Weg zwischen ihre Innenschenkel und ließ ihn an den Lippen des pochenden Geschlechts entlang gleiten. Sie hielt den Blick starr auf den Teller gerichtet, aber ihr Herz klopfte wie verrückt, und ihr Atem stockte einige Male. Nervös blickte sie sich um, ob jemand sie beobachtete. Trotz guter Vorsätze rutschte sie von einer Backe auf die andere, und wie von selbst öffnete sie die Beine noch ein bisschen weiter.

Obwohl sie nicht an den Moment denken mochte, an dem er seine Hand zurückziehen würde, kam ihr das Essen schier endlos vor. Unter ihren langen Wimpern schaute sie immer wieder mal zu Darius. Er unterhielt sich angeregt mit dem Mann zu seiner Linken.

Hillary hob ihr Weinglas und nahm einen kräftigen Schluck. Ihre Vorwärtsbewegung im Sitzen nutzte Darius aus, um noch zwei weitere Finger zwischen ihre Schenkel zu schieben. Er stieß sie mit einem sanften Ruck in die Nässe ihrer Vagina. Hillary keuchte überrascht auf und verschluckte sich prompt, was sie hinter einem Hustenanfall zu verstecken versuchte.

Das hätte sie besser nicht getan, denn Torran bemerkte ihr Ungemach sofort und klopfte behutsam auf ihren Rücken. Sie versicherte ihm, dass sie in Ordnung sei. Sie blickte auf ihren Schoß und sah, dass Darius' Hand auch von Torran wahrgenommen wurde.

»Torran, kannst du mir bitte den Krug mit dem Wasser reichen?« Etwas anderes fiel ihr spontan nicht ein, damit er sich einen Moment abwenden musste. Während er nach dem Krug griff, bedeckte sie ihren Schoß wieder mit dem Tischtuch.

»Danke.« Sie lächelte ihn dankbar an. Er goss Wasser in ihr Glas, das aber schon bis zum Rand gefüllt war. Das Wasser floss über den Tisch.

Sofort waren mehrere Kellner zur Stelle und behoben den Schaden so unauffällig es ging. Hinter dem Schutz der Kellner überließ sich Hillary einem überwältigenden Orgasmus, während sie das Gesicht mit ihr Serviette bedeckte und einen zweiten Hustenanfall vortäuschte.

Mit einem zufriedenen Grinsen zog Darius seine Hand zurück und fragte höflich, ob Hillary noch etwas anderes wünschte. Sie errötete heftig und schüttelte den Kopf. »Nein, danke. Aber vielleicht später?«, fügte sie mit verwegener Kühnheit flüsternd hinzu.

Sie war ein wenig enttäuscht, dass sich sonst während des Essens nichts mehr ereignete. Aber dies gab ihr genügend Zeit, die anderen Gäste zu beobachten. Bis auf Darius und Torran fand sie keinen der männlichen Gäste attraktiv. Die meisten waren älter als vierzig, einige sogar beträchtlich darüber.

Im Gegensatz dazu fand sie die Frauen schillernd und faszinierend. Wahrscheinlich war keine von ihnen älter als dreißig Jahre. Alle waren gelangweilt oder blickten zumindest so. Wenn man sie genauer ansah, fielen einem die Unterschiede auf. Offenbar waren sie nach dem Gesichtspunkt ausgesucht worden, dass für jeden Geschmack etwas dabei war. Dünn, schlank, füllig; blond, braun, rot, schwarz; groß, mittel, klein.

Allmählich neigte sich das Essen seinem Ende zu; Teller und Besteck wurden abgeräumt. Auf ein diskretes Zeichen von Ilona hin erhoben sich die Gäste von den Stühlen und gingen zurück in den großen Raum, aus dem sie gekommen waren. Er war jetzt als Tanzsaal hergerichtet worden. Die Sessel und Sofas standen an den Seiten, damit auf dem polierten Parkett eine große Tanzfläche blieb.

Hillary nahm dankend einen bis zur Hälfte gefüllten bauchigen Cognacschwenker an, den ein Kellner ihr reichte, und schaute sich nach Torran um, der sie aber gerade verlassen hatte. Als sie ihn nirgendwo entdeckte, schritt sie quer durch den Saal und nahm auf einem der Sofas Platz. Sie hatte die Tür im Auge und konnte deshalb sehen, wer kam und ging. Sie spürte das Flattern in ihrem Bauch und gestand sich ein, dass sie darauf wartete, dass etwas Aufregendes geschehen würde.

Dreizehntes Kapitel

Hillary schaute auf, als Ilona näher kam. Sie spürte ein Branden in ihrem zitternden Körper, als sie das seltsame Lächeln der älteren Frau sah. Irgendwie fühlte sie sich in ihrer Gegenwart unbehaglich. Auch wenn sie die Gerüchte ignorierte, die im Dorf kursierten, blieb Ilona ein Geheimnis. Eine lebhafte, energiegeladene Frau undefinierbaren Alters, immer noch eine Schönheit, umgeben von einer Aura mysteriöser Macht. Hillary schüttelte sich. Man sah Ilona an, dass sie nicht zu einem harmlosen Plausch auf sie zukam.

Ilona setzte sich und hob anmutig den Saum ihres smaragdenen Seidenkleids an, wobei die schlanken Waden unter den silbergrauen Strümpfen sichtbar wurden. Einen Moment lang glaubte Hillary, in eine andere Zeit versetzt zu sein. Sie war umgeben von Männern und Frauen in kostbarer Abendkleidung; sie nippten am Cognac und plauderten über die bevorstehende Ernte und über die nächsten großen Feste.

Hillary war es, als gehörte sie nicht zu dieser Party, und als ob alles, was sich an diesem Abend ereignete, ihr nicht wirklich widerfahren würde.

Sie zuckte zusammen, als sie begriff, dass Ilona zu ihr gesprochen hatte.

»Tut mir leid«, murmelte sie, »aber ich habe Sie akustisch nicht verstanden.«

Die Frau lächelte, aber das Lächeln erreichte ihre Augen nicht. Ich muss vor ihr auf der Hut sein, dachte Hillary. Sie ahnte, dass Ilona ihr Böses wollte.

In dem geduldigen Tonfall, den Erwachsene meist anwenden, wenn sie mit Kindern sprechen, wiederholte Ilona: »Ich habe Ihr kleines Problem wegen eines Geschenks für Darius' Geburtstag gelöst.«

»Ja, wirklich? Oh, das ist eine gute Nachricht.« Hillary hatte seit Stunden nicht mehr daran gedacht.

Ilona rutschte näher an Hillary heran und flüsterte in ihr Ohr. Ihr Atem war warm und wie ein Weihnachtspudding in Cognac getränkt. »Wir haben einen Fotografen hier, er ist übrigens ein Freund von mir, und er wäre begeistert, wenn er ein Porträt von Ihnen machen könnte. Das können Sie dann Darius als Geschenk überreichen.«

Dieser Vorschlag kam völlig überraschend. Sie hatte nicht gewusst, womit Ilona herausrücken würde, aber Hillary wäre nie auf die Idee gekommen, es könnte so etwas Harmloses wie eine Fotografie sein.

»Das ist sehr lieb von ihm«, sagte sie, »aber ich möchte ihn damit nicht belästigen. Ich nehme an, dass er wie alle anderen auch zum Vergnügen hier ist und nicht zum Arbeiten.«

Ilona machte eine wegwerfende Handbewegung. »Unsinn, er würde sich glücklich schätzen, mir einen Gefallen zu erweisen.« Sie hüstelte. »Und natürlich Darius.« Sie erhob sich und streckte einen Arm aus. »Kommen Sie. Wenn wir jetzt gehen, kann er Sie fotografieren, dann hat er das Bild noch vor Mitternacht entwickelt.«

Hillary zögerte. Irgend etwas an der Situation behagte ihr nicht. Es begann schon damit, dass sie Ilona nicht traute. Der Ausdruck der Frau verursachte Hillary eine Gänsehaut. Sie konnte die Mimik nicht genau deuten, eine Mischung aus Herausforderung und Spott über Hillarys Zögern. Sie rechnet damit, dass ich mich weigere, dachte Hillary. Aber was hat sie davon?

Sie griff nach dem Cognacschwenker, um noch ein bisschen Zeit zu gewinnen, ließ das Glas in beiden Händen rotieren und sah der leicht schwappenden goldgelben Flüssigkeit zu, dann stand sie auf, warf den Kopf in den Nacken und schüttete die scharfe Flüssigkeit in ihre Kehle.

Als sie das Glas auf den Tisch stellte, gab es ein lautes Geräusch, das die Blicke der anderen Gäste anzog. Auch Darius schaute auf und hob eine Augenbraue, worauf Ilona lächelte und kaum wahrnehmbar nickte.

Hillary fragte sich, wie groß die Überraschung eines Fotos wohl sein würde, wenn er offenbar eingeweiht war. Aber sie folgte Ilona durch die Tür, einen Korridor entlang und in ein anderes Zimmer. Auf den ersten Blick fiel ihr auf, dass es in aller Hast zu einem Fotostudio umfunktioniert worden war. Mehrere Scheinwerfer standen da, eine Rolle mit dunklem Papier, das für einen neutralen Hintergrund sorgen sollte, und natürlich die Kamera, die auf einem Stativ stand.

Die gesamte Ausrüstung war um eine breite Chaiselongue aufgebaut, ein elegantes Möbelstück, mit dickem burgundrotem Samt bezogen.

Seltsam, dachte Hillary, dass jemand mit voller Ausrüstung zu einer Party geht. Vielleicht war es doch keine so spontane Idee Ilonas gewesen, sondern von langer Hand vorbereitet. Sie drehte sich zu Ilona um, wollte sie auf diese Vermutung ansprechen und dann zurück zur Party gehen, aber statt dessen schaute sie in ernste braune Augen.

Sie hätten ebenso gut einem Spaniel gehören können, aber sie passten in das Gesicht eines leicht bohemehaft wirkenden Mann Mitte der Vierzig, der verzweifelt versuchte, jünger auszusehen. Er hatte lange Haare, die auf dem Kopf schon schütter wurden, und auf dem Kinn sprossen dunkle Stoppel, aus denen offenbar kein Bart werden wollte.

»Das ist Serge, der Fotograf, von dem ich gesprochen habe«, stellte Ilona vor.

Hillary nickte stumm, ging ins Zimmer hinein und

betrachtete die Kamera aus der Nähe. Obwohl sie nicht viel vom Fotografieren verstand, hatte sie den Eindruck, dass die Ausrüstung tatsächlich zu einem Profi gehörte.

Ilona ignorierte Hillary und begann mit Serge ein Gespräch über einen gemeinsamen Freund. Es vergingen einige Minuten, und niemand erwähnte das geplante Porträt, bis Ilona mit überlauter Stimme fragte, wann und mit welchem Motiv Serge anfangen wollte.

»Ich glaube, die junge Dame sollte sich zuerst hier auf die Chaiselongue setzen.«

Er nickte Hillary zu, die sich brav auf den roten Samt setzte, den Rücken gerade, die Beine fest zusammen. Serge trat zu ihr und klopfte auf den Ecksitz, wo sich Rücken und Lehne trafen.

»Bitte, setzen Sie sich hierhin.« In seiner Stimme schwang ein ausländischer Akzent mit, den Serge wahrscheinlich kultivierte, um seine Klientel zu beeindrucken.

Sie folgte lächelnd seinen Anweisungen und achtete darauf, dass ihr Kleid die Oberschenkel bedeckte.

Ilona stand hinter der Kamera und schüttelte den Kopf. Sie trat vor und zog Hillarys Kleid hoch, bis ihre Schenkel ganz frei lagen und sie einen flüchtigen Blick auf die seidigen Schamhaare werfen konnte.

Serge nickte zufrieden und drückte ein paarmal auf den Auslöser. Dann trat Ilona neben ihn und flüsterte etwas in sein Ohr. Serge nickte lächelnd.

»Können Sie das Kleid ein wenig mehr öffnen und ein Bein ein wenig beugen?« Hillary gehorchte, aber der Fotograf schüttelte den Kopf. »Das andere Bein.« Er wartete, bis Hillary das andere Bein angezogen hatte. »Ja, so ist es gut.« Er linste durch seine Kamera und winkte aufgeregt mit einer Hand. »Nein, das ist immer noch nicht gut genug.« Er richtete sich auf, fuhr sich mit den Fingern durch die Haare und starrte Hillary an, als wollte er ihre Pose überdenken. Schließlich sagte er in einem sehr bestimmenden Ton: »Das Kleid muss weg.«

Hillary hielt den Stoff unter den Brüsten zusammen. Sie wusste, wenn sie das Kleid auszog, würde sie mehr enthüllen, als sie beabsichtigt hatte. Jetzt wünschte sie, Unterwäsche angezogen zu haben.

Sie schüttelte den Kopf. »Das geht nicht; unter dem Kleid trage ich nichts.« Sie spürte förmlich, wie sich die Atmosphäre im Zimmer veränderte, die Spannung stieg um ein Vielfaches. Plötzlich begriff sie die Situation, die sie vielleicht auch wegen des Alkohols bisher nicht hatte wahrhaben wollen.

»Das Kleid muss weg.« Serges Stimme bat nicht, sondern forderte. Sie duldete keinen Widerspruch.

Hillary seufzte leise, dann ließ sie den Stoff zögernd aus den Fingern gleiten. Wie ein Theatervorhang öffnete sich das Kleid nach beiden Seiten und gab den Blick auf das Dreieck frei.

Serge schoss einige Aufnahmen. »Wunderbar«, sagte er und warf einen Blick auf Ilona, die nickte.

»Sie sind eine wunderschöne Frau, Hillary. Darius wird sich über Ihr Geschenk sehr freuen.« Ilona stieß seufzend den Atem aus. »Manchmal wünsche ich mir die Jugend zurück.«

Serge gehörte offenbar zu Ilonas Bewunderern, denn er rief sofort: »Aber Ilona, du bist auch heute noch eine Schönheit und brauchst nicht die Frische der Jugend.«

Ilona lächelte wehmütig, erfreut über seine Schmeichelei, aber nicht ganz überzeugt. »Ich an Ihrer Stelle würde große Freude daran haben, meinen Körper zu zeigen, Hillary.«

»Ja, stimmt. Ich meine …« Hillary war verwirrt. Am liebsten wäre sie aufgesprungen und davongerannt, aber sie fühlte sich in der Falle, denn Ilona würde das als Feigheit auslegen. Die ältere Frau nutzte Hillarys Unentschiedenheit, ging quer durchs Zimmer und setzte sich neben sie auf die Chaiselongue. Einzeln öffnete sie die winzigen diamantenen Ösen, die das Kleid geschlossen hielten.

Behutsam teilte sie den Stoff und legte Hillarys flachen, braunen Bauch bloß. Dann langte Ilona zu Hillarys Schultern und schob die dünnen Träger nach unten, bis die festen Hügel ihrer Brüste zu sehen waren. Ilona erhob sich und stellte sich vor die junge Frau, als wollte sie ein Kunstwerk bewundern.

»Das ist viel besser«, rief Serge aus. Er nahm die Kamera vom Stativ und kreiste um Hillary herum, wobei er immer wieder auf den Auslöser drückte.

Wenn sie nicht so nervös gewesen wäre, hätte Hillary laut auflachen müssen. Die ganze Episode war wie eine Szene aus zig Filmen. Aber allmählich entspannte sie sich und genoss die neue Erfahrung. Sie stellte sich Darius' Reaktion vor, wenn er die Fotos sah.

Sie wurde durch ein Klopfen an die Tür aus ihren Gedanken gerissen. Die Tür schwang auf, und Hillary wich rasch zurück, um ihre Blöße zu bedecken, aber es war schon zu spät. Eine junge Frau mit schwarzen kurzen Haaren stand im Zimmer. Hillary erkannte sie wieder; sie war eine der Frauen, die Torran während des Essens als eine der Prostituierten enttarnt hatte.

»Mr. Harwood sagte, Sie wollten mich sehen«, sagte die junge Frau. Sie sah sich um, ehe ihr Blick ausdruckslos auf der nackten Hillary haften blieb.

Hillary bemühte sich, die ungenierten Blicke der Frau ebenso selbstsicher zu erwidern, aber das gelang ihr nicht. Sie fragte sich, warum Darius diese Frau ins Zimmer geschickt hatte – und woher Darius wusste, wo sie und Ilona sich gerade aufhielten. Die Sache mit dem Überraschungsfoto zum Geburtstag konnte nicht stimmen.

Sie sah sich um, und dabei fiel ihr Blick auf ihr Bild in dem Spiegel mit dem breiten, reich verzierten Rahmen.

Wieder erkannte sie sich kaum. Diesmal lag es nicht nur am ungewohnten Haarstil und dem Make-up, sondern eher daran, dass sie in das Gesicht einer lüsternen jungen Frau schaute, die wie eine viktorianische Maid entspannt auf dem roten Samt einer Chaiselongue ruhte. Wenn Darius mich jetzt sehen könnte, dachte sie.

»Meine Hochachtung, Darius, Sie haben sich mal wieder selbst übertroffen.« Der Mann mit der beginnenden Glatze langte über den Tisch zur Karaffe und schenkte sich großzügig ein, bevor er sich wieder auf das Gespräch konzentrierte. Seine Kleidung war identisch mit der des Rests der männlichen Gäste, nur, dass sein Frack aus allen Nähten zu platzen schien. Sein Bauch wölbte sich bedrohlich unter Hemd und Hosenbund. Er ließ sich in den bequemen Ledersessel zurückfallen und nippte an seinem Getränk.

Sein Lob erfreute den Hausherrn, denn Darius Harwood war stolz auf den Ruf, die besten intimen Partys zu feiern. Er schaute sich in der Runde um. Zu diesem Zeitpunkt waren die Ehefrauen ausgeschlossen. Darius sorgte dafür, dass eine genügend große Zahl von professionellen Damen für die Unterhaltung seiner männlichen Gäste zur Verfügung stand.

»Sie ist kein Mädchen aus der Gegend, nicht wahr?«

Darius sah den Fragesteller an und lächelte geheimnisvoll. Er war nicht der erste Mann, der sich an diesem Abend nach Hillary erkundigt hatte. Andere hatten untereinander Kommentare abgegeben – für viele Gäste stand fest, dass Ilona das erste Mal Grund zur Besorgnis hatte; diese Hillary hatte das Zeug zur echten Rivalin.

»Sie wird alles daran setzen, das Mädchen zu demütigen«, sagte mehr als ein Gast. Sie kannten Ilona noch aus alten Zeiten.

Hillary saß auf der Chaiselongue und sah träge zu, wie sich die junge Frau auszog. Sie öffnete den Reißverschluss des eng anliegenden blauen Kleids und ließ es auf die Füße fallen. Die üppigen Kurven steckten in fleischfarbener Wäsche, die langen schlanken Beine in weißen Strümpfen.

Hillary wusste instinktiv, dass Ilona das alles arrangiert hatte und dass sie Teil eines Spiels war, an dem sie nicht teilnehmen wollte. Sie rang sich zu einer Entscheidung durch, setzte sich aufrecht hin und zog einen Träger auf die Schulter, womit eine Brust wieder bedeckt war.

Serge hob eine Hand und blickte flehend zu Ilona. »Sie kann doch jetzt nicht gehen – bitte.« Er wandte sich wieder Hillary zu, und sein Ausdruck war so intensiv bittend, dass Hillary fast im Unterbewusstsein den Träger wieder rutschen ließ.

Sie fühlte sich hilflos, gefangen in etwas, was sie nicht verstand.

Die Fotosession war nicht die schreckliche Erfahrung, die sie befürchtet hatte, jedenfalls bisher noch nicht, und ihre unstillbare Neugier verlangte von ihr, dass sie den unbekannten Weg weiter ging.

Ilona erkannte Hillarys Zögern. Sie betrachtete den halb nackten Körper der jungen Frau und versuchte ein sanftes Lächeln. »Natürlich können Sie jetzt gehen. Aber ich bitte Sie – denken Sie an Darius. Denken Sie an seine Freude, wenn er ein etwas intimeres Foto von Ihnen hätte.«

In Hillarys Ohren hörte sich Ilona überzeugend an, obwohl ihr klar war, dass die Herrin von Harwood nicht mit offenen Karten spielte. Schließlich nickte sie und schaute hinüber zu Serge, der wie angewurzelt da stand, die Kamera in der Hand. »Okay, fangen wir an. Schließlich will ich noch was von der Party haben.«

Ilona gab dem jungen Mädchen zu verstehen, sich neben Hillary auf die Chaiselongue zu setzen. »Tut, wonach euch der Sinn steht.«

Eine Weile saß das Mädchen da und starrte Hillarys halb nackten Körper an, betrachtete ihn mit den klaren blauen Augen und streckte dann eine Hand aus.

Zuerst widersetzte sich Hillary der Berührung der jungen Frau, aber dann wollte sie Ilona nicht die Genugtuung geben, sich an ihrem Unbehagen zu laben, und so ließ sie es zu, dass ihre Beine und dann ihre Brüste gestreichelt wurden. Die Berührungen des Mädchens waren leicht wie von einer Feder, und Hillary musste an Odile denken. Wenn sie die Augen schloss, konnte sie sich einreden, von der Freundin gestreichelt zu werden, abgeschieden in der privaten Atmosphäre ihres Zimmers.

Eine lange Zeit blieb es still im Zimmer, abgesehen vom unaufhörlichen Klicken der Kamera. Trotz ihrer anfänglichen Scheu spürte Hillary, dass sie erregt wurde. Wie von selbst streckten sich ihre Beine unter den streichelnden Händen der jungen Frau. Serge stand jetzt am Fuß der Chaiselongue und schoss wieder drauflos. Die Röte stieg in Hillarys Gesicht; sie wollte rasch die Beine wieder schließen, aber die junge Frau hielt sie mit sanfter Hand davon ab und raunte ihr nur ein Wort zu: »Nein.«

Ilona stand hinter der Chaiselongue und lehnte sich über den Rücken, um Hillarys Gürtel zu lockern; er allein hielt das Kleid noch zusammen. Als sie den Gürtel gelöst hatte, fielen die beiden Seiten auseinander und enthüllten Hillarys nackten Körper.

Hillary gab sich geschlagen, zog das Kleid unter sich weg und reichte es Ilona, die es ordentlich über den Rücken eines Sessels legte, ehe sie sich wieder der Szene auf der Chaiselongue zuwandte und Hillarys Pose überdachte.

»Ich glaube, es wäre attraktiver, wenn Sie sich auf den Bauch legen«, sagte sie. »Darius weiß einen wohl geformten Po sehr zu schätzen.«

Es war also nicht das erste Mal, dass Ilona dafür sorgte, dass Darius frivole Bilder erhielt, dachte Hillary, aber sie wollte sich nicht länger zur Wehr setzen und legte sich auf den Bauch. Sie genoss das Gefühl des weichen Samts an Brüsten und Schenkeln. Trotz ihrer Bedenken wand sie sich sinnlich auf der Chaiselongue. Es störte sie nicht mehr, dass Serge hinter ihr stand und Foto auf Foto schoss. In ihrer wachsenden Erregung richtete sie sich auf die Knie auf, wölbte den Rücken und wusste, dass ihr Körper so am besten zur Geltung kam.

Als sie ihre Position veränderte, bewegte sich das Mädchen zur Seite, damit Serge ungehinderten Zugang hatte, um Hillary aus allen Blickwinkeln zu fotografieren. Aber auf seine Bitte hin kam sie zurück, fuhr mit den Händen über Hillarys Rückgrat, über die Kurven ihrer Hüften und Schenkel. Sie glitt mit den Händen wieder nach oben und strich wie zufällig über Hillarys entblößtes Geschlecht.

Hillarys Körper reagierte sofort. Das Kribbeln wuchs zu einem immer stärkeren Pochen an. Die Feuchtigkeit ihres eigenen Verlangens glitzerte am Eingang ihres Schoßes. Auf den geschwollenen Labien bildeten sich winzige Perlen der Lust, die wie Tautropfen aussahen.

Ein paar Minuten lang unternahm das Mädchen nichts anderes, als sie einfühlsam zu quälen, bis Hillary ungeachtet des Klickens der Kamera laut zu stöhnen begann und sich den streichelnden Fingern des Mädchens entgegen warf.

Es gab jetzt nichts, was sie nicht tun würde, um zu ihrer Erlösung zu gelangen. Sie rollte sich auf den Rücken und zog das Mädchen mit sich, bis sie nebeneinander auf der Chaiselongue lagen, Hände und Münder damit beschäftigt, der anderen Lust zu verschaffen.

Serge wechselte Film auf Film und knipste unentwegt; er legte keinen Wert mehr auf die korrekten Einstellungen, dafür blieb keine Zeit. Er ahnte, dass dies eine der größten Herausforderungen seiner bisherigen Karriere war. Das Ergebnis würde ein Triumph der erotischen Fotografie sein, geladen mit Leidenschaft und Ekstase.

Er warf einen flüchtigen Blick auf Ilona und erwartete ein dankbares Lächeln von ihr, aber ihr Gesichtsausdruck erschreckte ihn. Voller Wut und Hass starrte sie auf die sich windenden Körper. Offenbar hatte sie mit dieser Entwicklung nicht gerechnet. Hillary hätte sich nach Ilonas Plan entsetzt und schockiert geben müssen, bevor sie das Geschehen stumm und leidenschaftslos über sich ergehen ließ – statt dessen hatte sie sich mit Verve in dieses Abenteuer gestürzt.

Ilona musste sich eingestehen, dass sie ihre Rivalin unterschätzt hatte.

Sie konnte den erotischen Anblick nicht länger ertragen und verließ das Zimmer. Sie ließ einen völlig verwirrten Serge zurück, der unentwegt abdrückte, während die beiden Frauen sich ihrem Höhepunkt näherten.

Als Hillary und das Mädchen, von dem sie jetzt den Namen kannte – Polly – das Zimmer verließen und zur Party zurückkehrten, stellten sie überrascht fest, dass nur noch der Pianist im Saal nebenan war.

»Wo sind denn alle hin?«, fragte Hillary verdutzt.

»Keine Ahnung.« Polly ging hinüber zu einem Tisch, der zur Bar umfunktioniert war, und hielt eine Flasche Gin hoch. »Willst du auch einen?«

Hillary nickte, ging ebenfalls an den Bartisch und griff nach einer Flasche Tonic. Polly nahm einen kräftigen Schluck; sie trank den Gin pur. »Ich schätze, die anderen legen eine Erholungspause nach all der Unterhaltung ein, die Harwood ihnen geboten hat.« Sie sah Hillary an und grinste. »War es dein erstes Mal mit einer Frau?«

»Nein«, antwortete Hillary und grinste zurück. »Das zweite Mal.« Sie starrte in ihr Glas, und dabei fiel ihr wieder ein, was Polly eben gesagt hatte. »Was für eine Unterhaltung?«

Kaum hatte sie die Frage gestellt, da wurde ihr bewusst, dass sie die Antwort des Mädchens gar nicht brauchte – sie lag auf der Hand, und es wunderte sie, dass sie jetzt erst darauf gekommen war. Nicht nur das – es überraschte sie auch, dass die Vorstellung sie auf seltsame Art erregte, wie Darius und seine Freunde sie und Polly beobachtet hatten. Trotzdem war sie wütend auf Ilona, die das alles eingefädelt hatte.

Allmählich kehrten die Gäste in den Saal zurück. Der Pianist spielte eine Reihe flotter Melodien, und plötzlich herrschte eine fröhlichere Atmosphäre als den ganzen Abend bisher. Es schien, dass die Spannung, die über der Party gelegen hatte, mit einem Mal verschwunden und einer ausgelassenen Heiterkeit gewichen war.

Hillary sah sich im ganzen Saal um und musste

feststellen, dass Darius nicht zurückgekehrt war. Er wird Ilona wegen des gelungenen Coups gratulieren, dachte sie finster.

In diesem Augenblick bemerkte sie Torran in der Tür stehen. Er sah sich um, und als er Hillary entdeckte, lächelte er und ging auf sie zu. Während er noch unterwegs war, erkannte Hillary am lauter werdenden Gemurmel, dass Darius zurück in den Saal kam. Aus den Augenwinkeln nahm sie ihn wahr, wie er in der Tür stehenblieb. So offen, wie Torrans Blick war, so verschlossen war der von Darius.

Sie zuckte zusammen, als Torran sie um den Tanz bat. »Ja, gern, danke«, sagte sie lächelnd und folgte ihm in die Mitte des Parketts. Nach ein paar Minuten raffte sie allen Mut zusammen und fragte ihn, was sie schon bewegt hatte, seit er zurück in den Saal gekommen war.

»Was hast du denn von der Unterhaltung des Abends gehalten?« Ihre Stimme klang voller Sarkasmus.

Torran sah sie einen Moment lang verständnislos an. »Unterhaltung?« Dann begriff er offenbar, was sie meinte, und lachte. »Ich fürchte, Darius schließt mich von diesen Partyspielen aus. Ich darf an solchen Abenden nicht einmal eine eigene Freundin haben.«

Obwohl sie überrascht war, lachte Hillary erleichtert auf. »Aber wie du das gesagt hast, nehme ich an, dass du dir die Freundin eines anderen geliehen hast.«

»Ein oder zwei.« Torran grinste verschmitzt. »Mir gefällt die kleine Brünette da drüben. Sie habe ich noch nicht kennen gelernt.«

Am liebsten hätte Hillary erwidert: »Ach? Nun, ich habe sie schon sehr gut kennen gelernt.« Aber sie sagte nichts und sah zu, wie Polly mit einem Mann tanzte, der deutlich jünger war als die anderen Gäste.

Als der Pianist die letzten Akkorde spielte, stand

plötzlich Darius vor ihr und Torran. Der Hausherr nahm Hillarys Arm. »Jetzt bin ich an der Reihe«, sagte er herrisch. Seine entschlossene Miene hielt die beiden davon ab, sich seiner Forderung zu widersetzen.

Es war das erste Mal, dass Darius sie seit dem Geschehen bei Tisch berührte, und Hillary spürte, wie sie ganz schwach vor Verlangen wurde. Es war gut, dass er sie fest in den Griff nahm; allein hätte sie vielleicht nicht die Kraft gehabt, sich auf den Beinen zu halten. Seine Finger brannten durch den dünnen Stoff ihres Kleids, während Hillary darüber nachdachte, wie es wohl sein würde, mit ihm zu schlafen.

Sie fragte sich, ob sie laut gesprochen hatte. Seinem Gesicht war nichts anzumerken. »Ich will mit dir schlafen, Darius«, sagte sie und blickte dabei in seine Augen. Sie entdeckte den Anflug eines Lächelns – auch wenn es ein triumphierendes Lächeln war.

Ohne ein Wort nahm er ihre Hand und führte sie aus dem Saal. Er ging mit ihr den Korridor hinunter, den vor ein paar Stunden auch Ilona mit ihr gegangen war, dann geleitete er sie eine Treppe hoch, bis sie seine Suite von mehreren Zimmern erreicht hatten. Er trat die Tür hinter sich zu und drückte Hillary gegen die Wand. Er küsste sie hart und unnachgiebig auf den Mund, bis sie fürchtete, ihre Zähne könnten unter diesem Druck zersplittern.

Schließlich ließ er sie los, und sie stand verdutzt da, die Lippen empfindlich und geschwollen, atemlos und vor Furcht und Sehnsucht zitternd, während er zum Fenster ging und die schweren Vorhänge zuzog.

Ein paar Sekunden standen sie sich gegenüber, eingehüllt von der Dunkelheit. Nur ihr Atem war zu hören, seiner klang tief und beherrscht, ihrer flach und unregelmäßig. Im nächsten Moment war der Zauber verflogen, als er eine Lampe anklickte, die die Mitte des Zimmers in einen dezenten Schein tauchte.

Ohne ein Wort stieß sich Hillary mit den Schultern von der Wand ab und vermisste sofort die Stütze. Auf schwankenden Beinen ging sie hinüber zum Sofa und ließ sich schwer fallen.

»Möchtest du etwas trinken?«

»Ja, gern.« Hillary schaute auf ihre Hände, die gefaltet im Schoß lagen. Nach allem, was sie schon miteinander erlebt hatten, dachte Hillary, waren sie sich immer noch fremd.

Er reichte ihr ein Glas mit klarer Flüssigkeit und blieb breitbeinig vor ihr stehen, sein Schritt nur wenige Zentimeter von ihrem Gesicht entfernt. Ihr Mund wurde trocken. Sie spürte einen überwältigenden Drang, ihr Gesicht gegen seinen Schoß zu drücken und den Moschusduft seiner Männlichkeit einzuatmen. Aber dann nippte sie an ihrem Glas und schüttelte sich. Wodka pur.

Ungerührt schaute er ihr zu. »Ist dein Drink in Ordnung? Oder möchtest du lieber Tonic dazu?«

Sie schüttelte den Kopf. »Nein, schon gut. Ich habe keinen großen Durst.« Sie sah sich nach einem Tisch um, weil sie das Glas abstellen wollte.

Darius griff in ihre Haare, strich wie abwesend darüber, fuhr mit den Fingerspitzen über ihre Wange, hinunter zum Kinn. Er hob es an, so dass sie ihn ansehen musste.

»Komm mit«, sagte er.

Gehorsam erhob sie sich. Er ging durch mehrere Räume, bis sie in seinem Schlafzimmer standen. Darius' Bett war riesig, das Kopfteil aus kunstvoll geschnitztem Holz, ebenso die vier gedrechselten Pfosten, die einen Baldachin aus roter Rohseide trugen. Die Matratze lag hoch, deshalb brauchte man ein Stufenbänkchen, um sich ins Bett zu begeben. Laken und Decken waren auch aus roter Seide, aber mit einem eingestickten Muster versehen.

Beim Anblick des Betts drängte sich Hillary der Vergleich mit einer Gebärmutter auf. Es fiel ihr leicht, sich Darius darin vorzustellen, wie er sich nächtens von der wohligen Wärme eines Frauenkörpers umfangen ließ. Sie wollte diesen Eindruck gerade aussprechen, als jemand laut an die Tür klopfte. Darius entschuldigte sich, ging aus dem Zimmer und schloss die Tür hinter sich.

Hillary versuchte, die gedämpften Stimmen zu verstehen. Sie nahm an, dass Ilona der ungebetene Gast war, denn sie hörte eine laute Stimme, ohne die Worte ausmachen zu können. Um sich abzulenken, sah sie sich die Bilder an der Wand an. Die meisten zeigten erotische Szenen aus verschiedenen Kulturen. Ein Bild fand sie besonders abstoßend, aber trotzdem fühlte sie sich dazu hingezogen.

Es war eine primitive Zeichnung auf braunem Packpapier, zehn mal zwanzig Zentimeter, und zeigte einen alten Mann, der so hager war, dass man seine Rippen zählen konnte, und eine junge Frau, klein wie ein Kind, aber mit vollen Brüsten und dichten schwarzen Schamhaaren, die verrieten, dass sie die Pubertät schon einige Jahre hinter sich gelassen hatte.

Im Gegensatz zu seinem klapprigen Gestell wies der alte Mann einen dicken, lebhaften Penis auf, mit dem er die Frau offenbar aufspießen wollte. ›Spielzeit‹, lautete der Titel der Zeichnung.

Hillary suchte nach der Signatur des Künstlers, aber sie konnte sie nicht finden. Ob Darius die Zeichnung selbst angefertigt hatte? Gleich wollte sie ihn fragen.

Aber als er zurückkehrte, hielt er einen großen braunen Umschlag in der Hand, und Hillary vergaß das Bild, als Darius die Fotos aus dem Umschlag auf dem Bett ausbreitete. Sein triumphierender Blick verriet Hillary, um welche Fotos es sich handelte.

Sie trat vor. Ja, es waren die Fotos, die an diesem Abend aufgenommen worden waren. Selbst aus einiger Entfernung konnte sie erkennen, dass die meisten Fotos gelungen waren. Offenbar verstand Serge sein Handwerk.

Hillary nahm ein Foto in die Hand und betrachtete es, und zum dritten Mal an diesem Abend erkannte sie sich nicht. Sie hatte den Rücken gekrümmt, den Kopf in den Nacken geworfen und zeigte ungeniert ihre intimste Stelle. Nein, dachte Hillary, die Frau auf dem Foto kann unmöglich ich sein.

Darius nahm ihr den Abzug aus der Hand und betrachtete ihn neugierig. Hillary spürte, wie ihr die Röte ins Gesicht stieg, als er vom Foto aufschaute und sie von oben bis unten musterte.

»Hast du geglaubt, dass du so fotogen bist?«, fragte er. Mit der Spitze des Zeigefingers fuhr er auf dem Hochglanzpapier an den schwungvollen Kurven ihrer Hüften entlang. Er leckte sich über die Unterlippe und stieß einen kehligen Laut aus.

Hillary spürte, wie sie feucht wurde. Ihre Nippel richteten sich unter dem dünnen Kleid auf. Sie wechselte das Standbein und warf einen Blick auf die anderen Fotos auf dem Bett. Sie traute sich nicht, Darius anzusehen, der auch auf die Bilder schaute. Es gab auch einige von ihr und Polly, aber ihrer Meinung nach waren sie nicht so gut ausgeleuchtet, vielleicht hatte Serge zu hastig geknipst. Aber Darius schien diesen Mangel nicht zu empfinden, wahrscheinlich reizte ihn das Motiv mehr als die technische Fertigkeit.

Irgendwo in der Ferne schlug eine Standuhr die halbe Stunde an, und Hillary erinnerte sich plötzlich, wo sie war und dass die Zeit verrann. »Ich sollte gehen«, murmelte sie mit wenig Überzeugung.

Darius sammelte die Fotos ein, dann stellte er Stühle und Sessel rund um das Bett und plazierte eine sorgfältig getroffene Auswahl der Fotos gegen die Rücken der Möbelstücke.

»Wenn du willst, kannst du gehen«, sagte er. »Du kannst aber auch bleiben und das hier alles genießen.« Mit einem Arm schwenkte er durchs ganze Zimmer. Er packte ihre Oberarme und fuhr mit den Daumen über ihre steifen Brustwarzen.

Sie wusste, dass sie ihm nicht widerstehen konnte. Seit ihrer ersten Begegnung am Bahnhof hatte sie gewusst, dass sie ihn haben wollte.

Vierzehntes Kapitel

Hillary konnte nicht erkennen, woran es lag, dass sie sich wie in einer Falle fühlte. War es die Tatsache, dass Darius immer noch ihre Oberarme gepackt hielt, war es dieser durchdringende Blick, der sie fesselte, oder lag es nur an ihrem turbulenten Verlangen nach diesem Mann, der sie fest im Griff hielt?

»Bist du bereit für mich, Hillary?«

Sie schüttelte leicht den Kopf. Sie wusste nicht genau, worauf die Frage abzielte. »Ich weiß nicht …«

Er zog sie an sich und drückte seine Lippen auf ihre, zwang ihren Mund weit auf und stieß mit der Zunge tief in sie hinein. Die Erleichterung und die Lust hielten sie gebannt, und wenn er sie nicht gehalten hätte, wäre sie zusammengesackt. Bildete sie es sich nur ein, oder war sie wirklich noch nie so geküsst worden?

Sie gierte danach, die Arme um ihn zu schlingen, die Konturen seines kräftigen Körpers unter dem grauen Anzug zu erforschen, dann die Hemdschöße aus der Hose zu ziehen und mit beiden Händen über seinen nackten Rücken zu streicheln. Aber er hielt sie immer noch fest, und jetzt zwang er ein Bein zwischen ihre Schenkel, und sie wäre beinahe über die hohen Absätze ihrer Schuhe gestolpert.

Ihre Beine gaben nach, gingen wie von selbst auseinander, so dass Darius sein Bein dazwischen schieben konnte. Sein Schenkel rieb gegen ihr unbedecktes Geschlecht. Sie spürte den harten Muskel unter dem Seidenstoff seiner Hose und ahnte das gespannte Pochen. Ihre Neugier auf diesen Mann wuchs ebenso rasch wie ihre Erregung.

Sie ruckte mit dem Unterleib gegen seinen

Schenkel, stöhnte in seinen Mund und küsste ihn fester, als wollte sie ihm auch auf diese Weise zeigen, wie sehr sie nach ihm verlangte. Er gab einen ihrer Arme frei und schob eine Hand zwischen ihre zusammen gepressten Körper, betastete ihre Brüste, die sich ihm willig entgegen reckten.

Hillary konnte nicht genug von seinen heißen Berührungen bekommen, konnte es nicht erwarten, dass er jeden Teil ihres Körpers mit Händen, Lippen und Zunge erforschte.

»Bitte, Darius!« Sie wusste nicht, wie sie ihm ihr Verlangen noch deutlicher zeigen konnte. Er lächelte in ihre Augen, und mit einem Ausdruck tiefer Zufriedenheit begann er ihr Kleid zu öffnen. Es glitt über ihre Brüste, über die Hüften und fiel zu Boden.

In seinem Schlafzimmer war es recht kühl, was ihr bisher nicht aufgefallen war. Jetzt spürte sie die frische Nachtluft auf ihrem nackten Körper; sie trocknete den leichten Schweißfilm, der sich auf ihrer Haut gebildet hatte. Sie schaute zu den Fotos und auf die Bilder an der Wand, dann sah sie an sich hinab, ein fester, athletischer Körper, ideal gebräunt, nur mit Strümpfen und Stöckelschuhen bekleidet. Sie erregte sich an ihrem eigenen Bild.

Wenn Darius ähnlich erregt war wie sie, ließ er das nicht erkennen. Hillary fuhr mit ihrer freien Hand über seinen Schritt und atmete erleichtert auf, als sie die harte Schwellung ertastete. Sie hatte sich schon gefragt, ob er so einfach zu erregen war wie andere Männer. Sie hatte keinen Zweifel daran, dass seine sexuellen Vorlieben die Norm beträchtlich sprengten. Trotz ihrer aufgewühlten Emotionen konnte sie sich ein Grinsen nicht verkneifen. Wer war sie, dass sie entscheiden sollte, was normal war und was nicht?

Mit zitternden Fingern versuchte sie, seine Hose zu öffnen. Sie tastete nach dem Reißverschluss, fand statt dessen aber Knöpfe. Mit dem ungeduldigen Ungeschick eines Kleinkinds begab sie sich an ihre selbstgestellte Aufgabe, immer wieder abgelenkt durch das Pochen der Beule unter dem Stoff. Schließlich hatte sie alle Knöpfe geöffnet und tauchte mit der Hand hinein in die Wärme, die sie erwartete.

Trotz dieser Manipulationen unterbrach Darius seine Küsse nicht, und er hörte auch nicht auf, ihr Geschlecht mit seinem Schenkel zu reiben. Aber Hillary spürte sein leises Erschauern, als sie ihre Hand unter seine gespannten Hoden legte und drückte.

Darius gab jetzt auch ihren zweiten Arm frei und fuhr mit beiden Händen über ihre Hüften und Backen. Langsam drehte er sie um, bis ihre Rückseite im Spiegel zu sehen war. Voller Lust sah er zu, wie er ihre Pobacken knetete, er teilte sie und rieb durch die Kerbe, die völlig offen lag.

Behutsam drang sein Finger in die runzlige Öffnung ein. Hillary stöhnte laut auf und genoss die Lust, die er in ihr auslöste. Eine ihrer Hände rieb an seinem Penis entlang, die andere drückte seine Hoden.

Sie spürte, wie sich ihre Erregung aufbaute, sie spürte seinen pochenden Schaft, der sich unter ihren Fingern verhärtete und die ersten Tropfen absonderte. Sie wollte ihren Griff nicht lockern, wollte aber auch seinen Anzug nicht versauen. Sie murmelte seinen Namen und hoffte, dass er ihr gestattete, ihn ganz auszuziehen. Er erwiderte ihren Vorstoß, stieß den Finger tiefer in sie hinein und stöhnte, als sie seine Hoden kräftiger drückte. Plötzlich explodierte er, sein Samen schoss hervor wie Öl und verschmierte ihre Hände.

»Dein Anzug!«, rief sie entgeistert.

»Na und? Mir macht es nichts aus.« Er schob einen weiteren Finger in sie hinein.

Sie wusste nicht, woran sie ihre Finger abwischen sollte. Sie überlegte kurz, dann rieb sie beide Hände über ihre Brüste. Zu ihrer Überraschung beugte Darius den Kopf und fing an, sie mit seiner Zunge sauber zu lecken.

Hillary schaute mit angehaltenem Atem zu. Das hatte sie bei einem Mann noch nie gesehen.

Sie legte beide Hände um seinen Hinterkopf und gab sich ganz dem wunderbaren Gefühl seines Mundes auf ihrer empfindsamen Haut hin. Abwechselnd streckte sie ihm ihre Brüste mit den harten Warzen entgegen. Es war, als brenne ein Feuer zwischen ihren Schenkeln, und sie sehnte sich danach, dass er es mit Fingern und Zunge löschte. Sie versuchte, seinen Kopf sanft nach unten zu drücken, aber sein Mund ließ nicht von ihren Brüsten ab.

Sie gab auf und fuhr mit den Händen über seine Schultern. Sie verfluchte seine Kleider, die wie eine Barriere zwischen ihnen waren. Sie bemühte sich, unter sein Jackett zu langen, und als es ihr schließlich gelang, zog sie das Hemd aus der Hose, damit sie wenigstens seinen nackten Rücken streicheln konnte. Die Haut fühlte sich wie Seide an. Sie glitt hinüber zum Bauch und zu seinem Brustkorb, und zu ihrer Überraschung war er glatt und unbehaart.

Mit einer anmutigen Bewegung richtete er sich noch einmal auf, und dabei zog er die Finger aus ihr. Er knotete seine Krawatte auf und warf sie auf einen Sessel, dann streifte er das Jackett ab, das ebenfalls auf dem Sessel landete. Hillary wollte ihm bei den Hemdenknöpfen helfen, aber er hielt ihre Handgelenke fest und sah sie mit diesem einzigartigen Ausdruck an, der sie verrückt vor Lust machte. »Steig aufs Bett. Das hier ist meine Sache.«

Hillary trat die Schuhe von den Füßen, ging die zwei Stufen zum Bett hoch und legte sich auf die Seite, um ihm dabei zuzusehen, wie er die letzten Kleider ablegte. Sein Körper hielt alles, was sie sich versprochen hatte – und mehr; er war herrlich braun, vollkommen geformt und hatte einen formidablen Schwanz. Als sie ihn zucken sah, hielt sie vor Bewunderung den Atem an.

Er ging zur Kopfseite des Betts und knüpfte das dünne Seidenband auf, das die schweren Vorhänge zurückhielt. Dasselbe geschah mit den Vorhängen am Bettende und dann mit denen an den Seiten.

Langsam schritt er die beiden Stufen hinauf, blieb auf der zweiten stehen, lehnte sich weit vor und küsste Hillary auf den Mund. Dann, als sie noch den Zauber des Kusses spürte, nahm er ihre Handgelenke und band sie mit den Seidenbändern fest. Ebenso fesselte er die Fußgelenke, ehe sie dagegen protestieren konnte, dass sie gespreizt und hilflos vor ihm lag.

Der Ausdruck auf seinem Gesicht, als er sein Werk betrachtete, löste in ihr einen Orgasmus aus.

»Lass es kommen, Hillary, lass alles fließen.« Er kniete sich neben sie aufs Bett und sah sie intensiv an, wie sie sich wand und von einer Seite auf die andere warf, während sie auf der Woge der Ekstase ritt. Allmählich ebbten die Wellen ab. Ein dumpfes Pochen belebte ihren Unterleib.

Für den Augenblick fühlte sie sich gesättigt. »Ich glaube, das habe ich dringend gebraucht.«

Darius lächelte versonnen. Als er mit einem Finger über die Innenseiten ihrer Schenkel fuhr, spürte sie sofort wieder ein heftiges Zucken in ihrem Schoß.

Er teilte ihre Labien und strich über die pulsierende Knospe ihrer Klitoris. Er lehnte sich weit über sie und beobachtete die Wirkung seines Streichelns. Er bemerkte mit Genugtuung den Schleier des neu erwachenden Verlangens in ihren Augen.

»Ich will von dir hören, was du fühlst, was du magst und was nicht.« Er umkreiste den feuchten Rand ihrer Vagina mit dem Daumen. »Gefällt dir das?«

Sie nickte schwach, zu mehr war sie nicht im Stande.

Er rieb mit der flachen Hand über ihr Geschlecht. »Fühlt sich das gut an?«

Wieder stöhnte sie leise. Ein Finger drang in sie ein, dann noch einer und noch einer, bis sie von ihm gefüllt war. Bei jedem Finger stöhnte sie etwas lauter und murmelte immer nur ein leises Wort: »Ja.«

Sie konnte nichts anderes tun als auf dem Rücken zu liegen und sich seinem Streicheln hinzugeben. Da ihre Arme und Füße gefesselt waren, blieb ihr nur, ihn walten zu lassen. Sie bäumte sich auf, drückte sich seiner Hand entgegen und ließ die Hüften kreisen.

Wie zur Belohnung kniete er plötzlich zwischen ihren Schenkeln und schob seinen latexumhüllten strammen Schaft tief in sie hinein.

Ah! Das Glück, auf das sie so lange gewartet hatte. »Ja, Darius, ja.«

Die Seidenbänder ließen genug Spiel, dass er ihren Po auf seine Schenkel ziehen konnte. Sie spürte die noch tiefere Penetration und murmelte unverständliches Zeug, während er die magische Stelle in ihr berührte und sie immer härter einem neuen Orgasmus entgegen trieb.

Er griff unter ihre Backen. Sie fühlte sich von ihm aufgespießt. Seine schwellende Leidenschaft führte dazu, dass seine Stöße weniger berechnend und kontrolliert kamen. Trotzdem war seine Selbstbeherrschung ohnegleichen. Nie hatte sie einen vollkommeneren Mann erlebt, glaubte sie in diesem Augenblick. Dann sah sie plötzlich die Gesichter von Ilona und Torran vor sich, dicht hinter den schweren Lidern, so ungebeten wie dunkle Wolken.

Einige Zeit später, als Darius sich seinen eigenen Höhepunkt zugestanden hatte, löste er die Fesseln von ihren Gelenken, und sie konnte endlich seinen

Körper nach Herzenslust erforschen. Befriedigt ruhten sie nebeneinander; Darius lag auf dem Rücken, die Hände hinter dem Kopf verschränkt, und Hillary lag auf der Seite und streichelte jeden erreichbaren Teil seines Körpers.

Sie fasste all ihren Mut zusammen, um einige der vielen Fragen zu stellen, die sie seit achtzehn Stunden plagten. »Darius, in welchem Verhältnis stehst du zu Ilona?«

Er sah sie argwöhnisch an. »Ich weiß nicht genau, was du meinst.«

»Doch, das weißt du ganz genau.« Sie sah ihn intensiv an und beobachtete sein Mienenspiel, weil sie herausfinden wollte, wie sehr ihn die Frage berührte. »Ist sie deine Geliebte?«

Er schwieg einen Moment, musste sich die Antwort offenbar gut überlegen. »Sie war die Geliebte meines Vaters, nicht meine.«

»Das weiß ich.« Hillary wünschte jetzt, sie hätte mit den Fragen gar nicht erst begonnen, aber sie fuhr trotzdem fort. »Manche Leute sagen, dass du sie von deinem Vater übernommen hast.«

Darius setzte sich abrupt auf. »Ich habe den Besitz übernommen.« Dann fügte er hinzu: »Ja, ich habe einige Male mit ihr geschlafen. Sie ist eine lebhafte Frau mit sehr mächtigen Bedürfnissen.«

Hillary dachte über seine Antwort nach. Sie hatte bemerkt, dass sie ein Thema angerührt hatte, das sein sonst so gefasstes Äußere in Bewegung brachte.

Er warf ihr einen Blick von der Seite zu. »Du willst noch mehr fragen, nicht wahr?«

Erleichtert stellte sie fest, dass sein Ton wieder gelöster klang, nicht mehr gepresst und verärgert. »Ich glaube ja«, sagte sie. Sie schlang die Arme um seinen Leib und kuschelte sich an ihn. »Eigentlich stört es mich nicht, Darius«, log sie.

»Stimmt das?« Er hob ihr Kinn an, und sie schaute tief in seine Augen. Sie traute sich kaum zu sprechen und nickte nur.

Nach einer Weile murmelte sie: »Was vergangen ist, ist vergangen.«

Darius öffnete den Mund, um etwas zu sagen, aber dann überlegte er es sich anders und schloss den Mund wieder. Statt dessen küsste er sie zärtlicher denn je. Er strich liebevoll über ihre Brüste, drückte Hillary sanft auf den Rücken und drang ein zweites Mal in sie ein. Sie reagierte sofort darauf. Das Feuer in ihr loderte wieder. Sie stieß ihm ihr Becken entgegen.

Darius richtete sich auf die Knie auf und hob Hillary an, so dass sie sich gegenüber saßen, sein Schaft tief in ihr. Langsam wiegten sie sich hin und her und genossen den rhythmischen Tanz zum Orgasmus. Hillary drückte ihre Brüste gegen ihn und wünschte, sie könnte in seinen Körper eindringen. Es war alles sehr einseitig, dachte sie abwesend und packte seine Backen ebenso fest, wie er ihre gepackt hielt.

Durch einen Spalt im Vorhang sah sie, dass die Morgendämmerung eingesetzt hatte. Dünne goldene Strahlen fielen auf den dicken Teppich und wärmten ihre verschwitzten Körper. Ihr fiel auf, dass sie nicht bemerkt hatte, wann es Darius kam, denn er hatte sein Gesicht abgewandt und keinen Laut von sich gegeben, und er hatte auch Kraft und Tempo seiner Stöße nicht verändert.

»Ich muss mal ins Bad«, sagte er.

Hillary sah zu, wie er aus dem Bett stieg und auf eine Tür zu ging, die sie bisher nicht bemerkt hatte. Er drehte sich noch einmal nach ihr um.

»Ich möchte, dass du bei mir bleibst, Hillary. Denk darüber nach und gib mir deine Antwort, wenn ich zurückkomme.«

Sie war wie vor den Kopf geschlagen. Obwohl sie

eine gute Zeit miteinander erlebt hatten, war sie mehr als düpiert, dass er einen solchen Vorschlag machte. Ausgerechnet Darius!

Zehn Minuten später kam er zurück ins Schlafzimmer, erfrischt und noch tropfend von der Dusche. Hillary stand noch immer unter Schock. Er ignorierte ihr Schweigen und den fragenden Blick in ihren Augen und ging im Zimmer auf und ab. Er öffnete Schränke und Schubladen und nahm Wäsche und Kleider heraus.

Lächelnd sah er sie an. »Schon gut, das war ein Witz sein, dass du dich sofort entscheiden solltest. Du bleibst hier und schläfst dich aus. Ich bin in ein paar Stunden zurück, und dann reden wir darüber.« Er zog eine dicke grüne Cordhose an und ein moosgrünes Flanellhemd.

»Was ist mit Alicia und den anderen? Sie werden sich um mich sorgen.«

Er schaute auf seine Uhr. »Jetzt ist noch niemand von ihnen wach. Ich werde Fearn bitten, deiner Schwester Bescheid zu sagen.«

»Okay, danke.« Sie kuschelte sich in die Kissen und spürte erst jetzt, wie erschöpft sie war.

Darius trat ans Bett und küsste sie auf die Wange, während er mit einer Hand über ihre Brüste strich. Trotz ihrer Schläfrigkeit spürte sie, wie die Lust sich wieder in ihr regte. Er drückte auf ihr Geschlecht. »Ich komme später zurück.« Seine Stimme klang tief und voller Versprechen.

Nachdem Darius gegangen war, fiel Hillary in einen tiefen Schlaf und wachte mehrere Stunden nicht auf. Sobald sie die Augen aufschlug, wusste sie, wo sie war. Sie richtete sich auf und öffnete die Vorhänge. Auf einem der Sessel lag ein Morgenmantel. Sie zog ihn an und trat ans Fenster. Zu ihrer Überraschung sah sie Darius im Garten stehen. Wie lange hatte sie geschlafen? Während sie noch darüber nachdachte, sah sie, dass Ilona zu Darius trat.

Ein paar Minuten lang redeten sie leidenschaftlich aufeinander ein. Gelegentlich nickte sie oder er. Dann beugte sich Darius zu ihr hinab und küsste sie auf die Wange, ehe er den Pfad hinunter ging. Ilona ging zurück in Richtung Haus. Ein paar Minuten später klopfte es an die Tür von Darius' Schlafzimmer.

»Ich bin's nur, Ilona.«

Hillary wollte gerade rufen, dass die Tür offen war, aber dann öffnete sie sich schon. Die ältere Frau lächelte, aber Hillary wusste inzwischen, dass dieses Lächeln falsch war.

»Darius hat mich gebeten, nach Ihnen zu sehen. Ist alles in Ordnung? Kann ich etwas für Sie tun?«

Hillary schüttelte den Kopf. »Mir geht es gut.« Dann ritt sie der Teufel und fügte hinzu: »Mir geht es sogar ausgezeichnet.« Sie streckte sich lüstern und sah Ilona triumphierend an.

Ilona tat so, als bemerkte sie den Blick nicht. »Hat er Sie gefragt, ob Sie bleiben wollen?«

Ihre gezielte Frage erwischte sie unvorbereitet. »Ja, schon«, sagte sie zögernd. »Ja, er hat mich gefragt.«

Die ältere Frau verzog das Gesicht. »Ich nehme an, dass Sie ja gesagt haben. Sie sind der Typ dazu.«

Hillary fühlte sich angegriffen und warf den Kopf zurück. »Ich habe mich noch nicht entschieden.«

»Lügnerin!«, giftete Ilona. Ihre dunklen Augen glitzerten gefährlich, als sie sich vorbeugte und harsch raunte: »Du hast ihn vom ersten Augenblick an begehrt. Leugne nicht, ich habe es in deinen Augen gesehen. Vor langer Zeit habe ich ebenso empfunden wie du jetzt.«

Es ging ums Eingemachte, dachte Hillary. Laut sagte sie: »Darius hat mir gesagt, dass er mit Ihnen schläft.«

»Oh, wir haben viel mehr getan als das.« Es war zum Verrücktwerden, aber sie führte das nicht weiter aus.

Hillary beschloss, die Bemerkung zu ignorieren und ging in Richtung Bad. »Ich muss unter die Dusche. Schließen Sie die Tür hinter sich, wenn Sie gehen.«

In der Sicherheit des Badezimmers lehnte sie sich mit dem Rücken gegen die Tür und verriegelte sie, um sicher zu gehen, ihr nicht noch einmal zu begegnen, dieser verhassten Schottin. Hillarys Herz klopfte wild, obwohl sie nicht genau wusste, warum Ilona sie so sehr in Rage gebracht hatte. Sie begriff, dass es nicht nur daran lag, dass Ilona ihre Rivalin war.

Ohne zu wissen warum, fühlte Hillary, dass die Antwort außerhalb des Schlafzimmers lag. Rasch trat sie aus der Dusche, warf sich den Bademantel über, schloss die Tür auf und begann, die Zimmer von Darius' Suite zu durchsuchen. Ihre Tour führte sie durch mehrere fast leere Zimmer, aber dann fand sie sich in dem Salon wieder, in dem Darius sie gegen die Wand gedrückt und so wahnsinnig geküsst hatte.

In der Erinnerung fuhr sich Hillary mit einem Finger über die geschwollenen Lippen. Sie sah sich um und bemerkte ihr Ebenbild im großen Spiegel mit dem goldenen Rahmen. Seltsam, dachte sie. Wenn sie sich recht erinnerte, gab es in jedem Zimmer einen identischen Spiegel, selbst in den Gästezimmern.

Plötzlich überfiel sie ein Gedanke – der Spiegel unten war ein Zweiwegspiegel. Darius und seine Freunde hatten sie und Polly durch einen solchen Spiegel beobachtet. Ihr brach der kalte Schweiß aus. Vielleicht waren alle Spiegel in dieser Machart?

Rasch durchquerte sie das Zimmer und versuchte, hinter den Spiegel zu schauen. Der Rahmen ließ sich nicht bewegen, aber trotzdem erkannte sie, dass die

Wand dahinter aus solidem Mauerwerk gebaut war. Sie sah aber auch, dass die Rückseite des Spiegels aus klarem Glas bestand.

Sie trat einen Schritt zurück und überlegte. Was für einen Sinn hatte ein Zweiwegspiegel, wenn man von der anderen Seite nur auf die Wand sehen konnte? Es musste sich noch etwas anderes dahinter verstecken.

Zum ersten Mal sah sie die Drähte, die oben an der Wand verliefen. Sie folgte ihnen mit den Augen und zuckte vor Überraschung zusammen, als sie entdeckte, dass die Drähte zum Spiegel führten. Sie blinzelte wieder hinter den Spiegel und erkannte in der Mitte einen kleinen schwarzen Gegenstand, den sie sich nicht erklären konnte.

Sie löste sich vom Anblick des Spiegels und nahm eine Tür in der Ecke des großen Zimmers wahr. Sie drückte auf die Klinke, aber die Tür war verschlossen. Hillary wollte sich in ihrem Forscherdrang nicht bremsen lassen. Sie erinnerte sich, in einem der anderen Zimmer einen Schreibtisch aus poliertem Mahagoni gesehen zu haben. Sie rannte zurück, öffnete alle Schubladen und den Rollverschluss. Aber der Schreibtisch schien nur Papiere zu enthalten. Sie wollte die Suche schon aufgeben, als ihr einfiel, dass Schreibtische dieser Art fast immer ein Geheimfach haben. Sie klopfte und zog – und hatte Glück. Ein kleines Fach unter dem doppelten Boden einer Schublade enthielt nur einen Gegenstand – einen Schlüssel.

Ihr Magen rumorte vor lauter Aufregung. Sie griff nach dem Schlüssel und lief zur verschlossenen Tür, aber als sie gerade den Salon erreichte, kam Darius ins Zimmer. Hillary verharrte mitten im Schritt und ließ den Schlüssel in eine der tiefen Taschen ihres Bademantels fallen. Darius wanderte unruhig umher und bemerkte dann den offenen Schreibtisch im Nebenzimmer.

»Ich habe Schreibpapier gesucht«, sagte Hillary rasch. »Ich wollte Alicia eine Nachricht schreiben für den Fall, dass du vergessen hattest …«

Darius' Gesichtszüge entspannten sich. Er schloss den Schreibtisch wieder und sagte: »Ich habe dir doch gesagt, ich würde das erledigen. Komm her zu mir.«

Hillary gehorchte und stieß einen erleichterten Seufzer aus, den Darius für einen Ausdruck ihrer Lust hielt. »Du kannst nicht genug bekommen, stimmt's?«, fragte er, öffnete ihren Bademantel und fuhr mit den Händen über ihre Brüste.

»Nicht genug von dir«, murmelte sie und gab sich seinen lüsternen Berührungen hin.

Plötzlich versteifte sich Darius. »Was ist das denn?« Er ertastete die Umrisse des Schlüssels in ihrer Tasche. Stammelnd und errötend erklärte Hillary, dass sie ihn im Schreibtisch gefunden hatte.

»Und warum hast du ihn in deiner Tasche?«

»Ich war neugierig.« Sie hob den Kopf und blickte ihm in die Augen, das Kinn trotzig hochgereckt. »Es gibt so viele Geheimnisse in diesem Haus.«

»Wirklich?« Darius ließ sie los und trat ans Fenster. Eine Weile starrte er stumm in den Garten, dann wandte er sich wieder ihr zu. »Ich will mit dir schlafen, und danach zeige ich dir etwas, von dessen Existenz nur Ilona weiß. Ich fühle, dass ich dir ein Geheimnis anvertrauen kann.« Er lächelte, aber es war ein gefährliches Lächeln. »Vielleicht findest du es auch so stimulierend wie Ilona und ich.«

Später fragte sie sich, warum sie nicht so neugierig war, sich das Geheimnis zuerst zeigen zu lassen. Vielleicht lag es daran, dass sie seine Umarmungen schon ein paar Stunden entbehrt hatte. Oder vermutete sie, dass sie von seinem Geheimnis nichts halten würde und dass, wenn sie es einmal kannte, alles vorbei sein würde?

Aus welchem Grund auch immer, sie ließ sich von ihm in den Arm nehmen und zurück ins Schlafzimmer tragen. Ihr Magen verkrampfte sich, als sie spürte, wie sein Körper gegen ihren rieb. Der Bademantel klaffte auseinander, als Darius sie behutsam aufs Bett legte.

»Du bist wunderschön, Hillary. Ich muss dich immer bei mir haben.«

Es klang romantisch, aber in der Intensität auch bedrohlich. In diesem Augenblick wurde ihr bewusst, dass eine Beziehung mit Darius nie auf einer gleichberechtigten Ebene ablaufen würde. Er war nicht der Mann, der ihr bestimmte Freiheiten gewähren würde. Gleichzeitig gestand sie sich ein, wie verführerisch und erregend es war, von einem solchen Mann begehrt zu werden.

Sie verdrängte alle Bedenken und gab sich der Verlockung seiner Küsse hin.

Eine halbe Stunde später hatten Darius und Hillary ihren Druck abgebaut. Die Stunde der Wahrheit war gekommen. Darius führte sie zu dem verschlossenen Raum, und Hillary spürte, wie ihr Herz klopfte. Nervös leckte sie sich die Lippen. Eigentlich wollte sie gar nicht wissen, welches Geheimnis hinter der Tür lag, und einen Moment lang war sie versucht, ihm zu sagen, die Tür nicht zu öffnen. Sie wusste, dass die kleine Chance, die sie ihrer Beziehung gab, durch die Enthüllung des Geheimnisses zerstört werden würde.

Als er die Tür aufzog und den Blick auf die Geräte des Zimmers freigab, wusste Hillary nicht, was sie sagen sollte. Ihre Instinkte hatten sie nicht betrogen. Sie starrte auf die Wand mit den Fernsehmonitoren und auf den schwarzen Ledersessel. Mit großen Augen wandte sie sich an Darius. »Was ist das?«

Offenbar nahm er ihre Verwirrung nicht wahr, er trat vor und drückte einen Schalter. Die toten Bildschirme erwachten zum Leben. Hillarys Augen huschten von einem Monitor zum anderen. Auf einem Bildschirm sah sie Ilona, die sich in der großen Eingangshalle mit Fearn unterhielt. Auf einem anderen war Torran zu sehen, der sich das Mittagsprgramm im Fernsehen nicht entgehen ließ.

»Oh, Himmel!«, rief sie laut aus. Einige der Bildschirme zeigten die Zimmer der Gäste, den Salon, die Schlafzimmer – ja, auch ihr eigenes Schlafzimmer. »Wie konntest du nur? Du hast mir nachspioniert! Uns allen!« Sie brüllte Darius an, wütend auf ihn und seine kleinen Spiele, wütend auf seinen selbstzufriedenen Gesichtsausdruck.

»Ich habe dir nicht nachspioniert, wie du es nennst.« Seine Stimme klang eisig und kontrolliert. »Ich bin ein Voyeur. Ich beobachte die Menschen gern, es gefällt mir, ihr Handeln zu studieren.«

»Du bist ein Spanner!« Hillary starrte ihn voller Verachtung an und fragte sich, was sie bisher in ihm gesehen hatte.

»Du wirst mit niemandem darüber reden, Hillary«, sagte er kalt und bösartig.

»Ich werde es überall erzählen. Alicia, Chloe und Odile haben ein Recht, das zu erfahren, und …«

»Nein, das glaube ich nicht.«

Hillary wirbelte herum, als sie Ilonas Stimme hörte. Die ältere Frau stand hinter ihnen und starrte Hillary mit hasserfüllten Augen an. »Du wirst es niemandem erzählen.« Sie hob eine Hand, um Hillarys Widerspruch im Keim zu ersticken. »Denn wenn du etwas sagst, werde ich dafür sorgen, dass diese Fotos in den Zeitungen veröffentlicht werden.«

»Ilona!«, rief Darius schneidend, aber sie ignorierte ihn.

»Was werden die Eltern deiner Schüler denken, wenn sie dich auf diesen Fotos erkennen?«

Hillary schluckte und starrte Ilona offenen Mundes an. Aber so leicht wollte sie sich nicht geschlagen geben. »Ich möchte mit Darius allein sprechen«, sagte sie laut.

Ilona schüttelte den Kopf, aber Darius nickte.

»Geh, bitte.«

Widerstrebend ging die ältere Frau aus dem Zimmer, blieb dann an der Tür stehen und sagte: »Ich lasse einige Kleider aus deinem Zimmer holen, denn ich nehme an, dass du so schnell wie möglich abreisen willst.«

Hillary seufzte, als sich die Tür hinter Ilona schloss. Darius' Geheimnis hatte sie wie ein Faustschlag getroffen. Und dann folgte auch noch Ilonas Drohung. Darius trat vor sie und legte seine Hände auf ihre Schultern.

»Sie wird es nicht tun, Hillary, dafür werde ich sorgen. Aber bitte, erzähle niemandem von dieser Einrichtung.«

Trotz ihrer Wut und ihres Schocks hätte Hillary am liebsten laut gelacht. Sie schüttelte Darius' Hände ab, ging zum Sofa und ließ sich fallen. »Jetzt brauche ich einen Cognac.«

Darius schenkte ihnen beiden ein. »Ich habe wirklich gedacht, dass besonders du den erotischen Effekt einer solchen Anlage zu schätzen wüsstest.«

»Aber wieso?« Sie sah ihn fragend an. »Wieso kommst du auf die Idee, dass ausgerechnet ich eine Neigung fürs Spannen haben könnte?«

Darius nippte an seinem Glas und sah sie nachdenklich an. »Du bist eine der am wenigsten gehemmten Frauen, die ich je kennen gelernt habe, Hillary. Du genießt den Sex und ziehst Lust aus deinem Körper und aus dem Körper anderer«, sagte er leise.

Hillary hörte ihm gebannt zu. Sie spürte, wie sie wieder in seinen Bann gezogen wurde. »Es ist nicht so, dass ich nicht die Lust verstehe, die man als Voyeur gewinnen kann«, räumte sie ein und errötete leicht. »Aber ich mag es nicht, wenn man mich ohne meine Zustimmung beobachtet. Und ich würde auch nie anderen heimlich zusehen wollen. Verstehst du meinen Standpunkt?«

Darius nickte, stellte sein Glas ab und streckte seine Hand nach Hillary aus. In seinen Augen glitzerte es gefährlich, während seine Lippen sich zu einem verführerischen Lächeln wölbten. »Da wir jetzt unser kleines Missverständnis geklärt haben, können wir dort fortfahren, wo wir vorhin aufgehört haben.«

»Nein.« Hillary schüttelte bestimmt den Kopf. »Ich glaube, ich werde jetzt lieber gehen.«

»Aber ich dachte, wir hätten alles geklärt.« Darius schien ehrlich verdutzt zu sein.

»Vielleicht.« Hillary erhob sich und schlang den Bademantel enger um ihren Leib. »Aber im Augenblick steht mir nicht der Sinn danach, mit dir zu schlafen. Ich brauche Zeit, um mir das alles durch den Kopf gehen zu lassen.«

»Bist du sicher?« Darius stand ebenfalls auf und legte seine Arme um sie. Er streichelte sie durch den dünnen Stoff des Mantels, und Hillary spürte, wie sie unter seinen Berührungen schwach zu werden begann.

In diesem Moment wurden sie durch ein Klopfen an der Tür gestört. Es war Fearn, die einen Armvoll von Hillarys Kleidern schleppte.

»Danke, lege sie auf den Sessel.« Darius wies kurz mit dem Kopf auf den Sessel, den er meinte. Das Mädchen lächelte scheu und floh rasch aus dem Zimmer, offenbar verängstigt von ihrem so viel älteren Halbbruder.

Hillary nutzte die Ablenkung, befreite sich aus seiner Umklammerung und murmelte: »Ich muss gehen, Darius.«

»Also gut. Ich werde dich nicht daran hindern.« Er ging zur Tür. »Aber ich erwarte, dass du bis zum Abend zu mir zurückkommst – und dann für immer.« So, wie er es sagte, klang es wie Unheil.

Hillary zog sich hastig an. Dann lief sie ins Schlafzimmer, um Kleid, Strümpfe und Schuhe zu holen, bevor sie in den Flügel mit den Gästezimmern eilte.

Es mutete sie seltsam an, wieder zurück zu sein, als wäre sie viel länger als eine Nacht weg gewesen. Sie war dankbar, dass niemand da war. Sie wollte Ruhe vor ihren wirbelnden Gedanken haben, deshalb legte sie sich aufs Bett. Kaum hatte sie die Augen geschlossen, als sie das Gefühl hatte, in ein tiefes Loch zu fallen.

Sie fiel immer tiefer. Wenn sie aufblickte, konnte sie noch den klaren blauen Himmel sehen – und eine böse grinsende Teufelsfratze, die über dem Rand des Lochs lauerte. Wenn sie nach unten schaute, sah sie nichts als dicke schwarze Leere. Weiter hinunter, immer weiter. Obwohl sie keine Angst empfand, fragte sie sich träge, was oder wer sie da unten erwartete. Ganz egal, wie tief sie fiel, sie konnte immer noch das keifende Teufelsgesicht oben am Rand sehen.

Endlich landete sie.

Es klatschte um sie herum, woraus sie schloss, dass es nicht trockenes Land war, was sie erwartete. Sie war von Wasser umgeben. Warmes, linderndes Wasser, so wohltuend wie ein Bad. Die Teufelsfratze war verschwunden, und sie trieb mitten im ruhigen blauen Meer.

Aus den Tiefen ihres Unterbewusstseins verstand sie die prophetische Deutung des Traums: Sie musste sich zwischen dem Teufel und dem blauen Meer entscheiden.

Im nächsten Augenblick wachte sie auf. Das war es, das war die Antwort! Ohne länger abzuwarten und ohne ihr Tun zu hinterfragen, begann sie zu packen. Mit fliegenden Fingern leerte sie die Schubladen und den schweren Eichenschrank und warf ihre Kleider in Tasche und Koffer.

Alicia überraschte sie, als sie den Kopf durch die Tür steckte. »Wohin geht es denn?«

Hillary blickte auf, das Gesicht ernst. »Nach Norwegen«, sagte sie, dann überlegte sie sich die Antwort noch einmal und fügte hinzu: »Vielleicht auch nicht. Ich weiß es noch nicht.«

»Das war nicht die Antwort, die ich erwartet habe.« Alicia kam herein und sah ihre Schwester verwundert an. Sie ging durchs Zimmer und setzte sich aufs Bett. Es war typisch für sie, dass sie nicht anbot, beim Packen zu helfen. »Ich hatte fest damit gerechnet, du bereitest dich darauf vor, die Herrin von Harwood zu werden.«

»Nicht in einer Million Jahre«, sagte Hillary zwischen zusammengepressten Zähnen. »Oh, es ist nicht so, dass er mich nicht gefragt hätte«, erklärte sie, als sie Alicias verwirrten Gesichtsausdruck sah. »Er hat zwar nicht von Heirat gesprochen, aber er wollte, dass ich bei ihm bleibe.«

Alicia saß zusammengesunken da. Als Hillary die Nacht nicht zurückgekommen war, hatte sie angenommen – nein, sie hatte fest damit gerechnet -, dass sie bald zu einer festlichen Hochzeit eingeladen würde. Sie hatte sich schon darauf gefreut, ihre Schwester als Braut zu sehen, besonders, wenn Darius Harwood der Bräutigam war.

»Ich nehme an, du hast auch schon eine Vorstellung, was du zu meiner Hochzeit getragen hättest«, bemerkte Hillary sarkastisch. Ein Blick ins Gesicht der Schwester sagte ihr, dass sie ins Schwarze getroffen hatte. »Weißt du«, sagte sie versöhnlicher, »Darius und ich wären einfach nicht glücklich geworden, nicht einmal für eine kurze Zeit.«

»Und du glaubst, in Norwegen könntest du mit diesem Bär von einem Mann glücklich werden?«

»Darauf weiß ich auch keine Antwort.« Hillary blickte auf ihr Gepäck. »Ich weiß nicht einmal, ob er noch an mir interessiert ist.«

»Oh, er ist noch interessiert«, versicherte Alicia ihr und fügte hinzu: »Ich habe ihn diesen Morgen getroffen. Er ist wütend, weil du die Nacht bei Darius warst.«

»Und du hast es ihm ...?« Hillary brach ab, denn ihre Schwester schüttelte heftig den Kopf.

»Nein, ich habe es ihm nicht gesagt. Die Gerüchte verbreiten sich rasch im Dorf. Ich glaube, wenn Darius in der Nähe gewesen wäre, hätte Haldane ihn erwürgt.«

Hillary lief ein Schauer über den Rücken, als sie das von Alicia hörte. Sie sah Haldanes breite, kräftige Hände vor sich. »Was auch immer geschieht, ich werde den Rest des Sommers woanders verbringen, und was danach wird, weiß ich noch nicht.« Sie umarmte die Schwester und küsste sie auf die Wangen, dann hob sie ihr Gepäck auf. »Fährst du mich zum Hafen?«

Mit einem breiten Grinsen sagte Alicia. »Na, klar. Wozu sind Schwestern sonst da?«

Hillary lächelte zurück. Ihre Schwester war ein guter Mensch, auch wenn sie nicht anbot, ihr mit dem Gepäck zu helfen.

Als sie in die Zufahrt bogen, warf Hillary einen letzten Blick zurück. Harwood Hall sah im gleißenden Sonnenlicht noch ebenso imposant aus wie bei ihrer

Ankunft – aber was war in der Zwischenzeit nicht alles geschehen!

Resolut drehte sie sich um und blickte nach vorn. Sie hatten die Hauptstraße erreicht. Hillary lächelte zufrieden. Kopf und Herz füllten sich mit optimistischen Gedanken.

ENDE